名代辻そば
名代辻そば
NADAI TSUJI SOBA
異世界店
2
西村西
イラスト：TAPI岡

登場人物紹介
Characters
デューク
シャオリン
ユキト
テオ

チャック
チャップ
ルテリア
ザガン
イデオ

今日は丁度ギフトのレベルがアップし、
ビールにも合う非常にタイムリーなメニュー、
コロッケそばが追加された。
この組み合わせを求めて
異世界の人たちが殺到することは間違いない。

目次

大剣豪『修羅』のデューク・ササキと基本のもりそば……006
みんな大好きコロッケそばがやって来た！……034
今日の朝のまかないは悪魔のおにぎり……038
三爪王国王女リン・シャオリンと魔族をも魅了する悪魔のおにぎり……043
思いがけず新たな従業員加入！……053
名代辻そば従業員リン・シャオリンとまかないの焼きおにぎり……060
コロッケそばは巡る　イシュタカのテオ編……068
コロッケそばは巡る　チャック編……103
肉！　肉！　肉!!　次はかつ丼だ！……154
モンク僧『拳聖』ザガンと乾きを癒やす肉辻そば……160
元ウェンハイム皇国貴族イデオ・ペイルマンと刺激的な冷し肉辻そば……205
名代辻そば従業員リン・シャオリンとまかないの肉巻きおにぎり……246
大晦《おおみそ》日《か》の年越しそば……258
正月のお雑煮……263
外伝　二〇年後のチャップ……272
外伝　二一年後のチャップ……285
外伝　二三年後のチャップ……306

大剣豪『修羅』のデューク・ササキと基本のもりそば

大陸の東の果てに、フラム公国という国がある。アードヘット帝国の属国で、帝都よりも少し小さいくらいの小国だが、この国には世界中に語られる伝説の人物が眠る墓があった。

世界を破壊せんと暴虐の限りを尽くした炎の巨人スルト。そのスルトを斬った伝説のストレンジャー、大剣豪コジロー・ササキの墓だ。

伝説に曰《いわ》く、彼はヒノモトなる異世界からアーレスに転生し、ただ己が剣を極めんが為《ため》、世界を行脚していたのだという。

彼はギフトを持たぬ異端のストレンジャーであった。神は彼にどんなギフトが欲しいかを問うたそうだが、彼はたった一言、

「いらない」

と、そう答えたのだという。愛刀が己の手の内にあるのなら他には何もいらない、むしろ邪魔だと。

そこから始まる快進撃。東に剣の達人がいると聞けば東に赴き達人に勝負を挑み、西に強き龍《りゅう》が潜むダンジョンがあると聞けば西に赴き龍を斬り伏せる。全戦全勝、一度たりとも敗北はなし。

そんな中で次元の壁を破り現れたストレンジャー、炎の巨人スルト。

スルトは人の世を破壊し己がものとする為に暴れ回った。街を潰し国を焼き、逃げ惑う人々を虫の如く叩《たた》き潰《つぶ》した。まさしく破壊の化身、死の権化。

この巨大にして強大無比な敵に対し、コジロー・ササキはたった一人で立ち向かい、ただ一刀の

もとにその巨大な首を刎《は》ね飛ばした。

スルトを倒したコジローは、ただ一言だけ言ったそうだ、

「ムサシより弱い」

と。

今は昔の御伽噺《おとぎばなし》。だが、子供だったデュークは何よりこの伝説が好きだった。ギフトが人生を左右するとまで言われるこのアーレスで、ギフトもなしに伝説を打ち立てたコジロー・ササキ。血気盛んな男の子ならばこれに憧《あこが》れない訳がない。

何よりデュークの家、ササキ家には、傍流とはいえコジロー・ササキの血が流れている。言わばデュークはコジロー・ササキの末代の子孫なのだ。

それ故なのだろう、ササキ家の男子は代々戦いに関するギフトを授かってきた。最も尊ばれるのは剣のギフトだったが、それでも偉大な先祖を持つ武門の家として戦いに関連するギフトを持つ男子が代々家を継いできたし、今やそれが伝統となっている。

誰に言われるでもなく、少年だったデュークは毎日熱心に木剣を振り続け、剣の技を磨いた。本を読むより、友達と遊ぶより、デュークは剣を振る方が好きで、それがただただ面白く、飽きることなく熱中していた。自分もいずれは天下無双に、この時代のコジロー・ササキになってやる、という密《ひそ》かな野望を胸に秘めながら。

しかしながら、デュークが授かったギフトは剣に関連するものでも戦いに関連するものでもない『錬金術』というものであった。魔物の肝や薬草を使って薬を造り出すギフトだ。

それに対し、家を継ぐ予定の兄は『豪槍《ごうそう》』という槍術のギフトを授かった。

家族はコジロー・ササキに憧れるデュークのことを大層哀れみ、剣を捨てて錬金術師になることは何も恥ではないと説いた。神がデュークに錬金術師になれと、そう言っているのだと。

だが、デュークの耳に家族の言葉は届かなかった。耳を貸さなかったのではない、ただ、別に落ち込んでなどいないのにと、そう思っていただけだ。

デュークの憧れるコジロー・ササキはギフトすらなく最強の名をほしいままにし、世界を破壊せんとした巨人までも斬って捨てた。ならば自分もそうなるのみ。ギフトの力に頼らず、ただひたすらに己の技を磨く。その果ての天下無双。デュークが何よりも憧れたコジロー・ササキのように。

デュークは一五歳になると、何処《どこ》にでもある数打ちの剣を一本だけ持ってすぐに家を出た。

目指すはコジロー・ササキ。ならばその道程も自然に似通うというもの。北に武術大会で優勝した騎士がいると聞けば北へ赴き剣を交え、南にコジロー・ササキも訪れたダンジョンがあると聞けば南へ訪れダンジョン攻略に挑む。戦いに次ぐ戦いの日々。

だが、デューク自身はコジロー・ササキほど才能がなかったらしく、時には負け、時には死にかけ、時には打ち倒されて泥水を啜《すす》ることもあった。しかし一度も敵前から逃げたことはなく、止まることもなく、どれだけ負けても、どれだけ死にかけても、どれだけ倒されようと必ず立ち上がり勝つまで挑む。そのギラついた執念の宿った目に、デュークを倒した筈《はず》の相手は底知れぬ恐怖を抱いたという。

そんな飽くなき戦いの日々を続けること三〇余年、デュークの執念は結実し、彼は大陸に名を轟《とどろ》かせる剣豪となった。もう、戦いに関連するギフトを持つ者ですらデュークには敵《かな》わなくなっていたが、それでもデュークが満足することはない。デュークはまだ、コジロー・ササキの域に届いていないと思っている。それは彼のように巨人を斬っていないからだ。

だが、あの巨人は異世界から現れたストレンジャー。斬るどころか会うことすら叶《かな》わないもの。

だからデュークは代わりに魔物を斬ることにした。それも最強の魔物を。

どの魔物が最強かということは、研究者たちの間でも未《いま》だ議論が続いており、明確な答えは出ていない。数々の強力な魔法を駆使するエルダーリッチか、瞳が合った者を問答無用で石化するゴルゴーンか、狼王《ろうおう》フェンリルか。

数多《あまた》の魔物の中から、デュークが選んだ相手はドラゴンだった。魔物でも随一の巨体に、鉄より硬い鱗《うろこ》、岩をも砕く怪力、飛行もすれば炎も吐く。特にカテドラル王国のダガッド山にあるというダンジョンには数多のドラゴンたちが巣食い、その最奥にはドラゴンたちの王、ブラックドラゴンが待ち構えているのだという。ダガッド山のダンジョンは未だ完全攻略が確認されていないダンジョン。相手にとって不足はない。

デュークがダガッド山のダンジョンに乗り込んだその日、ダンジョン内には先客がいた。

上級探索者パーティー『ニムロッド』の面々だ。

彼らは最上級の探索者に昇格する試験として、このダンジョンの王、ブラックドラゴン討伐を所属するダンジョン探索者ギルドから指示されていた。この龍の王を倒すことが出来れば晴れて最上級ダンジョン探索者だと。

どうにかドラゴンたちが巣食うダンジョンを攻略し、ブラックドラゴンが待つ最奥まで辿《たど》り着《つ》いたニムロッドだったが、しかし肝心のブラックドラゴンには全く歯が立たなかった。強靭《きょうじん》な鱗に剣は弾《はじ》かれ槍《やり》は折れ魔法も効果なし。それなのに相手が尻尾《しっぽ》を振るえば受け止めた盾が砕け、炎で鎧《よろい》は溶かされ、一人また一人と仲間たちが死んでゆく。残ったのは回復役の魔法使いのみ。

これは勝てない。人間が勝てる相手ではなかったのだ。殺される。恐怖で動けない魔法使いは死を覚悟したが、そこに一人の男が悠々とした足取りで現れた。

歳《とし》の頃は五〇そこそこ、年齢の割に恐ろしく鍛え込まれた肉体だったが全身傷痕だらけ。盾どころか鎧すらも着ておらず、腰には使い込まれた粗末な鉄剣一本だけ。

「逃げろ！　殺されるぞ、おっさん!!」

その言葉が届いているのかいないのか。そう叫んだ魔法使いに顔を向けることもなく、男は足取りも軽やかに彼の横を通り過ぎる。

「とかげでもこれだけ大きければ壮観だな」

誰にともなく言いながら、男が粗末な剣を抜いたその時だった。

まるでこれまで鞘《さや》の中に封印されていたかのように溢《あふ》れ出《だ》した、圧倒的な強者の圧。

「ひ……ッ！」

魔法使いの口からみっともない悲鳴が洩《も》れる。

ブラックドラゴンの比ではない、人とも思えぬ強者の気を纏《まと》うその男は、さながら修羅であった。

これまで傍若無人《ぼうじゃくぶじん》に暴れていたブラックドラゴンですら、男に気圧《けお》されて怯《ひる》んでいる様子。

「デューク・ササキ、参る」

両手で柄《つか》を握って上段に構え、大きく一歩を踏み込みそのまま剣を振り下ろす。どこまでも基本に忠実な一撃、しかしながら極限まで研ぎ澄まされ、練り上げられた技がそこにあった。

たった一振り。その一振りだけで男は剣を鞘に収め、踵《きびす》を返してドラゴンに背を向ける。

「…………こやつではなかった。弱過ぎるわ」

そう呟《つぶや》いた男の背後で、巨大な龍が真ん中から真っ二つに両断され、地響きを立て、土埃《つちぼこり》を巻き上げながら地面に沈んだ。

魔法使いはわなわなと身体《からだ》を震わせながら、しかし一度の瞬《まばた》きもせず、食い入るようにその様子を見つめていた。

デューク・ササキが大剣豪の名をほしいままにし、そして『修羅』の二つ名で呼ばれるようになる、そのきっかけとなった出来事であった。


ブラックドラゴンを斬って以来、デュークは満たされぬ餓《う》えに取《と》り憑《つ》かれていた。どいつもこいつも弱過ぎる。もっと強者と戦いたい。命をすら投げ出し、己の全てをかけねば倒せぬような相手と剣を交えたい。

だが、もう、そんな強者は何処にもいない。デュークは強くなり過ぎた。デュークこそが当代の天下無双。だが、デュークはそれでも飽くことなく強者を求めている。

今のデュークは自覚なき孤高の存在。その二つ名の示す通り、強者に餓える修羅と化していた。

魔物最強の一角、ブラックドラゴンを倒してから、デュークは満たされぬ飢えを満たす為、新たな強者を求め旅を再開した次第。さながら彷徨《さまよ》い歩く抜き身の刃《やいば》といったところか。

そんなデュークが今回訪れたのは、カテドラル王国において旧王都と呼ばれる街、アルベイル。

彼の国の王都にふらりと立ち寄った際、風の噂《うわさ》で聞いたのだ、アルベイルのダンジョン探索者ギルドに『剣王』のギフトを持つ女剣士がいる、と。

剣技に関連するギフトで最強とも言われる伝説のギフト『剣王』。

このギフトの持ち主が最後に確認されたのは数百年前だったと聞いている。

立ち合ってみたい。

戦いの本能がムラムラと欲求を訴えてくる。

デュークは旧王都に到着するや、真《ま》っ直《す》ぐにダンジョン探索者ギルドを訪れた。

旧王都に来るのは二〇年ぶりだが、そこには何の感情もない。ただただ、妄執《もうしゅう》とも言える強さへの激情に突き動かされるのみ。懐かしいだとかいう感傷が一切湧かないのだ。

デュークはギルドに入るなり開口一番、

「この街にルテリア・セレノ殿というダンジョン探索者の剣士がいると聞いた！」

と大きな声を出した。

その声を受けて、ざわざわと喧騒《けんそう》に満たされていたギルド内部がシンと静まり返る。

「我が名はデューク・ササキ！　ルテリア・セレノ殿にお会いしたい！」

世界最強とも言われる剣豪、デューク・ササキ。

荒くれ者が多いダンジョン探索者である、普通はただの騙《かた》りだろと笑われるところなのだろうが、しかしデュークから濃厚に漂う尋常ならざる修羅の気を前に誰もが気圧され口を噤《つぐ》んでいた。下手《へた》に声などかければそれだけで斬られる。そんな殺伐とした気を敏感に感じているのだ。

途端に場が静寂に満たされる。

が、ここで長い沈黙を破り、一人の若い女性が恐る恐る口を開いた。ギルドの受付嬢だ。

「…………あのう？」

「何だ？　ルテリア・セレノ殿の居場所を知っているのか？」

デュークが鋭く視線を向けると、彼女は一瞬「ひっ」と小さく悲鳴を上げたが、それでも勇気を振り絞った様子で応えた。

「彼女、もうダンジョン探索者辞めましたよ？」

「な……なんと!?」

ここで、デュークは初めて動揺を見せる。

ルテリア・セレノという剣士の名を聞くようになったのは、ここ一、二年のこと。王都で彼女の話をしていた男はそう言っていた。だからてっきり、デュークはルテリアがこの数年で台頭してきた新人だと考えていたのだが、その新人がこんなに早く辞めたのかと驚いてしまったのだ。しかも『剣王』というとんでもないギフトを持つ有望な若者が。

デュークが唖然《あぜん》としていると、受付嬢は言葉を続けた。

「大怪我《おおけが》で引退とかしたわけじゃないんで、正確には探索者としての資格は返上していませんけど、もう活動は行っていません。所謂《いわゆる》セミリタイアというやつですかね？」

戦えなくなるような大怪我で引退したというのならまだ分かるが、万全な状態で活動を止めたとはどういうことなのか。まさか若くして、そして『剣王』などという恵まれたギフトを持ちながら、自ら望んで剣を置いたとでも言うつもりか。

荒ぶる若武者との血湧き肉躍る立ち合いを期待していたというのに、それが何たる肩透かしだろうか。デュークは一気に気が抜け、思わず放心したような顔を受付嬢に向けてしまった。

「そんな……。では、今は一体何処に？」

「まだ旧王都にいる筈ですよ？　確か、今は何処かの食堂で働いてるんじゃなかったかな？」

「な！　しょ、食堂だと……？」

「ええ、食堂ですね」

「食堂……」

最初の覇気が嘘《うそ》のように、がっくりと肩を落とすデューク。

ルテリア・セレノ。彼女は本当に剣を置いたらしい。そして戦いの場からも離れ、市井《しせい》に溶け込むことを選んだらしい。ダンジョン探索者は別にならず者ではないが、堅気の道に戻ったのだ。

いくらデュークが強者との立ち合いを求める修羅だとしても、もう剣を置いた者に無理矢理《むりやり》剣を握らせて強引に戦わせることなど出来はしない。そんなことをしても真の意味での戦いにはならないし、何より空虚なだけだ。

「…………邪魔をした。もう帰る」

シンと静まり返ったギルドの中、デュークは明らかに気落ちした様子でポツリと呟き、背を丸めてトボトボとその場を後にした。

もうここにいる意味はない。求める強者はここにもいなかった。ならば一体何に、そして何処に刃を向ければいいというのか。

「…………今日はもう寝よう。宿でも探すか」

誰にともなく言いながら、デュークは表情を曇らせたまま歩き始める。その背には覇気がなく、年齢通りのくたびれた中年のそれに見えた。

デュークは今晩の宿を求め、旧王都の大路をトボトボと歩いていた。

求める強者はここにはいない。ここにいなければ何処にいるのか。もう何処にもいない。ならば何の為に剣を振るのか。何をどうすれば天下無双と言えるのか。自分以上に強い者がいないというのであれば、自分こそが天下無双なのか。この程度で、まだまだ上があると思っているこの現状が天下無双だなどと、何の冗談だろうか。

ネガティブな思考が頭の中をグルグルと回り続ける。そんな状態だからか、目に入る旧王都の風《ふう》光明媚《こうめいび》な街並みも随分と空々しいものに映ってしまう。

「…………」

ふと気が付くと、眼前に巨大な旧王城が佇《たたず》んでいた。考えごとをしながら歩いているうちに、どうやらここまで来てしまったらしい。

昔、アルベイルに来た時は、旧王城はまだボロボロだった。だが、デュークが旅の暮らしを続ける間に修復されたらしく、そこには綻《ほころ》びのない立派な旧王城の姿がある。

「こんなところまで来てしまったか……」

修復された旧王城は確かに立派なものだが、今のデュークの心に響くものではない。

確か、二〇年前にアルベイルに来た時もこの城を見上げた筈なのだが、その時は素直に、これは凄《すご》いものだな、と感心したものである。

あの時よりも立派になった旧王城を見ても何も感じないのは、己の心が磨耗しているからなのではなかろうかと、デュークはふと、そう思った。ただただ、剣にのみ己の全てを捧《ささ》げてきた人生。ひたすらに技を研いできたつもりで、その実、研いでいたのは己の心だったのではなかろうか。剣であろうと心であろうと、研ぎが過ぎれば摩耗するもの。

デュークがこれまで歩んできた道は、切った張ったが当たり前の修羅の巷《ちまた》。人間らしい穏やかな心など保っていては到底歩めぬ血に濡《ぬ》れた道。そんな道を長らく歩き続ければ、人間性が希薄になることなど明白である。

「ふ……っ」

思わず自嘲の笑みが洩れてしまう。デュークが歩むは修羅の道だが、それは自分の意思で歩き始めた道。そこに想《おも》いを馳《は》せるのは今更だろう。

ついつい余計なことを考え過ぎてしまった。

だが、考えついでに思い出したこともある。この旧王城を囲む城壁に沿って進めば、確か二〇年前にも泊まった宿があった筈だ。値段の割にかなり良い部屋で、供される食事もそこそこ美味《うま》かったのを覚えている。今も変わらずその宿がその場所にあるかは分からないが、時を経てまたそこに泊まるのも一興というもの。

デュークは二〇年前の記憶を頼りに歩き始めた。そして歩き始めてから一〇分もしないうちに、デュークは、はたと足を止める。

「これは…………？」

本当に、予期せぬ偶然の発見だが、それを目の前にした途端、デュークは絶句してしまった。

店、恐らくは食堂だ。一軒の食堂が何故《なぜ》か、分厚い城壁を貫通するようそこに収まっている。

前面が豪奢《ごうしゃ》なガラス張りになった異様な外観に、人で溢れ活気ある店内。店の前に置いてあるガラスケースには料理を模した精巧な蠟細工《ろうざいく》まで飾られている。

だが、何よりデュークの目を惹《ひ》き付《つ》けたのは、その店に掲げられている大きな看板だ。

デュークでは読めない文字で書かれた看板。恐らくは店名が書かれているのだろう。

「…………似ている」

読めない文字ではあるのだが、しかしどうにも、ある文字に似ているように思えてならない。

デュークの生家はササキ家の傍流だが、しかし先祖に関するとある家宝をひとつだけ所有していた。それはコジロー・ササキがヒノモトの文字で書いた書物だ。異世界の文字なので勿論《もちろん》読めないのだが、少年だったデュークは密かに父の部屋に忍び込んで、その書物を見たことがある。そこに剣の奥義が書いてあると思ったからだ。案の定書物は読めず、部屋に忍び込んだこともばれて父にはこっぴどく叱られたが、そのことは今でも鮮明に覚えている。

デュークの記憶にあるヒノモトの文字が、あの看板の文字とどうにも似ているような気がしてならない。字体も筆致もかなり似通っている。

もしかするとあの看板、コジロー・ササキと同じ、ヒノモトから来たストレンジャーが書いたものなのではなかろうか。

とすれば、この店はヒノモトと何らかの縁があるということ。剣と直接の関係があるとは思えないが、それでも俄然《がぜん》興味が湧いてきた。

時刻は昼下がり。昼食を摂《と》った人たちがそろそろ職場に戻る頃だが、この店はまだ客で賑《にぎ》わっている。だが、一組の客が丁度会計を終えて出て来たところで、運良く席に空きが出来たのが見えた。

「……………ふむ。入ってみるか」

今日はもう、宿を取ったら飯を食ってそのまま寝ようと思っていたところだ。この謎の店で食事を摂るのもまた一興。運が良ければ看板の文字のことも聞けるかもしれない。

デュークが前に立つと、店のガラス戸が自動で開いた。客が出て来る時にも見た光景だが、まさか戸を開くだけのことに魔導具を設置するとは豪奢なことだ。表のガラス張りも随分と華美だった。店構えだけを見れば金持ち向けの店とも思えるが、しかし店内の客層は明らかに一般の平民。中には貴族らしき者も交じってはいるが、周りに平民がいても気に留めている様子はない。平民たちもまた、特段貴族に気を使っている様子はない。他の街では見ることのない不思議な光景だ。

そんな不思議な店に入ると、給仕の若い女性がすぐに接客に来た。

「いらっしゃいませ！」

「うむ」

「ただ今店内混み合っておりまして、空いているお席は……と、あちらにお座りください」

言いながら、給仕の女性は先ほど空いたばかりの席を指差す。一番端の席だ。その隣はもの凄い勢いで料理をがっついている若いエルフの女性である。何か研究者が被《かぶ》る学帽のようなものを被っているので、見た通り研究者か学者なのだろう。

「うむ」

デュークは案内された席に座り、まずはメニューを手に取ってみる。

看板の文字が気になって思わず入ってしまったが、しかしこの食堂が何を出す店なのかいまいち理解せぬまま席に着いてしまった。

明らかに紙ではない、妙に硬さと弾力のあるメニュー。そのメニューに目を通してみるのだが、デュークは途端に困惑してしまった。

「………何だ、これは」

温かいソバに冷たいソバ、ゴハンモノに酒。酒はビールという名称だが、メニューの絵を見るにこれはエールだろう。だが、それ以外は本当に何も分からない。そもそもからして、ソバというものも何か分からないし、ゴハンというものも全く分からない。

メニューの絵から察するに、ソバとはこの灰色の麺《めん》のことなのだろうが、これは恐らく小麦ではあるまい。しからば何かと問われれば、それはソバとしか答えようがないのだが、ともかく小麦の麺、つまりスパゲッティではなかろう。ゴハンというのは、このカレーライスという謎の料理に盛られた白い粒のことなのだろうが、これもまた小麦ではないだろう。麦にしては些《いささ》か白過ぎる。

困った。ここまで何も分からないと、何を頼めばいいのかが分からない。唯一正体が分かっているのは酒だけだが、生憎《あいにく》デュークは一滴も酒を飲まないのだ。飲んで飲めないことはないのだが、それで無様に正体をなくすのが嫌なのである。それに昼間から酒など飲んでは人間が駄目になってしまう。己を律してこその武人。だから酒は飲まない。

メニューとにらめっこしながらデュークがあでもない、こうでもないと考え込んでいると、ふと、頭上から声がかかった。

「どうぞ、お水です」

先ほどの給仕の女性だ。彼女が、見事なガラスのコップに並々注がれた、氷の浮いた水をデュークの眼前に置いたのである。

「いや、頼んでいな……」

と、デュークが言い切る前に、それを制するように給仕の女性が被《かぶ》せ気味《ぎみ》に口を開く。

「お水はサービスです。おかわりが必要な場合は遠慮なくお申し付けください」

「う、うむ……」

「では、ご注文がお決まりになりましたらお呼びください」

そう言って頭を下げてから、女性は他の客の注文を取りに行ってしまった。

まるでデュークが何を言うのか予《あらかじ》め分かっていたかのような感じだったが、きっと水がサービスだというやり取りはここで何度も行われており、彼女もそれに馴《な》れてしまったのだろう。何だか有無を言わせぬ迫力があった。

とりあえず、出されたコップを手に取ってみる。氷が浮いているだけあってかなり冷たい。氷の形が箱状に整っているから氷魔法ではなく、恐らくは魔導具で大量に作られたもの。無料で提供するものにここまで力を入れるとは、随分と変わった店である。

この美味《うま》そうな水、早速一口飲んでみると、その冷たくて透き通った味がすぅっと喉の奥へと消えていった。やはり美味い。山国で飲む春先の雪解け水のようだ。

ソバもゴハンも正体不明だが、これは料理の方も期待してもよいのではないだろうか。

そんなことを思いながら、改めてメニューに目を向ける。今は夏だから、温かいソバよりは冷たいソバの方がいいだろう。店内には耳に心地好《よ》い謎の歌と涼し気な風が流れているが、これに冷たいソバも合わされば丁度いい暑気払いになるのではないだろうか。

メニューによると、冷たいソバのカテゴリーにはモリソバ、トクモリソバ、ヒヤシタヌキソバ、ヒヤシキツネソバの四つがあるそうだ。

今回はこの四つの中から選ぶ訳だが、一体どれを選ぶのが正解なのか。モリソバは麺のみ、トクモリソバはモリソバの大盛りだろう、ヒヤシタヌキソバは何か粒のようなものが麺の上に無数に盛られており、ヒヤシキツネソバは謎の大きな茶色い三角形が麺の上に二枚盛られている。

迷う。大いに迷う。たかだか食事ではあるが、されど食事。食事とはつまり生きる為の糧《かて》。これをおろそかに適当にするということは、つまり自らの生き方もおろそかに適当にするということ。料理を適当に選ぶのは己の生き方に反する。

しかし、それにしても迷う。たかだか四択だというのに、それでも迷う。デュークは自分にこれほどまでに優柔不断な面があったことを今日初めて自覚した。

「ううむ…………」

デュークがメニューとにらめっこをしながら唸《うな》っていると、ふと、横の席から声がかかった。あの、凄い勢いで料理をがっついていたエルフの女性だ。

「お悩みのご様子ですね？」

「……む？」

デュークが顔を上げると、何故だかエルフの女性が眼鏡《めがね》の位置をクイ、と指で直しながらこちらをじっと見つめていた。

「剣士さん、もしかしてナダイツジソバに来られたのは初めてですか？」

「ナダイツジソバ……？」

聞き覚えのない言葉だ。デュークが訝《いぶか》しんでいると、女性は苦笑しながら答える。

「嫌ですよ、このお店のことじゃないですか」

言われて初めて気が付いた。この店はそういう名前だったのか、と。

ナダイツジソバ。耳馴染《みみなじ》みのない言葉である。異国の言葉だろうか、それともストレンジャーの言葉なのだろうか。

「む、そうだったのか……。如何《いか》にも。この店に来るのはこれが初めてだ」

言いながらデュークが頷《うなず》くと、女性もそうだろうというふうに頷いて見せる。

「やっぱり。何を頼むべきか、迷っていたんでしょう？」

「まあな」

「分かります、分かります。ツジソバはメニューも豊富で迷っちゃいますよね。でも、初めてならやっぱり選ぶべきはカケソバかモリソバですよ」

「ふむ？　それはまた、何故？」

デュークがそう訊《き》くと、女性は待ってましたとばかりに右の人差し指をピンと上に向け、答えた。

「カケソバとモリソバはこのナダイツジソバの基本料理ですからね。まずは基本の味を知ってからテンプラソバやヒヤシキツネソバのような応用に手を出すべきなのですよ」

言い終わるや、満足そうに「むふ」と笑う女性。

彼女が何故満足そうなのかは分からないが、ともかくデュークは重要な情報を得た。

カケソバとモリソバはこの店の料理の基本。剣にしろ料理にしろ、基本というものは何より重要なもの、全てを支える土台である。これを疎《おろそ》かにすれば、その上に積み上げたものが簡単にぐらつき、ぶれてしまう。なればこそ基本は大事にしなければならないし、いつでも忘れてはならない。

「なるほど、基本か。確かに基本は大事だな」

「はいです、はいです。その通り！」

これもやはり何故かは分からないが、女性は嬉《うれ》しそうにうんうんと頷いている。

ともかく、女性からのありがたい助言もあり、デュークがこの店で頼むべき料理が決まった。

勢い良く手を挙げ、デュークは給仕の女性を呼んだ。

「決めた。すまぬ、注文を頼む！」

「はい、只今《ただいま》！」

そう言いながら、女性がすぐさまデュークのもとまで駆けつける。

「お待たせいたしました！　ご注文は？」

「モリソバを頼む」

デュークが頼んだのはモリソバ。この選択は簡単だった。今は暑い夏。そして基本を大事にすべきというのなら、選ぶべきは冷たいソバの中からモリソバしかない。

給仕の女性はデュークの注文をメモに取ると、厨房《ちゅうぼう》の方に向き直り、店内の喧騒に負けぬよう、大きな声を張り上げた。

「かしこまりました。店長、もり一です！」

「あいよ！」

厨房からも威勢の良い男性の声が返ってくる。

デュークの注文が通った。未知の料理、モリソバ。一体どんなものなのだろうか。

まるで初めて名を聞く不世出の剣豪を見つけた時のように、デュークの胸は期待で満ちていた。

「お待たせいたしました、こちら、もりそばになります」

しばしの後、給仕の女性が、デュークの前にコトリと音を立ててモリソバ一式を置く。

「ごゆっくりどうぞ」

言ってから、女性は早々に他の客の注文を聞きに行ってしまった。

デュークは眼前のモリソバをまじまじと見てみる。

シンプルにソバの麺だけが盛られた、内側が朱塗りになった器。そして黒々としたスープが七分目程度に入った小さな碗《わん》。何かの野菜を輪切りにしたものと緑色のペーストが添えられた小皿。

灰色の麺はツヤツヤと輝き、スープは具も入っていないのに黒々としている。輪切りの野菜と謎のペーストは恐らく薬味だろう。

「ふむ……」

麺とスープが別になっている。いざ頼んでみたはいいものの、これはどういうふうに食べるものなのだろうか。麺にスープをかけるのだろうか。いや、であるならば最初からかけて出すだろう。ならばこれはどう食べるのが正解なのか。

デュークが難しい顔で思案していると、隣に座っていたエルフの女性がそれに気付いた様子で、ずい、と顔を寄せてきた。

「モリソバはですねえ、まず一口分くらい麺を取ってから、それをスープの方に漬《ひた》して食べるものなんですよ」

聞いて、デュークは「ほう」と唸る。

どうやら彼女は親切にもデュークにモリソバの食べ方を教授してくれるらしい。さしずめナダイツジソバの師といったところだろうか。

「そうなのか」

「ですです。その輪切り野菜はナガネギと言って、ペコロスの親戚みたいなものです。まあ、ペコロスほどは辛くないんですけどね。味に変化が欲しい時に入れるといいですよ」

「そうか、ならば辛味があるのだろうな」

ペコロスを生で食べたことはあまりないが、あれは生だろうが火を通そうが随分と辛い。それに似た味わいだというのなら、確かに薬味としてはうってつけだと言えよう。

「ですね。あー、あと、その緑色のペーストなんですけど……」

言いながら、彼女は小皿に盛られた、今もって正体の分からぬ謎のペーストを指差した。

「これがどうした？」

「それ、ワサビと言うんですけど、鼻にツーンと来て大人でも涙が出るほど辛いんです。ペコロスや香辛料とはまた違う方向性の辛さです。だから様子を見て少しずつ入れた方がいいですよ？」

それを聞いて、デュークはまたも「ほう」と唸る。

大人でも涙が出るとは、随分な脅し文句だ。デュークも子供の頃は辛いばかりのペコロスが嫌いだったが、しかし泣いたということは一度もない。大人になった今は、むしろその辛さが好ましいくらいなのだ。このワサビとやら、大人でも思わず涙を流すほどの刺激とはどれほどのものなのだろうか。これは逆に興味が湧く。彼女の言うように、少しずつでも試してみたい。

「なるほど、大体は分かった。わざわざ親切にかたじけない」

デュークが礼を言うと、エルフの女性は微笑を浮かべながら頷いて見せた。

「いえいえ。剣士さんにもツジソバを楽しんでほしいですからね」

言ってから、彼女はジーッとデュークのモリソバを見つめた後、決心したように顔を上げる。

「何だか私もモリソバ食べたくなってきた！　すみません！　追加でトクモリソバください!!」

まだソバを食べている最中だというのに、最早《もはや》おかわりを頼むエルフの女性。しかもトクモリソバとは、あの大盛りのソバのことだ。まさかここから更に沢山食べるとは何たる大食いか。

そんな彼女に苦笑しながら、給仕の女性も厨房の方に向き直る。

「はーい！　店長、特もり一です！」

「あいよ！」

「よっし、オーダー通った！　トクモリソバが来る前にこれを片付けないと……」

満足そうに頷いてから、彼女は再び食いかけだったソバを啜り始めた。

その様子に苦笑しつつ、デュークも眼前のソバと向かい合う。

未知の料理、モリソバ。まずは薬味などは使わず、麺とスープだけで食べてみるべきだろう。ソバの器の横にフォークも置いてあるが、しかしこれは使わない。先ほどエルフの女性と話している最中にそれとなく周囲を窺《うかが》ってみたのだが、フォークを使っている客はほとんどおらず、皆、細長い木の棒を二本使って器用にソバを食べていた。きっと、フォークは木の棒に不慣れな客の為に出しているものなのだろう。

このフォークは店側の親切なのだろうが、木の棒で食べるのがこの店本来の流儀であるならばそれに従いたい。剣にしろ食事にしろ、流儀は大事にして然《しか》るべきものだ。

卓上の筒にギッチリ詰まった木の棒を一本取り出し、それをスリットに沿ってパキリと縦に割る。そして少々心許《こころもと》ない手付きながらもどうにかソバを一摑《ひとつか》みほど掬《すく》い取《と》り、それをスープの碗に沈める。これで麵にスープが絡んだだろう。再び麵を持ち上げ、それを一気に啜り上げる。

ずぞぞ！

粗野ではあるが、しかし小気味良い音を立ててソバを啜るデューク。

「むう……ッ！」

啜り上げたソバが全て口の中に収まった瞬間、デュークは唸った。

この口中に広がる香りの何と芳醇《ほうじゅん》なことか。ただしょっぱいのではない、海産物の香をふんだんに含んだこの風味。これは恐らく海藻《かいそう》と、何か海の魚の乾物を使っているのだろう。デュークの故郷は海に面したフラム公国。しかも生家の領地は漁師町。食べるのは珍しいと言われていた海藻も食べる地域だった。だからこのスープに含まれる海藻の丸く優しい旨味も分かる。そして海の魚が持つ主張の強さも。このスープはその双方の良いところが見事に調和している。

そのまま麵を咀嚼《そしゃく》すると、ほのかな甘みと独特な香りが鼻に抜けた。麵のコシも抜群に良く、嚙《か》む度に心地好い弾力が感じられる。

「…………美味い」

麵を飲み込んだデュークは、思わず呟いていた。

デュークにとっては慣れ親しんだ海産物を使い、しかしこれまで味わったこともないような、この店独特の美味に仕上がっているスープ。そして馴染みのない筈のソバの麵がここまで違和感なく食べられる。これは紛《まぎ》れもなく料理人の腕だ。

もう一度麺を摑み上げ、それをまじまじと観察する。

均一な幅の細切り麺。まるで測ったかのように正確に切られたそれが生み出す歯応えと喉越し。この均一な幅を保ちながら切るのは、これもやはり料理人の腕。奇を衒《てら》うことなく基本に忠実に、ぶれずに揺るがずに、日々淡々と、しかし一切手は抜かずに繰り返す作業。基本的には麺とスープだけというシンプルなこの料理に秘められた、練り上げられた職人の技。

料理人と剣士、生業《なりわい》は全く違うが同じ刃物を握る者として感嘆に、そして尊敬に値する。

少し背筋を伸ばして厨房の方を覗《のぞ》くデューク。

厨房で作業をしているのは黒髪の珍しい容姿をした青年と、それを手伝う茶髪の青年。この見事なモリソバを作っているのは、きっと黒髪の青年の方だろう。あの若さで老練ささえ感じさせる見事な腕。剣士とは違い、料理人に敵はいない。きっと、日々己の理想に負けぬよう、情熱を持って腕を磨いているのだろう。

この見事なモリソバ、デュークも礼をもって残らず食さねば無礼にあたる。

次はスープにナガネギを入れて食べてみる。小皿のナガネギを全てスープの碗に落とし、また麺を沈めて一気にずるずると啜り込む。そして咀嚼してゆくと、麺の弾力と同時にシャキシャキとしたナガネギの歯応えとピリリとした程よい辛味が舌を刺激した。確かにこれは一味違う。モリソバはコッテリとした料理ではないので、一人前で飽きるということはないが、しかしこの薬味は実に良い。モリソバに対するちょっとしたアクセントになる。

「さて……」

次はいよいよあの緑色のペースト、ワサビだ。隣席で大盛りのモリソバを凄《すさ》まじい勢いで啜り込んでいるエルフ曰く、このワサビは大人でも泣くほど辛いものらしい。デュークは剣で斬られても泣いたことはないし痛みにも強い自信があるが、はたしてこのワサビの実力たるや如何《いか》に。

ワサビを木の棒でこそぎ取り、それを碗のスープに落として溶かす。すると、それまでは黒々としつつも澄んでいたスープが一気に濁《にご》り始めた。この濁りの全てがワサビの辛味ということなのだろう。エルフは様子を見ながら少しずつワサビを入れろと言っていたが、その助言を無視する形になってしまったことが今更悔やまれる。

だが、男は度胸。どんな強敵にも挑んでみるのがデュークの生き様だ。

覚悟を決めて麺を取り、濁ったスープに沈め、それを啜り上げた。その瞬間である。

「…………………ッ!?」

まるで鼻の奥を刺すような鋭い刺激がデュークを襲った。

決して不快な風味ではないが、しかしあまりにも刺激が強過ぎる。何だこれは。ペコロスや香辛料の刺激とは根本から異なる辛さだ。

理解不能な辛さに、思わず「ブフッ！」と口の中のものを噴き出してしまいそうになりながらも、強靱な意思力でどうにか我慢する。

ともすれば混乱に陥りそうな心を落ち着け、どうにか頭の冷静な部分を働かせて水で口の中のものを飲み込む。

「…………ッはあ！　はあ、はあ」

思わず肩で息をするデューク。

驚いた。完璧に油断していた。ワサビ、こいつはとんでもない曲者《くせもの》だ。なるほど、エルフが言っていたことは嘘でも大袈裟《おおげさ》でもなかった。確かに大人でも涙を流すほど辛い。今、鏡を見れば、そこには目を真っ赤にして涙を溜《た》めたデュークの顔が映っていることだろう。いい歳をして何たる無様か。見事、してやられてしまった。

隣のエルフを見れば、ワサビなど意に介する様子もなく美味そうにソバを啜っている。もしかすると、慣れれば平気なものなのだろうか。

どうにか乱れた息が整ってきたところで、恐る恐るもう一口分のソバを取り、少しだけスープに沈めて食べてみる。麺に絡むスープの量が少ないからだろうか、今度は先ほどのように咽《む》せることなく普通に食べられた。

スープの量が少なくなったことによって際立つソバの風味に、ほんのりとしたワサビの辛味、そして鼻に抜ける爽《さわ》やかな香気。塩気は少なくなったが大丈夫だ、ちゃんと美味い。

何と言えばいいのだろう、これこそがワサビ入りのソバを美味く食べる方法というか、正しい距離感というような気がする。

ワサビとの正しい付き合い方が分かればこっちのものだ。

先ほどと同じように、持ち上げた麺の下部を少しだけスープに沈めて食べる。これを繰り返す。

ずるるるる。

美味い。

ずるるるるるる。

美味い。

次から次へ食べ進め、あっという間に全ての麵を平らげる。本当ならばスープまで飲み干したいところだが、今回はいささかワサビを入れ過ぎたのでそれは断念せざるを得ない。

「ふうぅ……」

熱いものを食べた訳でもないのに、熱い吐息が洩れる。美味かった。実に美味かった。

モリソバを食べ終わったデュークは、何故だか随分と肩の力が抜けたような気がして、思いがけず「ほっ……」と息を吐く。本当に美味いもので腹を満たしたからだろうか、この店に入るまでの何かに突き動かされるような焦燥感が霧散し、何だか憑き物が落ちたようだ。

「…………」

空になった器を見つめたまま、改めてモリソバというものについて考えてみる。

この店の基本の味だというモリソバ。麵とスープだけというシンプルなものを何処までも丁寧な仕事で極上の美味に仕上げた逸品。確かにワサビという曲者はいるが、これは食べる客の方で適宜調整すればいい。

思えばこんなに美味いものを食べたのは随分と久しぶりだ。

ここしばらくは初心を忘れ、食事に気を使う生活など送っていなかった。適当に空腹を満たせれば何でもいい。剣以外のことを考えるのは邪魔にしかならない。そんなふうにしか考えられなかった自分が酷《ひど》く空虚に思えた。

ただただ、強くなることを求めて、強い相手を求めて歩んだ三〇余年の修羅の道。

だが、己の基本に立ち返れば、それは何のことはない、ただ剣が好きだという、それだけの気持ちなのだ。剣を振るのが楽しくて、ただそれだけで剣を振っていた。自分が誰より強くて誰より弱いか、そんなことは考えてすらいなかった。剣を始めた幼少の頃はそうだったのだ。その筈だったのだ。シンプルに己にのみ向き合い、ひたむきに剣を振るう純粋無垢《むく》な日々。今と同じ剣の道ではあろうが、あの頃の方がずっと楽しかった。

何よりも剣が好き。ただそれを振ることが単純に面白くて、楽しかった。それが、それこそがシンプルなデュークの基本なのだ。

今はそこから随分と外れた道を歩いているが、ここで今一度本道に戻るのも良いかもしれない。

「何処かで道場でも開くか……」

敵を斬るばかりが剣ではない。己を写し、それを鍛え上げるのもまた剣。敵を求めず、己に向き合う静謐《せいひつ》な時間。デュークはもう五〇を過ぎている。人生の折り返し地点はとうに過ぎた。剣を置くことは一生涯ないと言い切れるが、ただシンプルに剣を振り、未来ある若者にこの技を教えながら静かに暮らすような余生も悪くはない。

そういえばもう、故郷には何年帰っていないだろうか。綺麗《きれい》な海の見えるあの小さな町。デュークの基本、ルーツとも言える場所。もう家族は自分のことなど覚えていないだろうが、あの町で残りの人生を送るのもいいのではないか。

当初は看板の文字がヒノモトの文字に似ていて、それが気になったから店に入ったデュークだったが、今はもう、そんなことをすっかりと失念していた。

思いがけず出会ってしまったモリソバという美味によって己の基本に立ち返ったデューク。

このままデュークが修羅の道を歩み続ければ、待っていたのは見るも無残な最期だけだったのだが、それは神のみぞ知ることである。

みんな大好きコロッケそばがやって来た！

「ふいいぃぁー、うめぇー……」

風呂上がり、一階の店舗から持って来たビールを飲んで一息つく雪人《ゆきと》。

そう、前回のレベルアップによって新たにメニューに加わったビールだ。

ビールがメニューに追加されてからというもの、辻《つじ》そばは怒涛《どとう》の忙しさに襲われている。流石《さすが》に朝から酒を飲む者はあまりいないが、それでも夜勤明けの兵士などが朝から一杯ひっかけていくこともあるし、昼になると誘惑に耐え切れずビールに手を出す客がちらほらと現れ始める。そして夜になるとビールを求める客で店内がごった返すのだ。今までは昼の時間帯が最も忙しかったのに、ビールが登場してからは夜の時間帯が最も忙しい戦場に変貌した。

異世界の人たちの酒にかける情熱というか、執念は凄《すご》い。テレビも携帯電話もパソコンもないこの世界だ、夜の楽しみといえばメシか酒くらいのもの。一日の終わり、仕事でくたくたに疲れたその最後の最後に美味《うま》い料理と美味い酒でその日を締めたいという欲求。もしかすると、そこにかける執着心は地球より異世界の人たちの方が強いのではないだろうか。

ビールに合わせる料理としては、やはりカレーライスが最もよく出る。その次が天ぷらそばといったところか。これら二品は、ビールを求める客にとって酒の肴《さかな》としての側面が強いようだ。特に天ぷらそばは麺のない台抜きで出ることが多い。夜によく出るのは今のところこの二品だが、ギフトがレベルアップして新たなメニューが追加されれば他の料理も出るようになるだろう。

それに今日は丁度ギフトのレベルがアップし、ビールにも合う非常にタイムリーなメニュー、コロッケそばが追加された。

単品でも美味い熱々サクサクのポテトコロッケが載った、温かいそば。そばつゆが染みて少ししんなりとしたコロッケを齧《かじ》り、一緒にそばつゆも飲むと渾然一体《こんぜんいったい》となってとても美味い。そして、そのコロッケの余韻が消えぬうちにビールを流し込む。これがまた、たまらなく美味いのだ。コロッケの油を炭酸の酒で流す爽快感。これはきっと異世界でも受けるだろう。

コロッケそばとビール。この組み合わせを求めて異世界の人たちが殺到することは間違いない。

今はまだ三人でどうにか回せているが、これからはもっと忙しくなるだろう。ほんの少し前にチャップを雇ったばかりだが、先々のことを見越してもう一人か二人、従業員を増やす必要がある。そうしないと休日もないブラック労働一直線になってしまう。雪人が何より唾棄《だき》すべきものとして認識しているブラック労働に。それだけは何としても避けなければならない。

ともかくギフトのレベルが上がり、ステータス表示にも多少の変化があった。今現在のステータスは次の通り。

ギフト：名代《なだい》辻そば異世界店レベル八の詳細
名代辻そばの店舗を召喚するギフト。
店舗の造形は初代《はつしろ》雪人が勤めていた店舗に準拠する。
店内は聖域化され、初代雪人に対し敵意や悪意を抱く者は入ることが出来ない。
食材や備品は店内に常に補充され、尽きることはない。
最初は基本メニューであるかけそばともりそばの食材しかない。
来客が増えるごとにギフトのレベルが上がり、提供可能なメニューが増えていく。
神の厚意によって二階が追加されており、居住スペースとなっている。
心の中でギフト名を唱えることで店舗が召喚される。
召喚した店舗を撤去する場合もギフト名を唱える。
今回のレベルアップで追加されたメニュー：コロッケそば
次のレベルアップ：来客六〇〇〇人（現在来客三九六人達成）
次のレベルアップで追加されるメニュー：肉辻そば、冷し肉辻そばギフトのレベルが八になったことでコロッケそばが追加され、次のレベルアップで追加されるメニューも開示された。温かいそばのカテゴリーから肉辻そばと、冷たいそばのカテゴリーから冷し肉辻そばの二品である。

いずれも甘辛く味付けした豚肉と温泉玉子、そして海苔《のり》一枚がトッピングされたそばだ。冷し肉辻そばの方には、これに加えて味変用の真っ赤な豆板醤《トウバンジャン》も載っている。

辻そばのメニューとしては珍しい、がっつりと肉が使われたそばだ。

今の季節は暑い夏。それも例年以上の酷暑なのだという。今回開示された二品とも、スタミナの欲しい働き盛りの若者たちが特に好むそばではなかろうか。それに酒の肴としての活躍も大いに期待出来る万能選手だ。

名代辻そば異世界店のメニューはどんどん磐石《ばんじゃく》に近付いているが、まだまだ足りないものも多い。ご飯ものにはかつ丼という大物が控えているし、雪人が辻そばのメニューの中でも特に好きな紅《べに》生姜《しょうが》天そばもまだ姿を見せていない。それにアルコール類もビールだけとはいかない、まだ二大巨頭の片翼、ハイボールが残っている。更には店舗限定メニューの数々。後は、珍そばと呼ばれる一風変わったカテゴリーの品々だろうか。例を挙げればキリがない。

ともかく、名代辻そば異世界店にはまだまだレベルアップの余地がある。

当初の、かけそばともりそばしかメニューがなかった状態から比べれば雲泥の差だが、これで満足してはいけない。雪人も辻そばもまだまだこれから。もっとレベルを上げて、異世界の人たちにもっと辻そばの美味《おい》しいそばを楽しんでもらいたい。今はまだ道半ば、序盤も序盤。日々の疲れにも負けず、雪人の野心はギラギラと燃えている。

今日の朝のまかないは悪魔のおにぎり

このままでは雪人《ゆきと》の辻《つじ》そばが休日もないブラック企業と化してしまう。ルテリアもチャップも文句など言わないが、雪人は現状、これは由々《ゆゆ》しき事態だと認識している。もう一人か二人、従業員を確保して忙しさを緩和する必要があった。それも早急に。

そう考えた雪人は翌朝、そのことをルテリアとチャップに相談することにした。閉店後は心身ともクタクタになって相談を受けるという気にもならないだろうから、話すのなら開店前の朝だ。三人揃《そろ》ってまかないを食べる時がいいだろう。

雪人はいつも早起きだ。というか、ほぼ全てのアルベイル市民が早起きなのだ。何故《なぜ》なら毎朝六時きっかりに大鐘楼が鳴り響くから。

雪人は朝六時の鐘に合わせて起床すると、ルテリアとチャップが出勤してくる前に朝の仕込みとまかないの準備を始める。これは毎日の日課、ルーティーンとも呼べるものだ。

ルテリアとチャップは大体いつも朝七時くらいに出勤してくる。そこから朝のまかないを食べ、仕込みの残りを片付け、店内の清掃と準備をして九時に開店という流れだ。

今日は二人に相談があるので、少し気合を入れてまかないを準備する。

今朝のまかないはコロッケそばと悪魔のおにぎりだ。

悪魔のおにぎりとは、店では出していない雪人のアレンジメニューである。カレーライス用のご飯に出汁《だし》用の鰹節《かつおぶし》、そばつゆ用のかえし少々、冷したぬきそば用の揚げ玉を混ぜ込み、おにぎりにしたもの。このおにぎりがまた滅法美味《うま》い。鰹節とかえしからなる和風の味付けに加え、揚げ玉の香ばしさと油のコク。これが美味くない訳がない。おかずがなくともいくらでも食べられる。

悪魔のおにぎりと、スープ兼おかず要員のコロッケそば。朝から何と贅沢《ぜいたく》なメニューだろうか。これならきっと二人も喜んでくれる筈《はず》だ。

「おはようございまーす」

「おはようございます。今日も学ばせていただきます」

いつも通り七時に出勤し、これまたいつも通り朝の挨拶を述べるルテリアとチャップ。彼らがそれぞれ借りている部屋同士は比較的近いそうで、ほぼ毎日こうして揃って出勤してくる。

バックルームで辻そばの制服に着替えた二人。

昼と夜のまかないは客の目に触れぬよう厨房《ちゅうぼう》の奥で食べるが、三人揃った朝のまかないは広いホールに出て客席に座って食べる。

ルテリアとチャップが席に着くと、雪人は早速まかないを出した。

「はい、今日のまかない。コロッケそばと悪魔のおにぎりだよ」

席に着いた二人の前に、雪人がコロッケそばと一人頭二個のおにぎりが載った皿を出す。

その豪華なまかないを見た途端、ルテリアとチャップはキラキラと音が鳴っているのではないかというほどに目を輝かせた。

「うわぁ！　これってあれですよね、コンビニで売り出して一気に有名になったおにぎり！」

「おお、オニギリ！　しかも今日のは食べたことがないやつだ！」

どうやら二人とも喜んでくれている様子。これなら相談をもちかけても嫌な顔はされないだろう。

「「「いただきまーす！」」」

三人揃って声を発し、三人揃っておにぎりを手に取りかぶりつく。

そうして口いっぱいに頬張《ほおば》ったおにぎりを咀嚼《そしゃく》していくと、口内に濃厚な香りと旨味が広がってゆく。粒立った米の良い食感と甘味《あまみ》、鰹節とかえしが醸《かも》す和の風味、揚げ玉のサクサクとした小気味良い歯触りと香ばしさ、そこに濃厚な油のコク。それらが一塊になった美味が舌の上で踊る。

「おお、我ながら美味く出来たな、これ」

「んん〜、美味《おい》し〜い！」

「美味い！　同じコメでもカレーライスとは方向性が全然違う！」

三者三様の言葉だが、いずれも同じ結論に達している。美味い、というただ一つの結論に。

「雪人さん、これ最高です！　毎朝これでもいいくらいです!!」

「俺はもっと色々食べてみたいですけど……でも、これ凄《すご》いです。近いうちにまた食べたいです」

二人とも喜んでくれている。どうやら雪人の目論見《もくろみ》は成功したようだ。

「そっかそっか。いやあ、良かった。じゃあ、また作るよ。流石《さすが》に二日連続ってのもあれだから、次は明後日くらいに作ろうかな？」

「やった！」

「いやあ、早くも次回が楽しみです！」

二人はニコニコと笑顔を浮かべながら喜んでいる。彼らはあくまでお客ではなく従業員だが、辻そばの食材を使った料理を喜んでくれるのならば雪人も嬉《うれ》しい。

そのまま和やかな朝食が続く。二人がまかないを半分くらい食べ終えたところで、雪人は頃合いだろうと、おもむろに口を開いた。

「ねえ、二人とも、ちょっといいかな？」

「はい？」

「何でしょう？」

ルテリアとチャップは食事の手を止めて雪人に顔を向ける。

「折り入って相談したいことがあるんだけどさ、新しい従業員の補充を……」

と、ここで唐突に、

「美味《おい》しそう……………」

と背後で声がした。

「え？」

女性、というか少女のような声だ。ルテリアのものではないし、ましてチャップのものでもない。

突然何だ、と三人が振り返ると、いつの間にそこにいたものか、はたして、一人の少女が雪人たちの背後に立っていた。

青い髪に青い瞳、それに手足や頬の半分が爬虫類《はちゅうるい》のような鱗《うろこ》に覆われ、蜥蜴《とかげ》のような尻尾《しっぽ》が生えた、一〇歳くらいの少女だ。元は上等なものだったのだろうが、着ている服がドロドロに汚れており、あちこち破れてボロボロになっている。

「その三角のやつ、とっても美味しそう………………」

突然のことに驚いて固まる三人を他所《よそ》に、少女は物欲しそうな目で悪魔のおにぎりを指差した。

三爪王国王女リン・シャオリンと魔族をも魅了する悪魔のおにぎり

アーレスという世界には、ヒューマンやエルフ、ドワーフ以外にも様々な人種が存在している。獣の特徴を持つ人種がビーストだとすれば、魔物の特徴を持つ人種が魔族だと言えよう。

デンガード連合を構成する一国に、魔族たちが国民の大半を構成する三爪《さんそう》王国という国がある。

一口に魔族と言ってもその特徴は様々。ゴブリンの特徴を持つ小鬼族、スライムの特徴を持つ無形族、ゴーレムの特徴を持つ岩人族、アンデッドの特徴を持つ死霊族、などといった具合だ。

そんな魔族たちを従える国王は、代々魔王と呼ばれている。何とも仰々しい称号ではあるが、魔王は別に、破壊と殺戮《さつりく》を振《ふ》り撒《ま》き人の世を恐怖に陥れるような存在ではない。ただ単に魔族の王だから魔王と呼ばれているだけのこと。事情をよく知らないヒューマンの国では、魔王のことを恐怖の存在だと勘違いしているところもあるらしいのだが、そういう国は往々にして三爪王国と国交のない、また世界情勢からも疎《うと》い辺境の小国だけだ。

三爪王国を代々治めているのは、魔族で最強とも呼ばれている龍人《りゅうじん》族。

龍人族はその名が示す通りドラゴンの特徴を持つ人種。基本的にはヒューマンに近い見た目だが、身体《からだ》の一部が龍の鱗《うろこ》に覆われ、臀部《でんぶ》に尻尾《しっぽ》があり、背中には翼、頭頂部には角が生えている。そして何より長寿だ。流石《さすが》に一五〇〇年近く生きるハイエルフほどではないものの、それでも龍人族は最長一〇〇〇年は生きる。魔族の中では死霊族に次いで長生きだ。

国名の三爪王国というのも、国を興した初代魔王が龍人族だったことに起因する。龍人族の元となった龍、つまりドラゴンの特徴は三本の鋭い爪。それ故の三爪王国。

さて、その三爪王国の王族には、代々受け継がれる掟《おきて》がある。それは外界においての一〇〇年間の修行だ。三爪王国の王族に生まれた子は、一〇〇歳になると国の外に出され、それから一〇〇年間を三爪王国以外で過ごし、外界のことを学ばなければならない。しかも国からの援助は一切なしで、帰国することも許されない。唯一帰国が許されるのは、修行期間中に死亡した場合のみ。

この掟は初代魔王が一〇〇年間世界を放浪した後に国を興した故事に由来しており、男女の別も王位継承権の上下も関係ない。仮に勝手に帰国しようものなら即刻王族籍から除籍され、王家と関係のない平民として一生を過ごすことになる。

この掟に例外はない。まだ一〇〇歳になったばかりのリン・シャオリンも、三爪王国王族の御多分に洩《も》れず、国の外へ修行に出されてしまった。

シャオリンは当代の魔王リン・リンチェイと側妃リン・シーリンとの間に出来た子で、末の娘だ。一応、王位継承権はあるものの最も下位で、将来は恐らく他国の王族か貴族、もしくは国内の有力な家臣の下へ嫁に出されることだろう。王族の宿命なので、それについての不満はない。

王族といっても、吹けば飛ぶような立場のシャオリン。そんなに王位継承権が下位なら修行などしなくともいいのに、とシャオリン本人は思うのだが、しかし例外は許されず。父王は厳格な人なので抗議も一切聞く耳を持ってもらえず、結局は着の身着のまま国を追い出されてしまった。

これから一〇〇年、シャオリンは自分で金を稼ぎ、一人で生きていくしかない。

といっても手に職はなく、ギフトも何の仕事にも向かない『解錠』というもの。これは手で触れた錠を、鍵を使うことなく開けられるというもので、日常生活で使う機会はほとんどない。ダンジョン探索者の罠《わなし》であったり、或《あ》いは空き巣や強盗であれば垂涎《すいぜん》のギフトなのだろうが、シャオリンは生憎《あいにく》どちらもやりたいとは思わなかった。

罪を犯すのは勿論御法度《もちろんごはっと》。そしてダンジョン探索者になるというのも気が進まない。ダンジョン探索者は嫌でも魔物と戦わなければならない職業だが、魔族は魔物の特徴を持つ人種。流石に魔物を同族とは思わないが、しかし殺して気分の良いものでもない。特に自分たち龍人族の特徴の元となっているドラゴンとは絶対に戦いたくはなかった。刃《やいば》を交えることを想像するだけで嫌悪感が湧く。これは本能というか、根源的なものだから抑え様がない。

シャオリンは一計を案じ、現在絶賛修行中の異母兄を頼ることにした。シャオリンの上には七人ほどの兄姉がいるのだが、すぐ上の五男デュオロンがヒューマンの国、カテドラル王国で修行していた筈《はず》だ。デュオロンは五年に一回くらいの頻度ではあるが、定期的に家族皆に滞在先の国から文を出してくる律儀な男。四年前に届いた文によると、今はカテドラル王国のアルベイルという大きな街にいるそうで、しばらくはそこに滞在するそうだ。

シャオリンは昔見た地図の記憶と太陽の位置を頼りに、ただひたすら北上を続けた。龍人族は背中の翼で飛行出来るので、地上の地形に左右されず高速で移動出来る。眠くなれば適当な木の上で眠り、腹が減れば川で魚を取って適当に焼いて食う。そんな生活が二週間ほど続いた。無論、そんなに楽な生活ではない。木の上は硬くてゴツゴツしていて背中が痛くなるし、蚊やら蛾《が》やらの虫も寄ってくる。魚は身体能力に任せてどうにか取れるが、ブレスで焼くと黒焦げになってしまって美《う》味《ま》くない。だが、焚《た》き火《び》で焼くと今度は生焼けになってしまい腹を壊して苦しんだ。

肉体の強靭《きょうじん》さに助けられ、今のところどうにか死なずに済んではいるが、箱入り娘のシャオリンには生活能力がないとつくづく実感させられた。早く兄を見つけねば早晩死んでしまう。

シャオリンは必死になって空を飛び、どうにかアルベイルに到着した。過去の記憶と己の勘だけを頼りにした旅だったが、奇跡的に辿《たど》り着《つ》くことが出来たのだ。

ようやく兄に会える。どうにか助かった。これで肩の荷が降りたというふうに安堵《あんど》したシャオリンは、風光明媚《ふうこうめいび》な旧王都の景色には目もくれず、兄が逗留《とうりゅう》しているという宿に向かったのだが、しかし現実はそう甘くはなかった。

「デュオロンさんでしょ、あんたと同じ魔族の？　もう一年以上も前になるかね、あの人、他国へ行くって言って出てっちまったよ。え？　次に何処《どこ》行ったかって？　あたしゃ知らないよ、そんなの。これから朝のお客が来るんだ。さ、もう帰っとくれ」

宿の女将《おかみ》に告げられた絶望的な言葉。兄はしばらくここに逗留すると言っていたから、シャオリンはてっきり二、三〇年はアルベイルに滞在するものだと思っていたのだ。

完全にアテが外れてしまった。これからどうすればいいのか。

シャオリンには他に外の世界に頼れる人もいないし、一人で生きていくだけの金も知恵もない。そして自活出来るだけの生活力がないことは、ここまでの旅で嫌というほど思い知った。

ならば一体どうすればいいというのか。硬い木の上で寝て、生焼けの魚を食って腹を壊す生活を一〇〇年も続けなければならないのだろうか。

宿を出たシャオリンは、行くアテもなくトボトボと旧王城の城壁に沿って歩いていた。

ぐうぅ……。

と腹が鳴っている。昨日から何も食べていない。

「ううぅ…………」

思わず目元に涙が滲《にじ》む。こんなふうに空《す》きっ腹《ぱら》を抱えている自分が、どうにも惨めで仕方がない。三爪王国の王女である自分が何故《なぜ》こんな目に遭っているのか。どうして一〇〇年も国の外で生活しなければならないのか。こんなことをして何の意味があるというのか。

思えば王宮での暮らしは何不自由のない贅沢《ぜいたく》極まるものだった。豪奢《ごうしゃ》な王宮に住み、広い自室があり、そこには清潔で柔らかい寝床も華美な衣服も沢山あり、食卓に着けば豪勢な食事を出され、喉が渇けばすぐさま侍女によって美味い茶と菓子が出され。そういう至れり尽くせりの生活を当たり前に享受していたことが遠い昔のことのように思える。

そこまで考えて、ふと分かった。あの生活は決して当たり前ではなかったのだ、と。寝床も服も食べ物も、王宮にあったものは全て国民の血税によって賄《まかな》われ、侍女や執事たちの献身によって用意されていたということを、今更ながらに理解した。

察するに、この外界における一〇〇年の修行というのは、初代魔王の故事に結び付けてそのことを世間知らずな王族の子供たちに学ばせる為《ため》のものなのだろう。王族は国民によって生かされているのだと、それは当たり前ではなく深く感謝すべきことなのだと、そして王侯貴族は国民の為に生き、己の役割を果たさねばならぬ義務があるのだと。

「ふう、ううぅ……」

ボロボロと涙を零《こぼ》しながらアテもなく彷徨《さまよ》い続けるシャオリン。

何処か、住み込みで働かせてもらえるところに頭を下げよう、どんな仕事でも文句を言わずやろう、どんな粗末な食事を出されても感謝して食べよう。

シャオリンがそんな決意を抱いた、その時だった。

「なに……これ………？」

歩いている途中でふと目に入った、とある建物。恐らくは店、食堂だろう。その食堂を見た途端、シャオリンは呆然《ぼうぜん》と立ち止まった。

三爪王国では見たことのない、前面が透明なガラス張りになった店。

アーレスにあって、まるで別世界がそこに顕現したかのような不可思議な光景。シャオリンは俄《にわ》かに、その光景に釘付《くぎづ》けになっていた。

早朝。ガラス張りの不思議な食堂で美味《おい》しそうに食事をしている三人のヒューマン。極度の空腹も手伝ってか、シャオリンはその光景から目が離せなかった。

お互いに笑顔を浮かべながら、本当に美味しそうに麺を啜《すす》り、何か三角形のものを食べる三人。店の外にも微《かす》かに会話が洩れてくるのだが、しきりに美味しいと感動の声を上げている。

「なんだろう、あれ………」

言いながら、シャオリンはゴクリと生唾を飲み込んだ。

薄茶色に色付いた三角形の何か。遠目に見た限りでは、何かの粒の塊のようにも思える。その塊を一口齧《かじ》って頰張《ほおば》り、麺が入っている器からスープを啜る。そうすると、三人はえもいわれぬ表情で花が咲いたような笑顔を浮かべるのだ。

何と幸せそうな光景なのだろうか。

人にもよるのだろうが、家族や友人のような大切な誰かと一緒に食べる食事は、それだけで美味しいし、楽しいし、嬉《うれ》しい。シャオリンはそういう賑《にぎ》やかな食事の風景が好きだ。

自分もあの楽しそうな、温かそうな、そして美味しそうな食卓の輪に入りたい。そう思うと、シャオリンの身体は意識せず勝手に動いていた。

ふらふらとした足取りのまま施錠されたガラス戸を『解錠』のギフトで開き、そのまま中に入る。きっとまだ開店時間ではないのだろう、まさか自分たち以外に店内に人がいるとは思っていないらしく、三人はシャオリンの存在に気が付いていない。

そんな三人の背後で、シャオリンは静かに口を開いた。

「美味しそう…………」

店内に漂う温かく柔らかな料理の香り。茶色いスープに沈む麵も美味しそうだが、シャオリンが特に目を引かれたのは、三人が口々に「美味しい」と絶賛しながら食べている謎の三角形だ。恐らくは穀物の粒を握り固めたものだろうが、どうも麦の粒ではないらしい。初めて見るものだ。が、その初めて見る筈のものが何故だかとても美味しそうに見える。

「え？」

突然、背後で声がした三人がギョッとした様子でシャオリンの方に振り返る。

シャオリンの姿を確認した三人は混乱しているようだ。まあ、それはそうだろう、今はまだ店が開く時間ではないだろうし、入り口の戸は施錠されていた。本来は人など入って来る筈がないのだから。彼らにしてみれば、シャオリンはいきなり現れた謎の侵入者である。

しかしながら上手《うま》く思考力が働いていない今のシャオリンには、三人の様子を気に留める余裕はなかった。

「その三角のやつ、とっても美味しそう…………」

言いながら、シャオリンは皿の上に載っているあの三角形の穀物の塊を指差す。先ほどから視線はずっとその三角形に釘付けになっている。

三人は驚いているようだが、しかしシャオリンのことを殊更警戒している様子はない。普通なら突然侵入などすれば捕まってもおかしくはない。それなのに捕まえるどころかこちらを警戒することもなく、ただただ不思議そうな表情でシャオリンのことを見つめるばかりだ。

「お嬢ちゃんは……どっから来たんだい？」

「というか何処から入ったんでしょう？」

「俺、店に入った後にちゃんと施錠しましたよ？」

三者三様に口を開くが、その声は空腹でボーッとしているシャオリンの耳から耳へ抜けてゆく。

今考えられることは、ただただ、目の前の美味しそうな三角形を食べてみたいという、それだけのシンプルな欲求だけ。それ以外に考えられることはない。

「三角のやつ……」

「三角？　ああ、おにぎりかい？」

黒髪の青年が、茶色い三角形が載った皿を手に持ち、そう訊《き》いてきた。

「オニギリ？」

「そう、これ、おにぎりっていうんだ。食べてみるかい？」

「いいの……？」

「いいよ。食べな、ほら」

そう言って、青年はオニギリが載った皿を差し出してくる。

だが、僅かな逡巡《しゅんじゅん》の後、シャオリンは首を横に振った。

「……でも私、お金持ってない」

本当は食べたい。喉から手が出るほど食べたいし、今も口の中では生唾が湧いて出て止まらないくらいだ。が、ここは食堂、何かを食べるにしても金がかかる。着の身着のままで三爪王国を出され、脇目も振らずアルベイルへ来たシャオリンには、残念ながら一コルの持ち合わせもない。欲望に負けてここでオニギリに手を出せば、無銭飲食で捕まってしまう。今は修行中の身なれど三爪王国の姫として犯罪者に身を落とす訳にはいかない。

「お金はいいよ。これはメニューにも載ってないまかないだからね。さ、食べな」

しかし、シャオリンの心配を他所《よそ》に青年は柔和な微笑を浮かべたままオニギリを勧めてくれた。

心の温かさを感じる、何とも優しそうな笑顔だ。この旅で初めて触れた人の温かさに、シャオリンは思わず泣きそうになってしまった。

「うん……」

目元に涙を溜《た》めながらオニギリを手に取り、震える手でそれを一口頬張るシャオリン。

そのたった一口を咀嚼《そしゃく》しながら、シャオリンは滂沱《ぼうだ》のような涙を流していた。

美味しい。

穀物の優しい甘味《あまみ》、発酵調味料のしょっぱさ、サクサクとした何かの歯触りと油のコク、濃厚な魚介の風味。歯で感じる食感、鼻で感じる風味、舌で感じる味、その全てがシャオリンにオニギリの美味を伝えている。

国を出てから初めて食べるまともな料理。しかしてそれはシャオリンがこれまで出会ったこともない未知の料理。そんな未知の料理がこんなにも美味しい。その優しさが、その温かさがボロボロになった身体に、疲弊した心に染み渡る。

「おいしい、おいしい………」

人目も憚《はばか》らず泣きながら、次々にオニギリを頬張り続けるシャオリン。

そんなシャオリンの姿を見て、三人はそれぞれ動き出した。

「よっぽどお腹《なか》減ってたんだね。ほら、これ、俺の分も食べていいよ」

茶髪の青年がそう言って自分の分のオニギリも差し出す。

「私、この子のお水持ってきます。おにぎりだけじゃ喉詰まっちゃう」

金髪の女性は立ち上がって厨房《ちゅうぼう》の方へ行く。

「お嬢ちゃん、もっと食べられるよね？　ちょっと待っててね、今、コロッケそば作ってくるから。ああ、そうだ、おしぼりもあった方がいいな」

黒髪の青年もそう言って厨房へ行った。コロッケソバとは何なのだろうか。シャオリンには見当もつかないが、ともかく美味いものなのだろう。何せ、この温かい店の料理なのだから。

直感的に分かる。この店は人の心の温かさと優しさに溢《あふ》れた、とても良い場所だ。出来ることなら、許されるのならずっとここにいたい。

頭ではそんなことを考えながらも、オニギリを食べる手と口は止まらない。両手にオニギリを持って黙々と食べていると、不意に喉が詰まってしまった。

「んぐッ!?」

穀物を握り固めたものを水もなしに一心不乱に貪っていたのだ、こうなることは火を見るよりも明らか。そんなことは最初から分かっていたのに、誘惑には抗《あらが》えないのが人の常。

「あッ！　この子、喉詰まりした！　ルテリアさん、水、水！」

「はいはい今持って行くからちょっと待って!!」

金髪の女性が苦笑しながら小走りで水を持って来る。

喉にオニギリを詰まらせ、息が出来ず青い顔をしながら、シャオリンは、ここは何だか賑やかでいいな、何だか家族みたいな雰囲気だな、とそう思っていた。

思いがけず新たな従業員加入！

施錠していた筈《はず》の開店前の店に突然現れた、ボロボロの恰好《かっこう》をした少女。

爬虫類《はちゅうるい》のような鱗《うろこ》や尻尾が特徴的な不思議な少女だが、彼女は腹を減らしていた様子で、まかないとして食べていたおにぎりを分けてあげると泣きながらそれを食べた。そして食べ終わるや、彼女は困惑している雪人《ゆきと》たちに自分のことを話して聞かせてくれたのだ。

彼女の名前はリン・シャオリン。魔族という人種らしい。驚くべきことに、三爪《さんそう》王国なる国の王女様だそうで、王族の掟《おきて》として一〇〇年間の外界修行中なのだという。

この旧王都には同じく外界で修行中の兄を頼って来たらしいのだが、彼はもう旧王都から出立しており、その後の行方《ゆくえ》は摑《つか》めなかったとのこと。

そして、途方に暮れて歩いているところでこの名代辻《なだいつじ》そばを発見、店内で朝のまかないを美味《おい》しそうに食べる雪人たちを見て、引き寄せられるように店内に入ったそうだ。

ちなみに施錠された入り口を開けられたのは彼女が『解錠』という鍵開けのギフトを持っているからだそうで、ピッキングではないのだという。

魔族という人種がいることは、雪人もルテリアから聞いて何となくは知っていたのだが、ただ、まだ一〇歳くらいの子供にしか見えないシャオリンがもう一〇〇歳で、しかも寿命が一〇〇〇年くらいあるというのには驚いてしまったが。

そして彼女が他国の王族だということにはもっと驚いてしまった。普通、いち国家の王女が他国でこんなにボロボロになっていたら大なり小なり国際問題になると思うのだが、修行中は例外的にどんな目に遭おうとも一切問題にならないのだという。

恐らくは王宮でぬくぬく育った子供たちに世間の厳しさを教えるとか、そういう目的で行われるものなのだろうが、着の身着のままというのはいささかやり過ぎだろうと雪人は思う。せめて当座の軍資金ぐらいは用意してやってもいいのに、と。

まあ、他所《よそ》の家のことなので言うだけ野暮《やぼ》なのかもしれないが。

シャオリンの話を聞いた三人は、それぞれ違う表情を浮かべた。

雪人は何か考え込むように。

ルテリアは何とも言えない、痛ましいものを見るように。

チャップは憮然《ぶぜん》とした表情に。

そのチャップが、僅かに逡巡《しゅんじゅん》した後に口を開いた。

「……でもさあ、魔族って他の人種よりずっと強いんだろう？　だったらダンジョン探索者とかで食っていけるんじゃないか？」

　かつてはダンジョン探索者ギルドの職員としてダンジョンに潜っていたチャップである。そう提案するのも無理からぬことだが、しかしシャオリンは口を真横に結んで首を横に振った。

「魔物とは戦いたくないし、他の人が魔物と戦っているのを見るのも嫌。別に同族とかじゃないけど、神様が私たち魔族を創る時の元になった生き物だから……」

　そう、魔族は魔物の特徴を持った人種なのだ。ダンジョン探索者はどうあっても魔物と戦わねばならない。敵性生物でも生き物を殺すということには常に忌避感が伴う。それが自分たちのルーツとなった魔物であれば一層の忌避感が募るのだろう。

　そもそも魔族のダンジョン探索者がほぼ存在していないという点から見てもそれは明白である。

　チャップは「ふうむ……」と唸《うな》ってから次の案を口にした。

「じゃあ、傭兵《ようへい》とかは？」

　ダンジョン探索者とは違い、傭兵は主に人間相手の仕事だ。

　大きな戦争のない今の時代、傭兵の任務は主に商隊や自前の騎士団を持たぬ法衣《ほうえ》貴族の護衛、危険な害獣の討伐といったものになる。

　どんな時代になっても盗賊や山賊といった悪人共は尽きない。そして武装した護衛がいるのに目先の欲に囚《とら》われて襲いかかってくる馬鹿者共も尽きることはない。

　故にいつの時代も傭兵の需要は存在する。食いっぱぐれることは滅多《めった》にない職業だ。

　だが、これについては、シャオリンは顔をしかめて明確な拒絶の意思を示した。

「人殺しはもっと嫌。殺すんじゃなくても、戦ったり人を傷付けるのは嫌」

その言葉を聞いても、雪人は我儘《わがまま》だとは思わない。むしろごく普通のことだ。化け物然とした魔物と戦うよりも、姿形が似通っていて言葉も通じる他人種と戦うことの方がずっと辛《つら》い。

「まあ、戦いが嫌だってのは、人としては至極真っ当な感覚だよな。ファンタジーな世界だからって、俺も別に戦いとかしたくないし」

同意するように頷《うなず》きながら雪人が言うと、チャップが不思議そうな顔を向けてくる。

「ん？　ファンタジーって何です？」

「ああ、気にしないで。こっちの話、こっちの話……」

「そうすか……？」

うっかりしていた。転生者である雪人にとって、この世界はファンタジーなものだが、ここで生まれ育ったチャップたちにその自覚がある筈がない。というか、ファンタジーなどという言葉すらこの世界にはないのだろう。

咄嗟《とっさ》に、しかも結構雑に誤魔化《ごまか》したのでチャップは尚《なお》も不思議そうな顔をしているが、彼のことは放っておいて、雪人はシャオリンに向き直った。

「これからどうしようかとか、決めてるの？」

「ううん、何も……」

「じゃあ、どうしたいとかってある？　やりたいこととかさ？」

「分からない。今まで働いたことないから……」

顔を俯《うつむ》け、沈んだ様子で首を横に振るシャオリン。

彼女は今、誰の目から見ても人生に迷っている。頼る者はおらず、さりとて家に帰ることは出来ず、己の力のみを頼りに一〇〇年間も生き抜かねばならない。一〇〇年とは人間、この世界風に言うのならヒューマンだろうか、そのヒューマンの生涯と同じだけの長い長い年月だ。

いくら身体能力がずば抜けているといっても、これまでお姫様として至れり尽くせりで暮らしてきた彼女に一人で生活する為《ため》の能力は備わっていない。

そして、この修行というのはその生活力を養う為の期間でもある。

ならば雪人がその生活力を鍛える役割を担っても構わない訳だ。

「店長、どうにか……」

雪人と同じことを考えていたのだろう、その先を言葉にこそ出さないものの、ルテリアも懇願するような目を雪人に向けてくる。

そういうルテリアに、雪人も同意を示すよう頷いて見せた。

「そうだね、このまま放り出すっていうのも冷たいよな……」

言いながら、雪人はおもむろにシャオリンに向き直り、彼女の肩に両手を置く。

「これはちょっとした提案なんだけどさ、うちで働いてみるかい、シャオリンちゃん？」

シャオリンにとっては意外な言葉だったのだろう、彼女は驚いたというふうに顔を上げた。

「え？」

と、シャオリンが呆《ほう》けた声を出す横で、チャップが「よし！」と拳を握る。

「店長、流石《さすが》ですね！　うちは新しい従業員を探していて、シャオリンちゃんは自分で稼いで食っていかなきゃならない。お互いの求めることが一致している」

雪人はチャップに「そうだね」と返してから言葉を続ける。

「まあ、この子の立場が立場なだけに、大公閣下には話を通さないといけないだろうけど」

「ですね。何せ他国のお姫様ですしね」

チャップの言葉に頷いてから、雪人はシャオリンに向かって微笑《ほほえ》んだ。

「もし、君が良ければなんだけど、うちに住み込みで働いてみるかい？　うちはね、三食まかない付きで給金もまあまあいいよ？」

元々はルテリアを社員寮代わりに同じ部屋に住まわせようとしていたのだ、子供一人住まわせるくらいの空きはあるし、地球で生きていた時、来客用に用意しておいた予備の寝具もある。

金の方もあと二、三人雇っても問題ないくらいには余裕がある万全の状態だ。

きっと色々と考え込んでいるのだろう、しばしの沈黙の後、シャオリンは静かに口を開いた。

「………………いいの？」

「ん？」

「私、ここにいていいの？」

そう言うシャオリンの目が赤くなり、見れば今にも零《こぼ》れ落《お》ちそうなほど涙が浮かんでいる。唐突に差し伸べられた救いの手を前に、きっと感情が追い付かないのだろう。

雪人は勿論《もちろん》だと頷く。

「俺たちと一緒に働いてくれるならね」

「またオニギリ食べさせてくれる？」

「おにぎり以外にも美味しいものはあるけど、でも、おにぎりも作るよ、君が食べたいのなら。その人が食べたいものを食べてもらうのが名代辻そばの流儀だからね」

雪人が優しくそう言うと、シャオリンは大きく目を見開き、ボロボロと涙を零して泣き始めた。

嗚咽《おえつ》を洩《も》らしながら泣く彼女の背を、ルテリアが優しく擦《さす》っている。年齢的にはシャオリンの方が上だが、今の二人はさながら姉妹。ルテリアが姉でシャオリンが妹のように雪人の目には見えた。

この二人が一緒に働いてくれれば、きっと似合いのコンビになるだろう。

シャオリンはひとしきり泣き続けてどうにか嗚咽が収まってから、目元の涙を拭って改めて雪人に向き直り、深々と頭を下げた。

「分かった。働く。ううん、お願いします、働かせてください……」

その姿を見て、雪人、ルテリア、チャップの三人はお互いに顔を見合わせてから頷く。

「よし、決まりだ！　これからよろしくね、シャオリンちゃん。俺はこの名代辻そばの店長、初代《はつしろ》ゆき……っと、じゃないや、ユキト・ハツシロだ」

「私はルテリア・セレノ。よろしくね」

「俺はチャップ。俺も新入りだから一緒に頑張っていこう、シャオリンちゃん」

三人は口々に自己紹介しながらシャオリンに笑顔を向ける。

シャオリンはそれが何だか嬉《うれ》しくて、初めて仲間として受け入れてもらえたような気がして、思わず笑みが浮かんでしまう。

「よろしく、お願いします……」

見ず知らずの自分に優しくしてくれたこの三人の為、そして温かな場所であるこの店の為に働こうと、シャオリンはそう決心した。

名代辻そば従業員リン・シャオリンとまかないの焼きおにぎり

シャオリンがナダイツジソバで働くようになってから五日が経《た》った。

働いてみて分かったのだが、この店は常日頃からとても忙しい。

店を開けている時間は朝の九時から夜の九時までだが、それ以外の時間にもやらなければならない仕事がある。朝早くから起きてその日の分の仕込みをし、平行して朝のまかない作りも。

店主であるユキトが厨房《ちゅうぼう》でせっせと仕事をしている間、シャオリンとルテリアはホールと厨房の清掃、チャップはユキトの作業を手伝う。

四人で朝のまかないを食べ終われば店を開き、そこから夜の九時まで働き詰めである。

シャオリンはこうして働くこと自体が初めてなので、今もまだ作業の手付きがたどたどしい。水や酒を運べば一〇回に一回は零《こぼ》してしまうし、皿洗いをすれば日に一度は器を割ってしまう。

複雑なことはない単純作業の筈《はず》なのだが、不器用なシャオリンにとってはとても難しく感じる。

仕事をミスする度に自分の駄目さ加減が浮き彫りになるような気がして、シャオリンはすぐ落ち込む。店の裏で涙を流したことも一度や二度ではない。ほぼ毎日泣いているのではなかろうか。

働くことは難しい。決して楽しいことばかりではない。だが、それでも、ここで働けてシャオリンは幸せだと感じている。働くことは難しいことばかりだが、しかしここで働くのは少なくとも辛《つら》くはないのだ。ここにいるのはとても温かくて優しい人たちばかり。ユキトもルテリアもチャップも、シャオリンがミスしても怒ったりはしない。無論、注意は受けるが、それも常識的な範囲内に収まっている。決して理不尽なものではない。

たまに怖い人も来るには来るのだが、そういう人は何故《なぜ》か弾《はじ》き出されるように店から追い出されて、以降二度と入店出来なくなる。これは店長であるユキトのギフトによるものだそうだ。

働くことは楽しいことばかりではないというのは先にも述べたが、しかし全く楽しいことがないという訳でもない。むしろ楽しいことの方が多い。その筆頭が三食のまかないである。

ツジソバで出るまかないはどれもこれもとにかく美味《おい》しい。王宮暮らしで舌の肥えたシャオリンをして、これまで食べたこともないような美味なる料理の数々が途切れることなく提供されるのだ。

温かいソバ、冷たいソバ、そしてゴハンモノ。中でもシャオリンはコメを使ったゴハンモノを特に好んでいる。パンでも麺でもない、この不思議な粒々を。

この店に来た時、初めて食べたのがオニギリだった。

ユキトに後から聞いたところによると、あれは悪魔のオニギリと呼ばれるものだそうだ。どうにも物騒な名前だが、別に悪魔の呪いがかかっているとかいう訳ではなく、悪魔的に美味しくて中毒のようにまた食べたくなってしまうという意味らしい。

あのオニギリを食べて以来、シャオリンはコメが、特にオニギリが大好きになった。オニギリとソバがあればそれだけで最高のご馳走《ちそう》になる。

今日の昼のまかないはシャオリンの要望もあってオニギリになった。それも普通のオニギリではなく、焼きオニギリというものだ。

焼きオニギリ。その名の通りオニギリの表面を焼いたもの。だが、ただ単に焼いたのではない、ショウユというとても珍しい調味料を丹念に塗りながら、金網の上でゆっくりと炙《あぶ》りながら焼くのだ。この焼きオニギリを焼く時の匂いが、何とも香ばしくてそれだけで食欲を掻《か》き立《た》てられる。

ユキトがこの焼きオニギリを焼く間、シャオリンは皿洗いをしていたのだが、厨房中にショウユが焦げる香ばしい匂いが漂っていたので、次から次へ湧き出る生唾を飲み込むのが大変だった。

早く食べたい。まだかな、まだかな。そんなふうに気もそぞろに皿洗いをしていたのでまた器を割ってしまったのだが、それでも今日はそこまで落ち込んではいない。何故《なぜ》なら、この後には焼きオニギリが控えているのだから。

そうして待つこと一〇数分、もう辛抱堪《たま》らなくなったシャオリンの耳に、待ちわびていたユキトの声が届いた。

「シャオリンちゃん、焼きおにぎり出来たから先に休憩入りな」

「はい……！」

待ちに待った焼きオニギリ。シャオリンは脱兎《だっと》の如く洗い場を離れると、ユキトから焼きオニギリが三個載った皿を受け取り、いつも従業員がまかないを食べている厨房の奥へ急行した。

自分でコップに水を入れて、いよいよ焼きオニギリと向き合う。

いつもながら均整の取れた三角形。通常の、中に具が入った白いオニギリとは違い、全体にショウユが塗られて茶色くなっており、ところどころに少しずつ金網で焼いた跡、焦げがある。その焦げから漂ってくる焼けたショウユの匂いがまた香ばしいこと香ばしいこと。

チャップ曰《いわ》く、ショウユは豆から作られる調味料らしい。シャオリンはボソボソした豆の食感があまり好きではないのだが、しかしこんなに美味しい調味料になってくれるのなら豆も大歓迎だ。

焼き立てアツアツの焼きオニギリをひとつ手に取る。ヒューマンでは素手だと熱くて取り落としてしまうのだろうが、シャオリンは魔族最強とも言われる龍人族《りゅうじん》、皮膚の強さも尋常ではない。これくらいの熱さはへっちゃらだ。

「いただきます……！」

ユキトとルテリアの真似《まね》だが、食前の感謝の言葉を唱えてから焼きオニギリにかぶりつく。瞬間、
バリッ!!

と、柔らかいコメとも思えないような音と、パリパリとした硬い噛《か》み応えが歯に伝わってきた。

「ッ！」

いつもとはまるで違う食感に声もなく驚くシャオリン。だが、そのままバリバリと噛み締めてゆくと、中からいつものコメの柔らかさと甘さに加え、ショウユの塩味《えんみ》、そしてショウユを焼いたことによって生じたえもいわれぬ香ばしさが鼻に抜けた。

「…………美味しい」

いつものオニギリとは違う一面を見せる焼きオニギリ。文字通り一味違う。

だが、その根本にあるコメそのものの美味《うま》さや、何処《どこ》かほっと安堵《あんど》するような、牧歌的な優しい雰囲気は変わっていない。これもまたオニギリなのだ。

オニギリはオニギリ。ショウユを塗ってもオニギリ。焼いてもオニギリ。

こんなに大胆なアレンジをしてもその美味しさの根底は変わらないのだからオニギリは凄《すご》い。

火傷《やけど》しそうな熱さも何のその、シャオリンは勢いのまま焼きオニギリを貪り食う。両手に焼きオニギリを持って右を齧《かじ》り左を齧り。あっという間に二個の焼きオニギリを平らげてしまった。

手がショウユでベトベトになってしまったが、そんなものは少しも気にしない。オニギリは手摑《てづか》

みで食べるのが流儀であり、そうやって食べるのが一番美味いのだから。

掌《てのひら》に付着したショウユをペロペロと舐《な》めてから、最後の一個に手を伸ばすシャオリンだったが、ここで唐突に待ったがかかる。

「あ、シャオリンちゃん！　ちょっと待って！」

その声でピタリと手を止め、顔を上げると、はたして、いつの間にそこにいたものか、ルテリアがこちらを覗《のぞ》き込《こ》んでいた。

器やらコップやらを満載したお盆を抱えているので、ホールから洗いものを持って来る途中でシャオリンが焼きオニギリを食べているところに遭遇したのだろう。

「ルテリアさん……？」

ルテリアは食器の山を流し台に投入すると、温かいソバ用の新しい器を持って来た。

「その焼きおにぎり、最後は出汁《だし》茶漬けで締めるといいわよ」

「ダシチャヅケ？」

唐突にそう言われ、しかしシャオリンは首を捻《ひね》る。ダシとは、ソバのスープを作る時の元になるものだというのはユキトから聞いて知っているが、それにしてもチャヅケとは何だろうか。

シャオリンが小首を傾《かし》げながら不思議そうな顔をしていると、ルテリアは苦笑しつつも器を差し出してきた。

「ほら、これにおにぎり入れてみて」

「ん……」

何をするのかは知らないが彼女はナダイツジソバでの先輩、助言には素直に従うべきだろう。

シャオリンが言われた通り焼きオニギリの最後の一個を器に入れると、ルテリアはその器を持ってダシを煮ている鍋の方に向かった。

「で、ここにね、こう、お出汁をかけるの……」

言いながら、ルテリアは焼きオニギリにたっぷりと黄金に煌《きら》めくダシをかけ、そこにソバ用の薬味として使うネギをひと摘《つま》みほど振りかける。

「あ……」

黄金のダシで満たされた器に沈む焼きオニギリ。そこにネギの白さが映えており、実に美しい。鼻の奥に吸い込まれる湯気の優しく温かい香りが何とも食欲をそそる。これもまた美味しそうだ。

「はい、お箸。ちょっとずつお出汁を啜《すす》りつつ、おにぎりをお箸で崩しながら食べてみて。とっても美味しい筈だから」

「ん、ありがと……」

シャオリンが差し出されたワリバシを手に取ると、ルテリアはそのままホールに戻ってしまった。シャオリンの方が八〇歳近く年上だが、ルテリアはまるで姉のように面倒を見てくれるし、優しく気遣ってくれる。もしかすると、実の姉よりも姉らしいのではなかろうか。

ユキトにしてもチャップにしても、このお店の人たちは皆そうだ。とても優しく温かな人たちばかり。そんな人たちがいるこの店がシャオリンは大好きだ。

この店で働くことが出来て、本当に幸せだと思う。仕事もせずぬくぬくと過ごしていた王宮では感じなかった、真っ当に生きている実感のようなものが湧いてくる。

ルテリアの優しさに触れて、思わず心が温かくなった。次はこの美味そうなダシチャヅケを食べて身体《からだ》を温かくする番だ。

まずは、ずぞぞ、とダシを啜る。

カエシと合わせていないので口当たりが丸く塩味はそれほどでもないが、しかしダシ本来の華やかな風味をいつもより強く感じた。不思議と郷愁を抱くような、ほっと安心する味だ。

ダシと一緒に口に入ったネギの辛味もアクセントが利いており実に良い。

次は焼きオニギリだ。ルテリアはこれを少しずつ崩しながら食べるのが美味しいと言っていた。

「…………」

言われた通り、焼きオニギリの先の方を一口分オハシで崩し、ダシと一緒に啜り込む。

ずぞぞぞ……。

瞬間、シャオリンは目を見開いた。

「んんん～ッ！」

口の中にたっぷりとものを含んでいるので、思わず言葉にならぬ声でそう唸《うな》ったが、気持ちとしては「美味しい～ッ！」と言ったつもりだ。

ダシの水分によってほぐれたコメ、そしてダシに溶け出したショウユの旨味。これらが渾然一体《こんぜんいったい》となって激流のように流れ込んでくる。

ダシを吸ったことによって焼きオニギリのパリパリした食感は失われてしまったが、代わりにダシと調和がとれたものに変貌している。これがルテリアの言っていたダシチャヅケ。実に美味だ。

オニギリを少し崩しては啜り、少し崩しては啜り。そうやって夢中になって食べていると、その食べやすさも相まって、ものの三分もしないうちに全て平らげてしまった。

「ふぅ……」

ダシチャヅケを完食したばかりの口から、熱い吐息が洩《も》れる。

今回のまかないも美味しかった。このナダイツジソバで食べるものは何でも最高に美味しい。それこそ王宮で出て来た料理よりも。

ナダイツジソバの料理は華美ではないし、大金を出さなければ手に入らないような食材を使っている訳でもないと、ユキトはそう言っていた。

シャオリンはここに来るまで、ソバやコメといったものは存在すら知らなかったが、ユキト曰く、彼の故郷ではありふれたものなのだという。

そんなありふれた食材で王宮の料理長よりも美味しい料理を作るのだから、ユキトは凄い。そんな凄い人の店で働けて、そして毎日毎食こんなに美味しい料理を食べることが出来て、今のシャオリンは幸せだ。大して働きもせず、王宮でのんべんだらりと過ごしていた時よりもずっと。

可能なら修行中の一〇〇年間、ずっとこの店にいたいものだが、そういう訳にもいかないだろう。

ユキトたち三人はヒューマン。魔族のシャオリンとは寿命が違う。

ヒューマンの寿命はどれだけ長生きしても一〇〇年弱。生まれたばかりの赤ん坊ならまだしも、出会った時点で彼らはもう成人しているから、この先一〇〇年も生きるということはない。ということは、シャオリンは修行期間が終わるよりずっと前にここを去らねばならないということ。

働き始めたばかりでもう別離のことを考えるのは少々滑稽かもしれないが、その時のことを想像すると恐ろしくて涙が出そうになる。

この温かく優しい人たちとの別離、それが死別となればシャオリンはきっと立ち直れないほど深く悲しむことになるだろう。非業の死ではない、寿命による自然死だったとしても、その悲しみに耐えられるとは思えなかった。

この店の人たちにはいつまでも元気でいてもらいたい。その為《ため》にシャオリンに出来ることといったら、一生懸命働くことだけ。一生懸命働いて、少しでも彼らの力となる。それだけだ。

「ごちそうさまでした……」

ユキトやルテリアに倣って、シャオリンも食後の感謝の言葉を口にする。

これで夜までの活力を充塡《じゅうてん》完了した。次のまかないの時間まで、先に触れた通り三人の為に一生懸命働くのみ。

ダシチャヅケによってポカポカと温まった腹を擦《さす》りながら、シャオリンは空になった器を持って流し台に向かった。

コロッケそばは巡る　イシュタカのテオ編

カテドラル王国の北西には、雄大なイシュタカ山脈が広がっている。

このイシュタカ山脈は教会の敬虔《けいけん》な信徒から霊峰と崇《あが》められており、国境を接するウェンハイム皇国などは国民がみだりに立ち入ることを制限する聖地と定めているのだが、しかし、そういう土地にも僅かながら先住者たちが存在していた。エルフだ。

霊峰と言われるだけあって、イシュタカ山脈には魔素溜《だ》まりが点在しており、その魔素溜まりにエルフたちが小規模な集落を築いて住み着いている。

イシュタカ山脈は岩肌が露出する険しい山々が連なる土地で草木も少なく、そこで狩れる野生動物もやはり限られており、居住するエルフたちが動物の肉を口にする機会はそう多くない。

だが、それでもそこで生きていけるのには理由がある。まず、第一にイシュタカ山脈には魔素溜まりと同じようにダンジョンが点在しており、そこで食肉に適した魔物を狩ることが出来るのだ。

また肉だけでなく野菜や川魚が獲《と》れるダンジョン、清浄な水が汲《く》めるダンジョンなどもあり、魔物と戦ってダンジョンを攻略する実力さえあれば必要最低限の食生活は送れるようになっている。

そしてもうひとつ大きな理由があった。この地で大量に栽培されているジャガイモだ。このイシュタカ山脈は、アーレス全土で広く食されているジャガイモの原種が発見された地であり、古くからエルフたちが栽培に力を入れているのだ。エルフたちが栽培したイシュタカ山脈のジャガイモといえば、今日においてこの地の名産品と言われるほどである。

かつては救荒植物とまで言われていたジャガイモは、イシュタカ山脈のような痩せた土地でもよく育つ。連作障害を起こすので同じ場所で立て続けに作ることは出来ないが、それでも畑を移しながら栽培すれば一年でかなりの量を収穫出来た。

ダンジョンからの恵みと、虎の子のジャガイモ。この二本柱によってイシュタカ山脈で暮らすエルフたちの生活は支えられているのだ。

テオもイシュタカの地に住むエルフとして畑を耕し、ダンジョンに潜る生活を送っている。

変化の少ない、悪い言い方をすれば変わり映えのしない日々だが、しかし厳しい土地で堅実に生きるテオ。名声や世間的な栄達からは程遠い暮らしだが、しかしこの生活にも誇りはある。霊峰イシュタカを自分たちが護《まも》っているのだという誇りが。

下界では、イシュタカ山脈のエルフたちは霊峰の護り人だと言われており、教会の信徒たちからはありがたい存在なのだと神聖視されている。

あの横暴なウェンハイム皇国ですらも手出しを躊躇《ちゅうちょ》すると言えば、どれだけ彼らが特別視されているのかが伝わるだろう。

いつも変わらぬ厳しい日々。だが、このような日々の中にもたまには変化が訪れるものである。

その日、テオが野良《のら》仕事を終えて集落に帰ると、唐突に一羽のハヤブサが家を訪れた。

たっぷりと時間をかけ、集落の上空をグルグルと旋回しながら降下するハヤブサ。換気の為《ため》に開けておいた炊事場の窓のヘリに降り立つと、ハヤブサはその鋭い瞳でテオを睨《にら》みながら、小さく、

「クエェ……」

と鳴いた。視線は鋭いものの、威嚇や敵意のある鳴き声ではない。

「ん……？」

テオが顔を向けると、ハヤブサはもう一度「クエェ……」と鳴く。その嘴《くちばし》に何らかの刻印が刻まれていることから、このハヤブサがギフト『テイム』で誰かに使役されたものだということが分かる。それによく見れば、足首に何か筒のようなものが括《くく》り付《つ》けられていた。これは恐らく誰かからの文だろう。伝書鳩《でんしょばと》ならぬ、伝書ハヤブサといったところか。

「伝書鳥……。誰からだ？」

テオは筒から手紙を抜き取ると、ハヤブサを家に入れ、保存してあった干し肉を小さく切って与えてやった。そしてハヤブサが干し肉を突《つつ》いている間に、手紙に目を通し始める。

手紙は、茨森《いばらもり》に住む叔母からのものであった。

そして肝心の内容は、テオの従姉妹《いとこ》、テッサリアに関するものだ。

茨森のテッサリア。テオの従姉妹にして将来を誓い合った婚約者。最後に会ったのはもう三〇年も前のことになるが、活力に溢《あふ》れているというか、随分と溌剌《はつらつ》とした少女だったことを覚えている。

叔母からの手紙によると、テッサリアは里を出て王都に行ってしまったそうなのだが、どうにも帰って来る気配がないのだという。里を出た最初の二、三年くらいは近況を知らせる手紙も頻繁に来ていたし、一度は里帰りもしてくれたというのに、この一〇年くらいは里帰りどころか手紙すらも絶え、こちらから手紙を送っても返事すらないのだという。

他にもテッサリアに関することを色々書いてあったのだが、叔母は、心配だから一度テオに彼女の様子を見て来てほしいと、そう文章を締めていた。

「ふうむ……」

読み終えた手紙を握り締め、テオは思案し始める。

テッサリアに会うにしても、集落を留守にして泊まりがけの仕事になるだろう。ジャガイモ畑の方がそろそろ秋の作付け時期に入るので、出来れば今の時期は集落を離れたくない。

しかし滅多《めった》にない叔母からの頼みであり、相手は自分の婚約者でもあるテッサリア。何より叔母はテオのことを見込んで頼ってくれたのだ、これを無下に断るほどテオは冷血漢ではない。

叔母がテオのことを見込んだのは、確かに娘の婚約者だということもあるだろうが、それよりテオのギフトを考慮してのことだろう。

テオのギフトはエルフの御多分に洩《も》れず魔法のそれだが、とても珍しい『飛行魔法』というものである。これはその名の通り自由に空を飛ぶ魔法が使えるというもので、イシュタカ山脈ではテオしか使い手がいない、所謂《いわゆる》レアギフトと呼ばれるものだ。

このギフトがあれば道なき道でも行くことが出来るし、地形に影響を受けることがない。遠く離れた王都であっても、凡《およ》そ五日間もあれば往復可能だ。

「今すぐ出れば作付けには間に合うか……？」

テオがどうするか悩んでいると、それまで口を挟むことなく黙っていた父が声をかけてきた。

「……テオよ、行ってやれ。我が妹たっての頼みだ。聞いてやってもバチは当たらんだろう。畑の方は私が見ておくから心配するな」

そうは言うものの、父は腰を痛めて先月から寝込んでいる。長年の畑仕事とダンジョン探索で腰を酷使し蓄積されたものが悪さをしているので、回復魔法も効かないのだ。

申し出自体は嬉《うれ》しいのだが、今も寝床から起きられない父に畑仕事などさせる訳にはいかない。

他に家族がいればまだ良かったのだが、生憎《あいにく》この家はテオと父の二人暮らし。母は二〇年前の大雨で土砂崩れに巻き込まれ帰らぬ人となり、姉は一〇年前に集落を出て他所《よそ》の里に嫁いだ。どう考えても他に畑を任せられるような者はいない。

「いや、父上、そう言ってくれるのはありがたいが……」

断ろうとするテオの様子を察したのだろう、父は先んじて首を横に振った。

「案ずるな、テオ。こんなこともあろうかとな……」

腰を擦《さす》って「いたたたた……」と顔を苦痛に歪《ゆが》めながら上半身を起こす父。

「父上！」

その痛そうな顔を見ていられなくてテオが駆け寄ろうとするのだが、父はそれも制した。

そして、そのまま寝床の横にあった文机をずらす父。すると、机をずらした場所が一段へこんで溝になっており、その溝に何か小さな瓶が入っているのが見えた。

「こいつを取っておいたのよ」

言いながら、父は瓶を手に取りテオに見せる。厳重に蓋をされた透明な瓶で、内部は薄緑色の、如何《いか》にも苦そうな液体で満たされている。

「父上、それは一体……？」

あんな色をした液体がただの水ということはあるまい。恐らくは薬師か錬金術師あたりが作った霊薬、所謂《いわゆる》ポーションの類《たぐい》だろう。

ポーションは怪我《けが》や傷には効くが、こういう長年の蓄積で患った腰痛などにも効くのだろうか。

その表情を見るに、父は何やら自信あり気だが、息子のテオとしては不安がある。

だが、父はそんなテオの顔を見てニッと笑って見せた。

「これはな、テオよ。昔、私の父、つまり亡くなったお前の祖父様《じいさま》がまだ若い頃、ダンジョン探索中に発見したパナケイアだ」

聞いた途端、驚愕《きょうがく》のあまり目を見開いて驚くテオ。

「パナケイア!?　あの万病に効くと名高い霊薬か!!」

ギフトで作成することは不可能とされ、ダンジョンの宝箱からしか見つからないと言われている最上級の回復系ポーション、パナケイア。

一説によれば欠損した肉体の部位や、回復魔法では治療不可能な奇病ですらも治すと言われている貴重品だ。王都のような大都市でこれを売れば、最低でも数百万コルは固いだろう。

テオも確かにイシュタカ山脈のダンジョンからパナケイアが発見されたという噂《うわさ》は聞いたことがある。だが、その話は半ば真偽不明の伝説と化しており、最後に発見されたのも数百年前、テオが誕生するずっと前だと聞いていた。

その数百年前に発見されたというパナケイアが、今、父が手にしているものなのだろう。眉唾《まゆつば》ものだと思っていたが、あの噂は嘘《うそ》ではなかったらしい。

瞬《まばた》きすることも忘れて啞然《あぜん》としているテオに、父は苦笑して見せた。

「いつまでも塩漬けにしておくのも勿体《もったい》ない。エイマの時は使う暇すらなかったからな。使い時があるのなら、それは今この時だろうよ」

エイマとは、亡くなったテオの母親のことだ。もうずっと前のことになるが、テオの母エイマは激しい嵐の日、土砂崩れに巻き込まれた。その土砂から助け出した時には、母はすでに事切れていたのだ。どんな怪我でも病気でも癒やすパナケイアでも、流石《さすが》に死者を蘇生《そせい》する力はない。

「これを使って腰を治せば、まだまだ働くことが出来る。もうお前に気を遣わせることもない」

「父上……」

イシュタカ山脈での暮らしは金銭を必要とするものでもないが、それでも数百万コルもあればかなり助かる。古くなって隙間風が吹く家の修繕も出来るし、もっと柔らかい寝具も揃《そろ》えられる。今より良い弓や剣も揃えられるだろうし、滋養のある美味《うま》いものをたらふく食うことも出来る筈《はず》だ。

だが、父は目先の欲に囚《とら》われず、テオの代わりに働く為、パナケイアを使うのだという。

近頃はこうやって寝込むことも多くなった父だが、いざという時にはやはりその広い背中と度量を見せてくれる。遠く離れて暮らしていても、家族の為ならば父は金など惜しくもないのだろう。

やはり父は偉大だ。若輩のテオではこの背中にはまだまだ追いつけそうもない。

「行ってやれ、テオ。決めたのは私とお前の叔母だが、それでもテッサリアはお前の婚約者だ。その婚約者の安否を確認しに行くのだ、確かにパナケイアは貴重だがそこまで惜しいものでもない」

言いながら、父はおもむろに瓶の蓋を開けると、何の躊躇もなくパナケイアを飲み始めた。

「うむ！　不味《まず》い!!」

と文句を言いながらグビグビとパナケイアを一気飲みする父。その姿に苦笑しながら、テオは叔母へ返事の手紙を書くべく棚から紙とペンを取り出した。

干し肉を食い終わって腹が膨れ、眠たくなったのだろう、ハヤブサは猛禽《もうきん》とも思えないような間延びした声で、

「クエエ……」

と鳴いた。


結果的に言うと、王都ではテッサリアに会うことは叶《かな》わなかった。

彼女が王都の第三研究所なる組織で働いていることは、叔母からの手紙に書いてあったのだが、その第三研究所の場所までは記されていなかったのだ。

だからまずは街の人に訊《たず》ねたのだが、皆一様にそのような名前の組織は知らないと首を横に振る。

叔母からの手紙によると、その第三研究所というのはギフトの研究を専門にしている国営の研究機関らしい。ならばと、今度は王城まで赴こうとテオは考えた。城勤めの貴族や役人ならば流石に研究所の場所も分かるだろうとテオなりに推測したからだ。

だが、王城まで行くどころかその前の前、城に続く大門の時点で警備兵に止められてしまった。まあ、防犯上は当然のこと。テオは彼らに事情を説明したのだが、まともに取り合ってもらえず追い返され、途方に暮れてしまった。が、そこへ救いの神が現れる。テオが警備兵と押し問答しているところにたまたま通りかかった、城勤めのとある貴族だ。

カンタス侯爵と名乗ったその貴族、どうやら彼はテッサリアと旧知の間柄らしく、ここだけの話だと前置きしてから親切に第三研究所の場所を教えてくれた。が、しかしここでも問題が起こる。

尋ねて行った先でようやく第三研究所を発見したと思っていたら、何と、テッサリアは今、王都にいないと対応してくれた職員が言い出したのだ。

その職員によると、テッサリアは今、旧王都と呼ばれるアルベイルの街に出向しており、いつ戻るのかも分からないのだという。

「今度は旧王都か……」

テッサリアの行方《ゆくえ》、その手掛かりを摑《つか》めただけまだ救いはあろうが、しかし無駄にたらい回しにされている感は否《いな》めない。

父が長年大事にしていた貴重なパナケイアまで使ってイシュタカ山脈から下りて来たというのに、自分は一体何をやらされているのか。

そんな鬱憤を抱えたまま飛ぶこと数日、テオは遂《つい》に旧王都アルベイルに到着した。

風光明媚《ふうこうめいび》な古都の景色は実に壮観だが、まずはここでテッサリアの行方を捜さなければならない。

ここはヒューマンばかりの街だから、エルフの姿はさぞ目立つことだろう。王都ほどは苦労せずに探し当てられるのではなかろうか。

そう思って、まずはたまたまそこを通りかかったダンジョン探索者らしき男性に声をかけると、意外にもすぐさまテオの望む答えが返ってきた。

「女のエルフ？　ああ、あのいつ行ってもツジソバにいる大食いの女エルフのことか？」

心当たりがあるというふうにそう言う男性。だが、テオは一瞬、テッサリアのことを言われているのだと分からなかった。

「え？　お、大食い？」

テオの記憶の中のテッサリアは、線の細い華奢《きゃしゃ》な少女だ。大食いどころかそれとは真逆、こちらが心配になるほど食が細かった筈。

ヒューマンの街にそう何人もエルフがいるとは思えないが、しかし彼の言っているエルフがテッサリアのことだとも思えなかった。

「それは本当にテッサリアのことなのか？」

「何だ、違うのか？　俺が知ってるエルフといえば、あのツジソバの常連のネーチャンだけだぞ？」

「そのツジソバというのは一体……？」

ツジソバ。耳に馴染《なじ》みのない言葉だ。彼の言葉から察するに何かの店、恐らくは飲食店のようなものなのだろうが、はたしてツジソバとは如何なるものなのか。

テオが不思議そうに眉根を寄せたのが目に入ったのだろう、男性が苦笑しながら質問してきた。

「おめぇさん、最近里から出て来たクチかい？」

「あ、ああ、ちょっと街に用事があってな……」

唐突な質問に、何処《どこ》か自分の言葉や振る舞いに田舎者《いなかもの》臭さでも出ていただろうかとテオが困惑していると、またも苦笑して言葉を続ける男性。

「なら知らなくても無理はねえ。ツジソバってのはな、この街で今、一番勢いがある食堂の名前だ」

「ふむ、食堂か……」

「旧王城の城壁沿いに店を構えているから、見たらすぐに分かると思うぜ？　すげぇ目立つからな」

「城壁沿いに……」

城壁の周辺が大公城の敷地だということは分かる。つまり、そのツジソバなる食堂はアルベイル大公が出している店なのだろう。

「ツジソバの常連女エルフがあんたの尋ね人じゃないとしても、もしかしたら、そいつがあんたの探している人のことも知ってるかもしれないぜ？　ヒューマンの街にいるエルフ自体がそもそも珍しい存在だからな。案外、知り合い同士ってこともあるんじゃねぇか？」

確かに、それは彼の言う通りだ。エルフは基本的に魔素溜まりのある地域からあまり出たがらない。勿論《もちろん》、それ以外の場所でも暮らせることは暮らせるが、あまり住み良いと思えないからだ。ヒューマンやビーストで例えるのなら、空気の薄い高地で暮らすようなものだろうか。暮らせないことはないが平地ほど住みやすい場所とは言えないだろう。

そんな場所に暮らす数少ないエルフ同士であれば、知り合いや顔見知りという可能性はかなり高い。テオであれば、ヒューマンの街で同族を見かければまず間違いなく声をかける。

「分かった。大公城の城壁沿いだな？」

「そうだ。んじゃあ、俺はもう行くぜ」

「ありがとう。世話になった」

親切な男性と別れて、テオは言われた通りツジソバなる店に向かった。

まずは街の外からでも見える巨大な大公城へ向かい、そこから城壁沿いに歩いて、彼の言っていたツジソバを目指すのがいいだろう。

あの男性も言っていたが、ツジソバなる食堂に入り浸っているエルフが、テッサリアと知り合いだという可能性はかなり高い。どうにもテッサリアが大食いだというイメージが湧かないので本人がいるとは思えないのだが、それでも彼女に繋《つな》がる情報が得られる可能性は大だ。仮に今日はいなくとも、店の前で見張っていれば遅くとも明日には会えるだろう。

都会の人たちが向けてくる遠慮のない、もの珍しそうな視線を浴びながら、しかしそれを気にする様子もなく大路をゆくテオ。

大公城まで歩き、歴史を感じさせるその重厚な趣に感心してから、今度は城壁に沿って歩き出す。そうしてしばらく歩いていると、何やら城壁の一角に人だかりが出来ているのが見えた。

「あれは何だ？」

何故《なぜ》、何もない筈の壁に人だかりが出来ているのか。不思議に思ったテオがその人だかりに向かうと、その理由が分かった。

「これは……ッ」

人だかりの手前で立ち止まったテオは、それを呆然《ぼうぜん》と見つめる。

彼らは何もない壁に集まっていたのではない、壁に同化するよう佇《たたず》むその店に集まっていたのだ。

「これが……ツジソバ…………？」

前面が透明な板張りになっており、奇妙な異国の文字が書かれた看板を掲げた、明らかに周囲から浮いた雰囲気を纏《まと》う不思議な食堂。

都会に出て来たばかりの田舎者でしかないテオにもはっきりと分かる、この店だけがこの旧王都にあって特別に異質なのだ、と。

ツジソバなる店の威容を前に、ただただ圧倒されるばかりのテオ。

だが、透明な板越しに見えた店内に、ふと、目を引く者の姿があった。

こちらに背を向けているので顔の判別は出来ないが、細くしなやかな後姿、輝くような長い金髪に、横に突き出したこれまた長い耳。間違いなくエルフ、それも若い女性だ。

U字テーブルの端の方の席で、一心不乱に何か料理を食べているようだ。

この店のことを教えてくれた男性が言っていた女エルフというのは、彼女のことで間違いない。

店内は随分と混み合っている様子だが、彼女の隣の席で食べていた男性が丁度立ち上がり、会計に向かうところだった。

「よし……」

気後れしている場合ではない。イシュタカの暮らしは現金を必要とするものではないが、それでも食堂で食事をするくらいの持ち合わせはある。

テオは決意を込めるように頷《うなず》くと、列に並んで順番を待つことにした。

待つこと凡《およ》そ三〇分。ようやく自分が列の先頭になったところで、ツジソバの透明な戸に手をかけようとした。すると、まだ手も触れていないうちに自動的に戸が開いた。

「うおッ！」

まるで弾《はじ》かれたように出していた手を引っ込め、思わず驚きの声を上げるテオ。

先に並んでいた客たちは当たり前のように戸を潜るのだが、しかし何度目にしても慣れない。

冷静に考えてみれば魔導具だということは分かるのだが、まさか戸を開くだけの目的で魔導具を設置しているとは。都会はやはり違う。

テオが少々赤面しながら店に足を踏み入れると、カテドラル王国で見るのは珍しい、魔族らしき給仕の少女がこちらに駆け寄って来た。

「いらっしゃいませ、お客様」

そう言ってから、少女は小さな声で「よかった、ちゃんと言えた……」と呟《つぶや》きを洩らす。

恐らくは新人なのだろう、何だか動きがぎこちないが、思わず頬《ほお》が緩むような、これからの成長が楽しみというような微笑《ほほえ》ましい感じがする。

「只今《ただいま》お席の方が混み合っておりまして……と、あそこ空いてた。あちらのお席へどうぞ」

そう言って給仕の少女が差したのは、あの女エルフの隣の席だった。意図して狙っていた訳ではないのだが、これは実に都合が良い。

「ああ、ありがとう」

給仕の少女に礼を言ってから、テオは席に向かう。

歩きながら、何か麺を啜《すす》る女エルフの横顔を見る。

その瞬間、テオはハッと息を呑《の》んだ。

最後に会った時よりも随分と顔付きが大人になったようだが、それでも夢中でものを食べる姿は随分と子供らしく見える。間違いない、彼女だ。

「隣、いいか？」

給仕の少女に案内された席まで行き、その隣で勢い良く麺を啜る女エルフに声をかけるテオ。

すると、女エルフはもぐもぐと麺を咀嚼《そしゃく》しながら顔を上げた。

「はい、どうぞ……って、ええぇ!?」

テオの顔を見た途端、女エルフが、いや、茨森のテッサリアが目を剝《む》いて驚きの声を上げる。

この大食漢然とした食欲は予想外だったが、しかし感情豊かな性格は相変わらずのようだ。

これだけ食欲があるのならば身体《からだ》の方は至って健康、心配などいらないのだろう。テオは苦笑しつつも安堵《あんど》して彼女の横の席に座った。

「久しいな、テッサリア。元気なようで何よりだ」

「テ、テ、テ、テオ!?　え？　な、何で……」

何せ三〇年ぶりの再会、しかもテッサリアにしてみれば不意打ちのようなものだ。

突然のことに驚き覚めやらぬといった感じで啞然としているテッサリアに、テオは懐から取り出した、叔母からの手紙を見せる。

「お前の母上……叔母上から文が届いてな」

「え？　母さんからですか？」

「お前が何年も帰らず文も絶え、叔母上は大層お前のことを心配している様子だったぞ？」

読んでみろとテオが手紙を手渡すと、テッサリアはそれを受け取ってまじまじと読み始めた。

手紙すら寄越《よこ》さなくなった娘の不精さに呆《あき》れつつも、王都では上手《うま》くやれているのか、身体は大丈夫なのかと心配する親心。その文面からひしひしと母の愛情を感じ取った様子で、決まりの悪い顔をして低く呻《うめ》くテッサリア。

「うぅ……」

恐らくは仕事にかまけて手紙すら出さなくなった自分の不義理を悔いているのだろう。ひとつのことに集中すると周りが見えなくなる性格は相変わらずのようだ。

「そこにも書いてあるが、お前の様子を見てきてくれと叔母上に頼まれてな」

「それでわざわざイシュタカの御山《おやま》から来たんですか？」

テオは「まあな」と頷いてから言葉を続けた。

「叔母上たっての頼みというのもあるが、何より自分の婚約者のことなのだからな。俺が動かんわけにもいくまいて」

「相変わらず律儀なんですねえ、テオ……」

そう言うテッサリアに、テオは「変わらんのはお前もだ」と苦笑を返す。

お互いに長寿のエルフなのだ。たかだか三〇年かそこらで劇的に人間が変わるものでもない。

「王都でギフトの研究にのめり込んでいるのかと思えば、まさか旧王都でメシを食いながらブラブラしているとはな。別の意味で驚いたぞ」

テッサリアの性格を鑑みれば寝食を忘れて仕事に入れ込んでいそうなものだが、実際は食い道楽の生活と来たものだ。古くから彼女を知る者ならば誰でも驚くことだろう。

だが、テッサリアは抗議するように「失礼な！」と声を上げた。

「ブラブラなんかしていませんよぅ……。これも立派な研究なのです！」

テオが「何が研究なものか」と内心でツッコミを入れていると、先ほど対応してくれた給仕の少女がコップ一杯の水を持って現れた。

「お水をどうぞ。こちらのお水はサービスです。おかわりもご遠慮なくどうぞ。えーと……ご注文がお決まりになりましたら、お呼びください」

言いながらテオの前に水を置き、ペコリと頭を下げて次の接客に向かう少女。

「あ、ああ、ありがとう……」

彼女の背中に声をかけてから、テオは眼前に置かれた水に向き直る。

イシュタカ山脈での暮らしではまず見ることもないような、芸術品が如き透明なコップに注がれた、一杯の澄んだ水。一切濁りのないその水には氷まで浮いているではないか。そこいらの井戸水や川の水ではない、恐らくは濾過《ろか》されたものだろう、明らかに上等な水だ。

テオは街の食堂で食事をするのはこれが初めての経験だが、普通はこの水にも金を払わなければならないということは分かる。これがサービスとは、都会というのは考えているより凄《すご》いものなのだなと、テオは漠然とそのようなことを考えていた。

「せっかくのお水です。飲んでみたらいいんじゃないですか？」

無言で水を見つめるテオを見かねたのだろう、テッサリアが横から声をかけてくる。

彼女の言う通り、これは飲む為に出された水なのだ。ならば飲まずして何とするのか。

「ああ……」

いささか緊張した面持ちでコップを手に取るテオ。ひんやりとした氷水の感触がコップを通して掌《てのひら》に伝わってくる。そのまま、意を決してグビリと水を飲み込む。

瞬間、テオの目がカッと見開かれた。

「おお……ッ、冷たくて美味いな！」

春先の時期に飲む、清い湧き水のような透き通った美味さを湛《たた》えた水だ。そういう水は山暮らしのテオでも滅多に飲めるものではない。まさか都会でこんなものが飲めるとは思わなかった。

テオが水の美味さに驚いていると、テッサリアは何故《なぜ》だか嬉しそうに、そして誇らしげにその薄い胸を張っていた。

「そうでしょう、そうでしょう。このお店はお水だけじゃなくてですね、お料理も全部美味《おい》しいんです。不味いものはひとつたりともありません」

「どうしてお前が自慢気なんだ？」

テオが問うと、しかしテッサリアはそれには答えず、ずい、とこちらの耳元に顔を寄せてくる。

普通ならば妙齢の女性が顔を寄せてくれれば赤面するところなのだろうが、彼女から香るのは美味そうな料理の匂いだけ。なのでテオは苦笑しながら自身も耳を寄せた。

「これ、内緒にしてほしいんですけどね？　このお水もお料理も、全部店主さんのギフトで提供しているものなんです」

「何と、それはまた……」

聞いた瞬間、テオは驚いてテッサリアに顔を向ける。

世の中にギフトは人の数と同じだけあれど、飲食物を創造するギフトなど聞いたこともない。伝説に残るストレンジャーの特殊なギフトですらも該当するものはないだろう。

驚きに満ちたテオの表情を見て、テッサリアはイタズラが成功した子供のように満足そうな笑みを浮かべていた。

「凄いでしょう？　しかもですよ、ギフトが成長するとメニューが増えていくんです」

「ふむ、使い込むことで品数が増えるギフトか。しかしながらこれは……」

この様子だと店主とやらのギフトは余人には伏せられているのだろう。それはそうだ、畑も耕さず狩りもせずに食料を調達するようなギフトなど異端も異端。悪意を持つ者がこれを知れば間違いなく甘い汁を吸おうと店主に接触してくることだろう。

店を出している場所から考えても、恐らくはアルベイル大公の庇護《ひご》を受けて影ながら護られているに違いない。もしかすると、店内には客に扮《ふん》した護衛などもいるのではないだろうか。

とんでもないことを聞かせてくれたものだな、という目をテオが向けると、テッサリアは苦笑してから「んふ」と口を開いた。

「とーっても特殊なギフトです。きっと、こんなギフトを持っているのは、アーレス中で後にも先にも店主さんだけでしょうね」

「その特殊なギフトの研究が、今のお前がのめり込んでいることなのか？」

叔母の手紙や王都のカンタス侯爵によると、テッサリアはギフトの研究を専門にしているのだという。特にカンタス侯爵は、出向中のテッサリアが料理のレポートばかり送ってくると不満を洩らしていたのだが、テッサリア本人の話を聞く限り、どうやらそれもギフト研究の一環らしい。

察するに、テッサリアは王都の方からも、お前は本当にギフトの研究をしているのか、研究対象の生み出す美味なる料理に現《うつつ》を抜かしているのではないかと突かれているのだろう。

彼女はまるで不満を溜《た》め込《こ》んでいるように頬を膨らませて頷いていた。

「そうですとも。だから毎日このお店に通って、お料理を食べているのです。お料理を出すギフトなのですから、出されたお料理を食べなければ何も分かりません。なのに所長ときたら……」

「一応の理屈は通っているようには思えるが……」

職権濫用とでも言おうか、それとも公私混同とでも言おうか、ともかくこの店に対するテッサリアの姿勢には仕事以上の熱を感じる。

半ば呆れているテオに対して、テッサリアは心外だとでも言いたげに言葉を返してきた。

「一応も何も、ちゃんとした理由です！」

「まあ、息災ならそれでいいさ」

本日何度目かの苦笑をしながら、テオが頷く。

テオが今日ここに来た本来の目的は、テッサリアが元気でやっているかどうかということの確認だ。勤務内容や態度については彼女の上司が気にすべきことであり、テオが関知するところではない。それに説教臭いことを言うつもりもない。

これだけバクバクと美味そうに料理を食べるのだから、テッサリアの心身は壮健極まりないだろう。それこそ、叔母の心配も必要ないくらいに。ヒューマンの社会で爪弾《つまはじ》きにされている様子もなさそうだし、テオとしてもひと安心である。

叔母からの依頼はこれで達したと言えるだろう。後は叔母に報告の手紙を送るだけだ。

これで肩の荷が下りたとばかりに、落ち着いた様子で水を飲むテオ。

そんなテオを何か言いたげにじっと見つめたまま、テッサリアがそろそろと口を開いた。

「…………本当は、私のことを連れ帰りに来たんじゃないんですか？」

脅《おび》えるように肩を縮こまらせ、窺《うかが》うように下からこちらを見上げるテッサリア。

どうやら彼女は、婚約したというのにいつまでも嫁に来る様子がないのでテオが自分をイシュタカ山脈に連れて帰るつもりなのではないかと、そういうことを心配していたようだ。

テオはそこまで強引な男ではないし、口煩《くちうるさ》い訳でもない。それに基本的には相手のことを尊重する。故にテッサリアが望まないのに連れ帰ることなどする筈がない。

「いらん心配をするな。無理やり連れ帰ったりはしない。どうしてそんなことを訊《き》く？」

テオが苦笑しながらそう訊くと、テッサリアはバツが悪そうに唇を尖《とが》らせた。

「だって……私はテオの婚約者なのに、テオに断りもなく里を出て王都で研究者になりました。そのことで怒ってるんじゃないかと……」

一応自覚はあるのだな、と心の中でもう一度苦笑するテオ。

テオが首を横に振って怒ってはいないことを示すと、彼女は安堵したように胸を撫《な》で下《お》ろした。

「あー、よかった……」

「研究者の仕事は死ぬまでやるつもりなのか？」

テオも大概気の長い方だし、テッサリアのやりたいことをやらせてやりたいという気持ちもある。しかしながらそれが一生のこととなれば、これは少しばかり困ってしまう。

テオはイシュタカ山脈を捨てて街で暮らすつもりはないし、婚約したのに何百年経《た》っても彼女が嫁いでこないのも困る。結婚してもイシュタカ山脈と王都で離れ離れに暮らすというのも難がある。

だから、そのあたりのことを確認する為にもこういう質問をしたのだが、それに対する彼女の答えは意外なものであった。

「いいえ、あと三〇年もしたら退職しますよ」

念願のギフト研究の仕事に就けたというのに、どうしてたった三〇年ばかりで退職するなどと言うのか。これはいささかテッサリアらしくない答えのように思える。

「ほう。それはまた、何故？」

そう真意を問うテオに、今度はテッサリアが苦笑しながら返した。

「カテドラル王国はあくまでヒューマンの国です。私のような長寿の人種がひとつところに居座れば上が詰まって組織の風通しが悪くなってしまいます。だからヒューマン一人が研究者として職に就いてから退職するまでの期間と同じだけ勤めてから、私も退職するつもりなんです。あ、勿論、退職したら私もイシュタカの御山に行きますから、そこは心配しないでも大丈夫ですよ？」

新陳代謝。これが滞ると濁りが溜まってやがては腐る。それは自然に流れる川だろうと、人が集まる組織だろうと変わらない。彼女は組織の新陳代謝を考えて、あえて残り三〇年という期限を自ら設けて後進に道を譲るつもりということだ。

昔のテッサリアであれば、そんなことは考えもしなかったことだろう。きっと、自分の興味が尽きるまで研究者をやっていくと答えた筈だ。どうやら彼女も見ない間に随分と大人になったらしい。

「ふむ。お前にしてはしっかりと考えているんだな」

感心したというようにテオが言うと、しかしテッサリアは抗議するような声を上げた。

「失敬な！　私はいつだってしっかり考えてますよう」

「それはどうだろうな？　珍しい虫を見つけて木に登ったはいいものの、そのまま降りられなくなってビービー泣いていたのは何処《どこ》のどいつだったかな？」

　ちなみにだが、そのビービー泣いていた子を助けたのは他ならぬテオだ。得意の『飛行魔法』のギフトを使い、彼女を抱えて木から降ろしてやった。もう一〇〇年以上も前の、微笑ましい思い出。

　だが、当の本人にとっては恥ずべき思い出のようで、彼女は顔を真っ赤にしてかぶりを振った。

「もう、そんな昔のこと！　子供の頃のことを引き合いに出さないでください！」

「はっはっは」

「笑ってないで！　ここは食堂なんだから料理でも頼んでくださいよ！」

「それもそうだな。俺も何か食べるか」

　言いながら、テオは卓上のメニューに手を伸ばした。

　店に入ってからずっと気になっていた、店内に漂う美味そうな匂い。山暮らしのテオには馴染みの薄い、海魚のような不思議な香り。だが、決して嫌いな匂いではない、初めて嗅いだというのに妙にしっくりくるというか、気持ちを落ち着かせるような、例えるのなら実家で母が料理をした時のような、とても安心感のある匂いだ。

　都会で料理を食べるなど初めてのことだが、これは期待してもいいのではなかろうか。

　初めて訪れた旧王都なのだから、俺もテッサリアに倣って美味いものを食おうと、テオはそういう気持ちになっていた。

「せっかくのツジソバですから、好きなものを頼むといいですよ？」

　テッサリアにそう言われて、テオもメニューを見てみるのだが、ひとつとして料理の内容が分からない。見たことも聞いたこともない料理だらけ。かろうじて分かるのは、麺料理がメインの店だということと、その麺がソバなる名称だということ。

しかして灰色がかった麺は小麦から作られたものとも思えず、茶色いスープが野菜のものなのか肉のものなのかも分からず。まあ、匂いから察するに魚のものなのだろうが、実際に口にしてみるまでは分からない。麺の上に更に料理が載っているものも多数あるのだが、それらについてもテオには見覚えのないものばかりだ。

カレーライスという料理については、最早《もはや》全く見当がつかない、山のものとも海のものとも分からない未知のものであった。

自分は今、何を頼むべきなのか。味や食感はおろか、食材の予想すらつかないものを多数の選択肢からひとつだけ選び取るのは難しい。テオはお手上げだと渋面を作って見せる。

「メニューを見ても何が何やら……」

テオがそう弱音を吐くと、この店について一日の長があるテッサリアは、頼もしげに、任せなさい、とばかりに胸を張った。

「じゃあ、ツジソバ通の私が初心者のテオに代わって頼んであげましょう！　最近追加されたオススメのメニューがあるんですよ」

「食えるのなら何でも構わんさ」

テッサリアの言葉を信じるのなら、この店の料理は何でも美味い筈。ならば何を頼んだところで大きくハズレることはあるまい。

テオの返事に頷き、テッサリアは手を上げて給仕の少女を呼んだ。

「すいません、シャオリンちゃん！　注文いいですか？」

「はい。ご注文どうぞ」

駆け寄って来た給仕の少女が、ポケットからメモとペンを取り出した。

「コロッケソバ、ふたつください」

「かしこまりました。店長、コロッケ二です！」

少女が声を上げると、厨房《ちゅうぼう》の方から「あいよ！」と威勢の良い男性の声が返ってくる。どうやら厨房と接客で完全に仕事が分かれているようだ。

オーダーが通ったことを確認してから、テオは若干呆れた様子でテッサリアに向き直る。

「何だか知らんが、お前、まだ食うつもりか？」

コロッケソバの詳細は分からないが、しかしテッサリアはそれをふたつも注文した。今も何か麺を食べている最中だというのに、テオの注文と一緒に自分のおかわりも頼んだということだろう。

テオの何か言いたげな視線を受けても、テッサリアは平然としたまま口を開いた。

「久々の再会を祝して、コロッケソバで乾杯なのですよ。まだお昼なんですから、お酒を飲むわけにもいかないでしょ？」

「なら、水で乾杯すればいいじゃないか」

「ここのお水は確かに美味しいですけど、水杯じゃあちょっと味気ないじゃないですか」

次から次へ言い訳が出て来る、よく回る口である。昔からハキハキとよく喋《しゃべ》る少女だったが、これはきっと天性のものなのだろう。

「その細い身体によく入るな？　そんなに大食いだったか？」

苦笑しながらテオが言うと、テッサリアはぶう、と唇を尖らせて抗議した。

「本当に美味しいものはいくらでも食べられるんですよぅ」

心の中で「そんな筈はないだろう」とツッコミながら、テオも言葉を返す。

「お前のギフトは『無限食欲』とかだったか？」

「そんなギフトはありません！」

と、そんなふうに二人であぁだ、こうだとじゃれ合っていると、先ほどの給仕の少女が料理の載った盆を持って戻って来た。

「お待たせしました、こちら、コロッケソバになります。ごゆっくりどうぞ……」

テオとテッサリア、それぞれの眼前にコロッケソバが盛られた器が置かれる。

「ほう、これが……」

器から立ち昇る湯気を顔に受けながら、テオはまじまじとコロッケソバを観察する。

黒々としているのに何故か底が見えるほど澄んだスープに沈む、灰色の麵。そして、その麵の上にデンと主張強く陣取る、黄金色の丸いもの。

麵がスープの具になっているというのは初めて見たが、不思議と変だという気にはならない。むしろ収まるべきところに収まっているという印象だ。

先ほどから顔に当たる湯気は何とも食欲をそそる香気に満ち、テオの空腹をこれでもかと刺激してくる。麵の匂いはそれほど分からないが、スープは何処か魚っぽいような、それでいて何か植物由来のものも含まれているような不思議な香りだ。これまで嗅いだことのない匂いだが、忌避感はまるでない。本当なら馴染みがない筈なのに、心が落ち着くような安心感に満ちている。

それに加えて、この黄金色の丸いものから漂う植物油の香ばしい匂いだ。良質な油が発する香気が鼻から吸い込まれると身震いがする。本能が、これは美味だぞと訴えかけてくるのだ。

テオがコロッケソバの香りに恍惚《こうこつ》としていると、テッサリアがニコニコと笑みを浮かべながら黄金色の丸いものを指差した。

「その、真ん中に載ってる丸い揚げものがコロッケなんですよ」

「アゲモノとは何だ？」

「大量の植物油で泳がせるように火を通す、とっても贅沢《ぜいたく》な調理法で作られた料理です。そんな贅沢な料理が一杯五〇〇コルにも満たないんだから凄いですよね」

「ふうむ……」

食材も含めて資源に乏しいイシュタカ山脈では、植物油のような贅沢品を口にする機会は滅多にない。御山の暮らしで口に入るのはほとんどが魔物由来の獣脂であり、貴重な植物油は何年かに一度の祭りでごく少量が料理に使われるのみ。

貴族ですら日常的に使うのは難しいと言われる植物油を大量に使った料理とは、何とも豪奢な話である。例えるのなら、宝石を食べるのにも等しい行為ではなかろうか。

この一杯に凝縮された贅沢は、残らず味わい尽くさねばなるまい。

見れば、テッサリアはすでに最初に頼んだ方のソバを平らげ、おかわりとして頼んだコロッケソバに取りかかっているところだった。どうやら彼女は大食いに加えて早食いでもあったらしい。

そんな彼女に苦笑しつつ、テオも早速コロッケソバに取りかかった。

まずは器ごと持ち上げ、先ほどからしきりに美味そうな匂いを上げ続けているスープを啜る。

ずず、ずずずず……。

「んん……ッ！」

温かなスープがそろそろと口の中に入ってきた瞬間、テオは思わず唸《うな》り声《ごえ》を上げていた。

美味い。それも半端な美味さではない。極上だ。

濃厚に香る主張の強い魚の風味と調和する、恐らくは植物由来らしき何かの、丸くて角のない柔らかな風味。しかしてそれは野菜のものとも思えず、かといって肉だとは到底思えず。テオでは判別のつかない何とも不思議な味だが、しかし美味い。スープ自体が澄んでいるから素材の旨味のみを閉じ込めているのだろう。

一体、どのような調理法を用いればこのようなスープが作れるのか。

「こいつは美味い……ッ」

決して華美ではない、むしろ庶民派とも思えるような、何処か安堵感を覚えるような味。この素晴らしいスープに対して、麺の方はどうか。

テッサリアを含め、周りの客たちは二本の細長い木の棒を使って器用に麺を摑んで食べている。都会ではこのような不思議なカトラリーを使っているのだろうか。

テオは上手く木の棒を使えるとは思えないので、横に添えられたフォークを使うことにした。フォークの櫛《くし》の部分でスープの中の麺を絡め取り、口に運ぶ。

ずる、ずるずる、ずるるるる……。

何とも滑らかな麺がスープを纏って口内に入ってくる。

そして、その滑らかな麺を嚙《か》み締《し》めると、シコシコとした心地好い弾力と共に何とも独特で牧歌的な香気が鼻に昇ってきた。これがソバというものの香りなのか。明らかに小麦とは風味が違う。

「うむ。美味い……」

もう一度スープを啜り、咀嚼していた麵を喉の奥に流し込むと、テオは熱い吐息と共に、感嘆にも似た心持ちでそう呟いた。

麵とスープ。シンプルなこの組み合わせ、恐らくはこの店の料理の基本であろうものがしっかりと美味い。そこにトッピングも合わせた更なる組み合わせが数多《あまた》あるというのだから、これは確かに研究者気質のテッサリアが夢中になる訳だ。

もし、仮にこの店がイシュタカ山脈にあったとしたら、テオも間違いなく通い詰めることだろう。

この店の料理の基本、土台の部分がしっかりしていることは十二分に分かった。ならば次はいよいよコロッケに取りかからねばなるまい。

テッサリア曰《いわ》く、大量の油で揚げたものだというこの料理。本来であれば王宮のような場所でしか食べられない贅沢なものなのだろうが、この店では五〇〇コルもせずに食べられるらしい。

恐らくはこれまでのテオの生涯において最も贅沢な料理。

若干の緊張を含みながら、テオはコロッケにフォークを突き刺し、持ち上げた。

ホコホコと湯気を立て、芳《かぐわ》しい香りが絶え間なく食欲を刺激する。そんな黄金色の円盤、コロッケを口に運び、思い切ってガブリと齧《かじ》りつく。

瞬間、
ザクッ！

と、まるで焼き立てのパンに歯を立てた時のような音と感触が口の中を満たした。

何だ、この食感は。

更に噛み締める。

ザク、ザク、ザク、ザク……。

香ばしい外側のザクザクとした食感に加え、中からネットリとした甘いものが顔を出す。この味、この食感には馴染みがある。ジャガイモだ。イシュタカ山脈では何処の集落でも栽培されている、テオの家でも作っているジャガイモで間違いない。

「あふッ！」

コロッケの熱さに思わず息を吐きながら、テオは驚愕していた。まさか、世間一般にありふれたジャガイモにこんな食べ方があったのか、と。

イシュタカ山脈に限らず、ジャガイモの食べ方といえば、基本は茹《ゆ》でてから塩をかけて食べるか、茹でたものを潰して、やはり塩をかけるだけ。それ以外だとスープの具として煮込むか、炒《いた》めものにしてしまうくらいか。いずれも常識の範囲内のことだ。

だが、このコロッケはどうだろうか。外側にザクザクカリカリとした皮を纏わせ、中のジャガイモは潰すだけでなく、他にも何か混ぜ込んで下味を付けている。混ぜられているのは恐らく細かく挽《ひ》いた肉とペコロスのみじん切りを炒めたもの。

腹を満たす為のものとしては優秀だが、さして味気も色気もないジャガイモ。そんなジャガイモが見事な御馳走《ごちそう》に変貌している。

「美味い！　これは本当にジャガイモなのか!?」

周りに他の客がいることも忘れて、テオは思わず声を上げていた。

目の前に突きつけられた事実に対して理解が追い付かない。あのジャガイモが驚くほど美味いという、その驚くべき事実に。

テオが驚愕しきりで目を白黒させていると、隣のテッサリアが「むふふ……」と、何とも意味深な笑みを浮かべていた。

「驚いたでしょ？　でも、間違いなくジャガイモですよ、それ。テオたちが作っているイシュタカ山脈のとは品種が違うかもしれませんけどね」

なるほど、違う品種。

イシュタカ山脈で原種が発見され、瞬く間に全世界に広まったジャガイモは、その伝播《でんぱ》の過程で複数の品種に分かれている。より平地に適したもの、より湿地に適したもの、より寒冷地に適したもの。甘くなったものもあれば、味に変化はなく大きくなったものもあるし、火を通すと身が崩れやすくなったものもある。

このコロッケに使われているジャガイモは、通常のものよりもネットリホコホコしていて確かな甘さを感じた。テッサリアが言うように、身が硬いイシュタカ山脈のものとは別物だろう。

「ジャガイモなど今まで数多食ってきたが、これほど美味い食い方があるとは思わなかった……」

テオはジャガイモ農家とダンジョン探索を半々でやっているような身の上だが、これまでジャガイモを工夫して美味しく食べようとはしてこなかった。ジャガイモは腹を膨らませる為に味などさして気にせず食うのが当たり前で、それ以外の可能性があるなどとは、そもそもそんな考えに至ることすらなかったのだ。

だが、この店のジャガイモはどうか。別に特別なものではない、巷《ちまた》にありふれたジャガイモを素材にして、極上の逸品を作り上げることに成功している。

コロッケに圧倒されたテオの様子を見て、別に彼女が作った訳でもないのに、テッサリアが何故か誇らしげに胸を張る。

「凄いでしょ？　皆が別に美味しくも不味くもないものとして認識しているジャガイモも、このツジソバにかかれば御馳走に早変わりです。苦くて子供に嫌われているサヴォイも、ほとんどの漁師町で雑草だと思われて捨てられている海藻も、ここでは美味しい料理に変身して出て来るんです。テオも興味深いと思いませんか？」

巷にありふれたもの、あまり好かれていないもの、無価値だと思われているもの。そういうものを極上の料理に変えてしまうこの店の料理人の腕には確かに興味を引かれる。調理場は料理人の聖域なので不可能ではあろうが、出来れば調理の様子を間近で見学させてもらいたいくらいだ。

背筋を伸ばして厨房の方に目をやると、黒髪黒目の青年が麺を茹でている様子が見えた。きっと、彼がこの店の料理長なのだろう。

テオは別に料理人ではないが、それでも彼の創意工夫には学ぶところがあるように思える。

「まあ、お前が夢中になる理由は理解したよ」

幼い頃から、ギフトという人に備わる不思議な力に興味を持ち、夢中になっていたテッサリア。ギフトの関連はあれど、そんなテッサリアが再び夢中になっているのがこの店、ツジソバだ。ただ単に美味しい料理が出て来るだけではない、そこには常識を覆す創意工夫が隠されている。興味を持ったものごとを探求するのが好きで、それを自らの生き方としているテッサリア。今はこの店に関することを何でも調べ、知ることに熱中し、探求しているのだろう。

それが証拠に、彼女は前回会った時よりもずっと活《い》き活《い》きとしていた。まるで水を得た魚だ。

彼女自身は三〇年でイシュタカ山脈に来ると言ってはいるが、この様子では四〇年でも五〇年でもここにいるのではないだろうか。今の彼女はそれだけこの店に魅せられている。

そういうテオの心の内を知ってか知らずか、テッサリアもコロッケを齧りながら笑顔を見せた。

「う〜ん、カリッカリで美味しい！　こんなに美味しいものを毎日食べてるんですから、元気じゃないわけがありません。母さんにはそう伝えておいてください」

言われて、テオは呆れながら口を開いた。

「たまにはお前が手紙を出して伝えればいいだろう？　そこにわざわざ俺を挟む必要があるか？」

テッサリアは盲点だとばかりに驚いて見せる。

「あッ！　それもそうですね」

「というかたまには里帰りくらいしろ。親孝行は出来るうちにしておかんと、後悔するぞ」

テオは突然の不幸によって母を亡くした身。言葉に宿る説得力が違う。だが、いささか説教臭さが過ぎたものか、テッサリアはまた、ぶう、と唇を尖らせた。

「うちの母さんみたいなこと言いますね、テオ」

「甥《おい》っ子《こ》だからな。少しは似たところもあるだろう」

「それもそうか」

「むしろ実の娘のお前が叔母上に似ずズボラなのが不思議だよ」

テオが真顔でそう言うと、テッサリアが露骨に眉間にしわを寄せる。

「むぅー、嫁いびり！」

「まだ結婚しとらん」

「それもそうか」

そんな他愛《たわい》もないやり取りをしながら笑い合う二人。そこにはこれまで会っていなかった三〇年の隔たりはなく、仲睦《なかむつ》まじい婚約者同士の姿があるだけだった。

二人してひとしきり笑うと、やがて、テッサリアが表情を正してテオに向き直る。

「テオ……」

「ん？　突然改まってどうした？」

「あと三〇年だけ待っていてくださいね。三〇年経ったら、必ずイシュタカの御山まで嫁ぎに行きますから。必ず行きますから」

「ああ。期待しないで待っているよ」

今はこの店、ツジソバにゾッコンのテッサリア。そんな彼女が夢中になっているものを無理に取り上げるような真似《まね》はしたくない。

イシュタカ山脈の暮らしは変化に乏しい、言わばルーティーンとも言えるようなものだ。テッサリアの性格を考えれば、それは少々窮屈なものだろう。だからこそ、テオは彼女に対し、今はこの生活を存分に楽しんでもらいたいと、そう思っていた。

彼女はきっちり三〇年と言うものの、もう一〇年か二〇年くらいは猶予があってもいいだろう。そういう意味を込めて言った言葉だったのだが、テッサリアは心外だとでも言うように反論した。

「そこは期待しといてくださいよ！」

そして、またも笑い合う二人。

いつも賑《にぎ》やかな店内に、二人の笑い声もその一部として溶けていった。

コロッケそばは巡る　チャック編

旧王都アルベイルの南に、ノルビムという小さな田舎町《いなかまち》がある。周りを広大なジャガイモ畑に囲まれた農業の町で、特産品は勿論《もちろん》ジャガイモだ。

このノルビムという町には、古くから続く一軒の食堂がある。その名も『大樹亭《たいじゅてい》』。名物料理は町の特産品でもあるジャガイモ料理。

この食堂を開いた初代は、この店が大樹のようにこの地に根付き、揺らぐことなく末永く続いていくようにと、この屋号にしたそうだ。

チャックはこの大樹亭を営む料理人一家の次男として生まれ、自身も料理に関連する技術系ギフト『包丁の心得』を授かった。このギフトはどんなに硬い食材でも包丁を一切傷めず切れるという便利なもので、両親をはじめとした家族はチャックがこの『包丁の心得』を授かったことを大層喜んだ。喜んでくれた家族の中には、当然、兄も含まれる。

チャックの三歳上の兄、チャップ。

遺伝もあるのだろう、チャックの家系に生まれた男子は、代々料理関連のギフトを授かってきたのだが、兄チャップは何故《なぜ》か料理関連のギフトを授からず『アイテムボックス』という収納系のギフトを授かった。確かに料理には関係ないギフトではあるが、しかし『アイテムボックス』はとても便利で比較的希少だとされているレアギフト。

家族は皆、チャップが料理関連のギフトを授からなかったことについては何も触れなかった。別に触れてはいけない話題だった訳ではないし、何より本人に気にした様子がなかったからだ。

大樹亭は代々家族皆で経営している。現料理長である父は勿論のこと、前料理長である祖父も、チャックも、兄であるチャップも厨房《ちゅうぼう》に入り、店を回していた。

料理関連のギフトを持っていないながらも、よく働いていたチャップ。誰よりもひたむきに料理に取り組み、腐ることなく腕を磨き続けていた。弟であるチャックの目から見ても、兄チャップは将来立派な料理人になるだろうと思われた。事実、家族全員、将来はチャップが店を継ぎ、チャックがそれを支えていくのだろうと、そう言っていたのだ。チャック自身ですらそう思っていた。

だが、ある日、忽然《こつぜん》と家から姿を消した兄チャップ。たった一枚の置手紙だけを残して。

その手紙の内容だが、要約すると自分がこのまま大樹亭に居座れば、自分よりも才能があり、何より料理関連のギフトを授かったチャックの妨げになる、だから自分は家を出る、というものだった。自分は自分で身を立てるので心配はいらない、と。

手紙を読んだチャックは愕然《がくぜん》とし、両親と祖父母は泣いていた。

弟であるチャックから見ても生真面目だった兄。粗暴なところもなく、誰にでも優しく、物腰は柔らかく。勤勉で努力を怠らず、人を立てることが出来る。そんな男だ。そして、そんな男だからこそ、弟であるチャックの将来を考え、自らは大樹亭から身を引いたのだ。自分には料理関連のギフトがないから家を継ぐのにそぐわない、と。

兄の手紙には、何処《どこ》へ行って何をするのかということが一言も書かれていなかった。居場所を書けば家族が心配して連れ戻しに来ると思ってのことだろう。

故に、兄の消息は、失踪から六年が経《た》った現在でも分からないまま。

兄の置手紙を読んだチャックはしばらく呆然《ぼうぜん》としていたが、ある時、ふと、こんなふうに思った。どうして俺に何も言ってくれなかったんだ、と。

確かにチャックは兄に言ったことがある。仮に俺が料理長だったら、自分の代で店をもっと大きくしたいんだ、と。だが、それは子供の頃に兄弟で語り合った夢の話であり、兄も自分が料理長になったら自分のオリジナル料理をメニューに加えたいと、そう言っていたのだ。未来に何の憂いもない、何のことはない子供同士の夢の話。

だが、兄は手紙で、チャック宛にそのことを書き記していたのだ。お前の代で店を大きくしてくれ、俺も何処《どこ》か別の地で、しかし同じ空の下でその夢を応援している、と。

兄が残していった手紙はチャックが今でも大切に保管しており、たまにその手紙を読み返すと涙が出そうになる。

チャックは別に、兄を出し抜いてまで料理長の座を継ぎたかった訳ではない。兄の居場所を奪ってまで店を大きくしたかった訳ではない。兄はチャックの言葉など真に受けなくともよかったのだ。何の考えもない子供の頃の言葉など。

だが、チャックの夢は、何の気なしに語ったチャックの言葉は、結果的に兄をこの店から追い出してしまった。

家族は誰もチャックを責めたりはしなかったし、そのことに触れたことすらもない。だが、何よりチャック自身が自分のことを許せなかった。

俺は兄から居場所を奪ってまで後継者の地位を手にしてしまった、ならば兄が望むように次期料理長としてこの店を大きくしなければならない。そんな強迫観念めいたものに囚《とら》われ、チャックは一日も休むことなく厨房に立ち続け、腕を磨いた。

現料理長である父や、その先代である祖父よりも美味《うま》いものを作り、今よりも大勢のお客を呼んで儲《もう》け、店を大きくする。そうしなければ出て行った兄に面目が立たない。

チャックのその姿勢は、傍《はた》から見れば熱中というよりも執着や執念であった。

家族は当然心配するのだが、兄の件が楔《くさび》として胸の奥深くに突き刺さったままのチャックにその言葉が届くことはない。図らずも兄の居場所を奪ってしまった自分の夢を実現するまで、止まるつもりはないし、そんな資格もない。チャックはそう自分自身に言い聞かせていた。

その執念の甲斐《かい》あってか、偶然の幸運も重なり、以前よりも繁盛するようになった大樹亭。

このノルビムの町の近くで、新たなダンジョンが発見されたのだ。

これまでは町の人たちを相手にのんびりやっていた大樹亭だったが、新たなダンジョンが発見されたことにより、その関係でダンジョン探索者ギルドの職員たちが数多く訪れるようになった。

まだ内部の調査段階で、ダンジョン探索者たちの立ち入りは制限されているそうなのだが、調査が終わって制限が解除されれば、しばらくはこのノルビムにもダンジョン関連の人々が押し寄せることになるだろう。新ダンジョンによる特需が発生するのだ。

仮に特需が終わったとしてもダンジョン自体が消え去る訳ではない為《ため》、ダンジョン探索者たちが定期的にノルビムを訪れることになるだろう。

今、この町を訪れている旧王都アルベイルのダンジョン探索者ギルド職員たちによると、その新ダンジョンにはタイラントボアという猪《いのしし》の魔物が出るらしい。料理人なら誰でも知っている魔物だ。

タイラントボアは魔物としては比較的可食部位が多く、肉質も良質で、味も家畜として飼育されている普通の豚と遜色ないとされている。しかも表皮の下に豚より倍は分厚い脂肪の層があるので、これを使って質の良いラードを取ることも可能だ。

今のところ、大樹亭には野兎《のうさぎ》や川魚を使った料理の方が多いのだが、ダンジョン探索者たちがダンジョンに潜るようになれば、戦利品のタイラントボア肉がこのあたりにも多く出回ることになるだろう。そうなれば大樹亭でもタイラントボアの料理をよく出すことになる筈《はず》だ。

その時の為にも、タイラントボアの肉を使った新たな料理を店のメニューに加えることは急務であると言えよう。そうしなければ他の食堂や宿に置いていかれてしまう。

俄《にわ》かに店が忙しくなり、これから先の展望も期待出来るようになったある日のこと。

その日は、例のダンジョン調査に赴いていたギルド職員たちが数日ぶりにダンジョンから帰還し、美味いメシが食いたいと大樹亭を訪れた。

「いらっしゃい！」

「いやあ、腹が減った。もう干し肉だの硬パンだのはうんざりだ。今日は美味いもん食おうぜ」

店に入るなり、そう言って鎧《よろい》を脱ぎながら席に着くリーダー格の中年男性。何日もダンジョンの中に潜っていたものだから、皆、体臭が酷《ひど》いことになっており、おまけに武装していることもあって、傍から見れば山賊か海賊のようであった。

「昼間っから悪いんだが、人数分エールくんな」

言いながら、ぞろぞろと席に着き始めるギルド職員たち。全員で六人。五人がすぐさま席に着き、一番下っ端らしき小柄な少女が、先輩たちが脱いだ鎧なり武器なりを店の隅で整理している。

彼らを接客するのは、配膳担当をしているチャックの母だ。

「エール六人分ですね！　毎度!!」

母が厨房に注文を通そうとすると、鎧を整理していた少女が何やら慌てた様子で手を上げた。

「あ！　わ、私は……」

と、少女が最後まで言い切る前に、リーダー格の男が「ああ、そうだった……」と前置きしてから改めて注文をし直す。

「あー、すまん、注文変更だ。こいつの分はエールじゃなくて水にしてくんな」

どうやら少女は酒が苦手なようだ。恐らくだが、ダンジョンから出て来たばかりのリーダー格の男性の頭には、美味い料理と酒のことしかなかったのだろう。少女が酒を飲めないということをすっかりと失念していたものと見える。

「はいよ！」

「それと訊《き》きたいんだが、ここじゃあ食材の持ち込みは出来るのかい？　ダンジョン内で狩ってきた魔物の肉があるんだよ」

「出来ますけど、別に割引とかはないですよ？　それでもいいですか？」

食材の持ち込み自体は問題ないが、そういうことは滅多《めった》にない。

ここいらで出回っている肉は限られている。基本的には働けなくなった牛馬の肉や卵を産まなくなった鶏の肉、狩人《かりゆうど》が狩った野兎の肉といったものだ。そういう肉はいつも仕入れてあるので、持ち込みをする意味があまりない。

だが、これからはダンジョン内で狩った魔物の肉が持ち込まれる機会が増えていくのだろう。

地元の料理人としては、これら新しい食材にも対応出来なければ先はない。

先々のことを考えれば、食材の持ち込みに対して割引することも検討すべきだろう。

チャックがそんなことを考えながら棚のジョッキを取り出してエールの準備をしていると、男は母に「それで構わん」と返していた。

「結構でかいタイラントボアを仕留めてな。大方はダンジョンの中で焼いて食ったけど、まだ肉が余ってんだ。けど、俺らは探索者じゃねえから勝手に売るのは御法度だし、かと言ってギルドに戻る頃にゃあ腐っちまう。干し肉に加工すんのも手間がかかって面倒臭い。だったらやっぱり食っちまった方が早いってなもんだ」

どうやら噂《うわさ》に聞いていたタイラントボアが早速持ち込まれたようだ。

今回は父が調理することになるのだろうが、チャックも勉強がてら手伝わせてもらおうと思っている。少しでもタイラントボアの肉に触れて、肉の特徴や調理のコツを摑《つか》もうという魂胆だ。

「じゃあ、ステーキでいいですか？」

母に訊かれて、男は「ああ」と頷《うなず》く。

せっかくのタイラントボア肉だ、ちまちまとスープの具にするよりも、やはりシンプルに、そして豪快に焼いて食う方がいい。となればソースの方を工夫すべきか。父はどんなソースで出すのだろうか、野趣溢《あふ》れる食材だから、やはり肉に負けないようワインを使った濃い味わいのソースにするつもりか、それとも肉の味を生かした薄味のソースにするつもりか。チャックとしては柑橘《かんきつ》の汁など使った、さっぱりとしたソースなども合うのではないかと思っている。

「別に何でも構わねえよ、俺ら素人《しろうと》が焼くより美味けりゃな」

チャックの心の内を知ってか知らずか、男はさして興味もなさそうにそう言った。

そんな男の言葉に、母は思わずといった感じで苦笑している。

「まあ、そこは期待しててくださいよ。うちの旦那も息子も、料理の腕は一流なんですから」

「ああ。まあ、良いようにやってくれや」

「チャック！　エール五杯と水一杯だよ！」

母の威勢の良い声が店の中いっぱいに響く。だが、会話の内容は厨房にも聞こえていたので、チャックは先んじて酒を注ぎ始めていた。

「もう注いでるよ！」

「父ちゃん！　聞こえてたね!?　タイラントボアのステーキだよ！」

「あいよ！」

よく通る声で母にそう返す父。

家では声も小さく言葉数の少ない父も、店でだけは声を張る。

「じゃ、これで頼むわ」

男は背嚢《はいのう》から木の皮らしきものに包まれた生肉を取り出すと、それを母に手渡した。

彼らはダンジョン内であらかた食べた余りだと言っていたが、母が胸の前で、両手で抱えなければならないほど大きな肉の塊だ。この大きさで余りものだというのなら、生きているタイラントボアはどれだけ巨体なのだろうか。

「はい、確かに！　あら、良い肉！」

上部にしっかりとした脂の層を纏《まと》った赤身の肉。タイラントボアは猪の魔物だということだったが、普通の猪肉と比べて随分と淡いピンク色をしている。肉質を見た感じだと、むしろ猪よりも豚に近いのではないだろうか。これは確かに味も豚肉に似る筈だ。

「だろ？　これで『アイテムボックス』のギフト持ちがいりゃあ、アルベイルの連中にもこいつを食わせてやれたのによ」

男がそう言った瞬間、別の若い職員が慌てて口を開く。

「駄目ですよ、ラモンさん！」

一体何事だと顔を向けると、ギルド職員たちが何故《なぜ》だか一様に表情を曇らせていた。

チャックとしては別に問題のある発言だとも思わなかったが、どうやら彼は何か言ってはいけないことを口にしてしまったようだ。

「……………」

見れば、先ほど鎧や武器を片付けていた少女が口を横一文字に結んで申し訳なさそうに、誰よりも深々と顔を俯《うつむ》けていた。察するに、先の発言は彼女に関係することらしい。

「あ、ああ……。悪かった、アニヤ。別にお前のことを責めてるんじゃねえんだよ………」

「はい…………」

ラモンと呼ばれたリーダー格の男がバツの悪そうな顔で苦笑しながら、何故か励ますように少女の背中をパンパンと叩《たた》き出《だ》した。

随分と沈んだ空気になってしまい居心地が悪いのだが、このままずっとそれを見つめている訳にもいかない。チャックは盆にジョッキを載せると、意を決して厨房を出た。

「どうぞ、エールと……水です」

「おう、あんがとよ」

チャックが彼らの前に飲み物を置いていくと、ラモンはほんの一瞬だけ振り返って礼の言葉を述べ、また、すぐさまアニヤと呼ばれていた少女に向き直る。

「チャップのことは確かに残念だったが、別に死んだわけじゃないんだ。それに何と言っても、あいつには『アイテムボックス』のギフトがあるんだ、そう簡単に食いっぱぐれるってことはねえだろうよ。お前もいつまでも落ち込んでたら……」

瞬間、チャックはラモンの言葉の途中にもかかわらず、目を見開いて驚きの声を上げていた。

「えッ!?」

今、彼は明らかに兄の名を口にした。もしかすると彼の言ったチャップは兄ではない同名の別人のことかもしれないが、それでも気にならない訳がない。

兄がいなくなってからの六年間、一家は店を訪れる旅人や商人たちに、それとなく兄のことを知らないか、ということを訊いて情報を収集していたのだ。無論、結果はさっぱりで、兄に繋《つな》がる情報など欠片《かけら》も得られなかったのが実情だけれど。

だが、今回はかつてないほどに見込みがある。何故なら、彼はチャップという兄と同じ名を口にしたのだから。それに聞き捨てならないのが『アイテムボックス』という文言だ。

何せ兄チャップのギフトも『アイテムボックス』である。確かに『アイテムボックス』というギフトは極端にレアだという訳ではないが、それでも兄と同じ名前で、かつ同じギフトまで授かっている別人がいるものだろうか。

チャックがラモンの顔を凝視していると、彼はアニヤの背を叩く手を止めてこちらに向き直った。

「んん？　どうしたい、兄ちゃん？」

「い……今の話！」

「今の話？」

「チャップって名前です！　それに『アイテムボックス』持ちだって……ッ!!」

チャックが言うと、得心がいったというふうに頷くラモン。

「あ、ああ、チャップのことな？　ちょっと前まで俺たちと同じギルドの仲間に、チャップってい う『アイテムボックス』持ちのやつがいたんだが、ダンジョン内のトラップにやられて両足を切断 されちまってよ。どうにか命は助かったんだが、ギルドを辞めることになったんだ。今はナダイツ ジソバって食堂に雇われて、義足で頑張ってんだ」

「その話、もっと詳しく!!」

チャックは一も二もなく叫んでいた。

まだ兄だと確証を得られた訳ではないが、それでも兄かもしれない人物が両足を切断したなど聞 き流せる話ではない。今現在、兄はどんな身の上でどんな暮らしを送っているのか。ことによって は早急に兄を探し出して保護する必要がある。

鬼気迫るチャックの様子に気圧《けお》されたものか、ラモンは動揺したようにポカンと口を開けていた。

「え、ええ……？」

「お願いします！　何なら今日の代金はタダでも構いません!!」

それを決める権限があるのは料理長である父だけだが、チャックにも彼らの飲食代を払うくらい の個人的な蓄えはあるのだ。

それに何より、この六年間で初めて得られた兄の手がかり、これは何としてでも聞き出さなくてはならない。この情報に比べれば金など惜しくはない。

まるで土下座せんばかりの勢いで頭を下げるチャックに驚きつつも、ラモンはどうやらそれが本気だということが分かったらしく、ぎこちなく頷いて見せた。

「い、いや、別に聞かせてやるくらいはいいけどよ、それに金も払うし……」

「ありがとうございます！」

チャックはもう一度頭を下げてから、隣でずっと無言で佇《たたず》んでいた母に向き直る。

「………母さん」

チャックだけではない、チャップのことは家族全員が心配していた。特に母はチャップの置手紙を読んだ途端に泣き崩れ、それから何日もベッドの上から起き上がれなかったくらいだ。

これまで口を挟まずなりゆきを見守っていたのも、チャックとラモンのやり取りを聞き逃すことのないよう集中していたからだろう。

「母さんもそう思うわ。多分、うちのチャップのことだろうね」

そう言って頷く母。

接客中は笑顔を絶やさない母が、珍しく真面目な顔でチャックのことを見つめていた。

「え？　う、うちの？　そいつはまた、どういうこって……？」

ラモンを含め、ギルド職員たちは不思議そうにチャックと母のことを交互に見ている。

彼らにしてみれば何のことやらさっぱり分からず、この困惑も当然のことなのだが、しかしチャックたち家族にしてみればこれはようやく巡って来た千載一遇のチャンス。彼らには悪いが、こちらの事情に巻き込ませてもらう。

「父さん！」

チャックは厨房にいる父にも顔を向ける。

すると、父はややあってからその重い口を開いた。

「……………今は腹減らしたお客さんに料理を出すのが何より優先されることだ。話はお客さんがメシ食い終わってからにしてもらえ。お前もこの店継ぐつもりならそれぐらい弁《わきま》えろ」

言ってから、父はそれまでピタリと止めていた調理の手を再び動かし始めた。

その手がいつもより微《かす》かに震えているように見えたのは、チャックの見間違いではないだろう。


チャックの実家、大樹亭を訪れたダンジョン探索者ギルド職員たちの話は衝撃的だった。

何でも、彼らは旧王都と呼ばれるアルベイルの街に本拠を構えており、新たに発見されたダンジョンの内部に自ら潜り、地図や魔物の分布図などを作成する部署に所属しているのだという。

そして驚くことに、チャックの兄チャップはつい先日まで彼らと同じギルドに所属し、ダンジョン調査課の職員として彼らと共に危険なダンジョンに潜る生活をしていたそうだ。

だが、そんなチャップが突然の不幸に見舞われた。ダンジョンのトラップが発動してしまい、両足を切断されてしまったのだという。

その日はダンジョン調査課の新人職員、罠師《わなし》アニヤの実地研修も兼ねてダンジョンに潜ったそうなのだが、そのアニヤが宝箱に仕掛けられたトラップを外すのに失敗してしまい、風の攻撃魔法が発動してしまったそうだ。チャップはその風の攻撃魔法によって発射されたカマイタチによって両膝から先を切断されてしまい、死にはしなかったもののそれ以上はダンジョン調査課の仕事を続けられなくなり、ギルドを退職したのだという。

その後、チャップを見舞ったギルド職員によると、彼は両足に魔導具の義足を装着し、日常生活はほぼ問題なく送れるくらいには回復したそうだ。そして、次の就職先としてナダイツジソバなる食堂で働き始めたとのことだった。

チャップはそのナダイツジソバで給仕をやりつつ料理人の見習いのようなこともしており、毎日忙しいながらも活《い》き活《い》きと暮らしているらしい。

その話を聞いた途端、チャックの母は店内に客がいるのも構わずに泣き崩れ、父も厨房で声を殺して涙を流していた。家に帰って祖父母にも同じ話をしたのだが、彼らもやはり涙を流した。所在が判明したことに安堵《あんど》し、両足を失ったということに心を痛め、今は本来の生業だった料理の道に戻ったということに喜び、皆で複雑に感情が入り混じった涙を流したチャックの一家。

ともかく、チャップの所在と彼の無事は分かった。家族はチャップが無事でいるのならばそれ以上は何も望まないと言っていたのだが、チャックの考えは少し違う。

チャップがいるのは国内で、しかもこの町から最も近い都会である旧王都だ。会いに行けない距離ではない。ならば会いに行くべきではないのか。言いたいことが沢山ある、伝えたいことが沢山ある、伝えなければいけないことが沢山ある。それに何より、生きているのならばこの複雑に入り組んだ気持ちを伝えなければ気が収まらない。

チャックは両親と祖父母にそう訴え、旧王都行きを懇願した。チャックが抜ければその分は当然店が回らなくなり、父と母に迷惑をかけることになる。

だが、ここで祖父母が助け舟を出してくれた。もう高齢なこともあり、祖父母は半ば引退しているのだが、チャックが帰るまでは代わりに店に出てくれると言ってくれたのだ。

多少の後ろめたさはあったものの、チャックは祖父母の申し出に甘えることにし、次の日には町を出て乗り合い馬車でアルベイルへと向かった。

初めて町を出て都会へと赴くチャック。都会というものに対する漠然とした憧れはあるが、今はそれよりも不安な気持ちの方が大きい。

きっと、家を出た時のチャップもこんな気持ちだったのだろう。むしろ、もう家には帰らないと決心していた分だけ彼の方が不安感も大きかったのではなかろうか。

しかも、当時のチャップはまだ成人したばかりの一五歳の少年。何の後ろ盾もなく、知識も経験もなく、金もない。そんな少年が誰の力も借りることなく自分一人だけで身を立てるのはどれだけ大変だっただろう。どうにか身を立てたと思った矢先に両足を失い、どれだけ辛《つら》かっただろう。

家を出てからのチャップの人生にどんな物語があったのか詳細なことは分からないが、そのことを考えるとチャックは泣きたくなってくる。しかも、それが自分のせいだと思うと尚《なお》のことだ。

早く兄に会いたいと気持ちばかり逸《はや》るが、しかしそれで馬車の進行速度が速くなる訳ではない。歩くよりは速いが、それでももどかしいほど鈍足な馬車に揺られること五日、チャックは遂《つい》に兄がいる街、アルベイルに到着した。

地元を離れて初めて目にする大都会の景色。流石《さすが》、かつての王都だけのことはある、視界に収まらぬほど広大なアルベイルの威容に圧倒され、チャックは市壁の入市門の時点で息を呑《の》んでいた。

まるで熱に浮かされたようなおぼろげな足取りで旧王都に入ったチャック。ボーッとした状態でしばらくフラフラと歩いてから、チャックはハッと我に返る。自分は都会観光をしに来たのではない、兄を探しに来たのだ、と。

チャックたち家族にチャップのことを教えてくれたダンジョン探索者ギルド職員、兄の同僚だったという男性、ラモンによると、兄が勤めている店の名前はナダイツジソバ。店を出している場所は大公城を囲う城壁の一角なのだという。

ラモンは簡単なアルベイルの地図を描いてチャックに渡してくれたが、まず目指すべきは大公城である。この大公城は市壁の外側からでも目視出来るほど巨大で、尚且《なおか》つ街の中央に位置しているのでそこを目指す分には街の何処にいようと迷うことはない。

「にしても広いなあ、旧王都……」

明らかに田舎から出て来たばかりのおのぼりさんといった感じでキョロキョロしながら旧王都の大路を行くチャック。かれこれ三〇分は歩いているのだが、まだまだ旧王城には着きそうにない。

こうやって街並みを見ていると、その様相がつくづく田舎の町とは違うことを思い知らされる。普通に立っているただの民家や、そこいらの小さな商店ですら趣に溢れた由緒あるもののように思えるから不思議だ。心なしか、道行くただの市民ですらも田舎のそれとは違う、洗練された人々であるかのように思えてくる。

そうやって大路を歩くこと一時間、チャックはある場所が目に留まり、はたと足を止めた。

「あれは……」

大きくて立派な看板の横に、これまた大きくて立派な、使い込まれた様子のラウンドシールドを掲げた、周りの商家よりも一際大きな食堂だ。

「大盾亭《おおたててい》………」

貴族どころか都会の住人ですらない田舎者の平民ではあるが、金銭も扱う商売柄、チャックは読み書き計算が出来る。だから看板の文字も読めたのだが、そこには『大盾亭』と書いてあった。

チャックの故郷、ノルビムの田舎町にまで名が轟《とどろ》く有名な食堂だ。

何でも、この店を興した料理人というのが元は有名なダンジョン探索者で、その大きな鋼鉄製のラウンドシールドで仲間を守るだけでなく、いざ野営となればラウンドシールドを鍋代わりにして料理をしていたのだという。

そんな彼がダンジョン探索者を引退した後に始めたのがこの店で、ラウンドシールドに見立てた大鍋で作る煮込み料理が名物となっているらしい。

表から見るだけでも、店が大勢のお客で賑《にぎ》わっているのが分かる。流石、都会の有名店だ、田舎のそれとは活気がまるで違う。

「凄《すご》いなあ。店にいるお客さんだけでも、うちの町の人口より多いんじゃないかなあ」

実際はそこまで大勢の人間が詰めかけている訳ではないのだが、ともかく店の賑わいは凄《すさ》まじいものだ。小ぢんまりとした大樹亭とは比べものにならない。

都会の競争に勝ち続け、生き残り、老舗《しにせ》と呼ばれるまでになった大盾亭。流石にこの店ほどではないだろうが、兄が勤めるというナダイツジソバは如何《いか》ほどのものか。

本当なら噂に名高い大盾亭で、勉強がてら名物の大盾鍋を食べてみたいところなのだが、今はとにかく兄を探す方が優先される。

名残惜しくはあるが、チャックはそのまま歩いて大公城を目指した。

ある程度時間が経ち、高揚した気持ちが幾分落ち着いてきたからか、今度は脇目も振らず歩き続けるチャック。そうして三〇分も歩くと、どうにか大公城の前に到着した。

「でっかいなあ…………」

古くはあるが、決してボロではなく歴史を感じる重厚な巨城。流石、元は王城だっただけはある。

この大公城を囲む城壁の一角にナダイツジソバがある筈だ。

途中で巡回中の兵士に道を訊いておいたのだが、ナダイツジソバは大公城を正面に見て左側に沿って行くと見えてくるとのこと。

大公城の雄大な様相をしばし堪能してから、チャックは再び歩き出してナダイツジソバを目指す。

そうしてしばらく歩いた後、チャックの目に奇妙な光景が飛び込んで来た。

「んん？　何だ、あれ？」

何故だかは分からないが、遠目から見ると何もない筈の城壁に人が列を作っている。あれは一体何をしているのだろうか。チャックはそんなふうに思いながら歩き続けるのだが、もう少し歩いたところでその理由が分かった。

「うわ、な……何だこれ…………!?」

思わず驚きの声を上げるチャック。

城壁に列を成していた人たち。彼らは別に、何もない城壁の前に並んでいたのではない、そこにある店に並んでいたのだ。

分厚い城壁をくり貫《ぬ》き、そこにピッチリ嵌《はま》るように建てられたのだとしか思えない一軒の食堂。

城壁を貫通するように立っていることすら異常なのに、何と店の前面が材質不明の透明な板張りになって店内の様子が丸見えになっている。しかも戸まで透明な板製で、どうやら魔導具によって自動で開閉する仕組みになっているらしい。

　恐らくは、これが兄の勤めている食堂、ナダイツジソバ。看板は全く知らない異国の文字で書かれているので読めないが、そうと見て間違いない。

　店の大きさとしては、先ほど見た大盾亭よりも遥《はる》かに小さい。ナダイツジソバは最近になって出来た店だとラモンも言っていたから、チャックも流石に大盾亭よりは小さいだろうと思っていたし、もう少し格下の店だとも思っていた。

　だが、実際はどうか。大公城の城壁の内部という異常な立地に、凡《およ》そ食堂とも思えない異様な外観、外にまで列が出来るほどのお客の入り。料理店としてあまりにも異質過ぎて大盾亭とは比較にならないように思える。むしろ比較対象になる料理店など何処にも存在しないのではなかろうか。

「うちの兄ちゃん、こんな店に勤めてるのか……？」

　常識の埒外《らちがい》にあるようなこの店に、はたして、本当にあの生真面目で一本気で、何より常識的な兄が勤めているのだろうか。

　チャックは今になってそのことが少し不安になってきた。

　チャックの兄、チャップが勤めているという食堂、ナダイツジソバ。

ダンジョン探索者ギルド職員ラモンの話によると、立地は上等だがそこまで大きな店ではないとのことだったが、その実態はどうか。

旧王城の城壁を貫通するようにして立つ異常な立地に、明らかに高価だろう透明な板張りの壁、極めつきは魔導具で自動的に開閉する透明な板の戸。およそ貴族が来るような店かと思うような豪《ごう》奢《しゃ》な外観だが、客層は明らかに平民ばかり。中には騎士や下位貴族らしき人たちもいるにはいるのだが、店側は客の貴賤《きせん》で優劣を付ける気はないらしく、皆、一様に整然と列に並んで順番を待っている。これは、見る者が見ればとんでもない光景だ。

目に入る何から何まで明らかに異質で、立地がどうとか、店が大きいだとか小さいだとかいう次元で語られるべきものではない。そのような普通の価値観からは完全に逸脱した店だ。

「…………」

チャックは声を失い、ただただ眼前のナダイツジソバ、その威容に圧倒されていた。

確かに客の入りは上々だが、この人たちは、はたして本当に店の味に惚《ほ》れ込《こ》んで来ているのだろうか。ただ単に物珍しさから訪れているだけなのではなかろうか。この店は本当に修行する環境として良いものなのだろうか。

予想外のことにペースを乱されたからだろう、チャックの頭の中にまとまりのない思考がグルグルと渦巻き始める。

「おい、どうした兄ちゃん？　並ばねえのか？」

危うく思考の深みに嵌りそうになっていたところで声をかけられ、ハッと我に返るチャック。

慌てて声の方に振り返ってみると、いつの間にか背後に兵士らしき中年男性が立っていた。

「あんたもツジソバに食いに来たんじゃねえのかい？　並ぶ列、そこじゃねえぞ？」

不思議そうに首を傾《かし》げ、こちらを見ている男性。もしかすると、チャックが初めてこの店に来た不慣れな客と見て親切に声をかけてくれたのかもしれない。

「え？　あ、ああ、いや、俺は……」

確かに目的はナダイツジソバへ行くことなのだが、別に食事をしに来た訳ではない。チャックはあくまで兄に会いたくてここへ来たのだ。

そこらへんの事情をどう説明すればいいものかと言《い》い淀《よど》んでいると、男性はもう一度不思議そうに首を傾げてから口を開いた。

「何だか分かんねえけど、並ばねえならおいらが先に並んでもいいかい？」

「え、ええ、はい、どうぞ……」

「んじゃ、お先」

男性は最後まで不思議そうにしていたが、ナダイツジソバの待機列に並びに行ってしまった。

どちらにしろ、チャックも列に並ばなければ店内に入ることは出来ない。別に食事はしないからと列を抜かして店に入れば非難の的になるだろう。中には人気《じんき》の荒そうなお客もいるので、もしかすると殴られてしまうかもしれない。

食事はせずとも、ここはこの店の法に従うべきだ。

チャックは先ほどの男性の後ろに並び、大人しく自分の順番が回ってくるのを待った。

こうして並んで様子を観察していると、色々と見えてくるものがある。

この店は大盾亭と比べると随分と小さな店だが、それでも集客力は大盾亭と遜色がない。チャックが見るに、その秘密は回転率にあるのではなかろうか。

これは実家である大樹亭の場合なのだが、一人のお客が店に入ると、食事を終えて店を出るまでに小一時間はかかる。だが、この店のお客は一五分か、長くとも二〇分くらいで店を出るらしい。飲み物を頼み、パンとスープ、メインの料理を頼み、ゆったりと食事をし、同伴者がいれば会話も楽しむ。そうすれば一時間、二時間などはあっという間だ。

が、この店のお客たちは一品か、多くとも二品の料理を食べ終えるとすぐに店を出てしまう。しかもメインで提供されているのが麵料理のようで、パンとスープにメイン料理の組み合わせよりも食べ終わるのが格段に早い。

「なるほど、都会にはこんな営業形態の店もあるんだな……」

次から次へ入れ替わるお客を見ながら、チャックは感慨深げに呟《つぶや》いた。

食事というのはゆっくり楽しむもの。そういう固定観念に囚われず、早く食べられる料理を提供して回転率で大きな店に対抗する。のんびりした田舎とは違い、時間の流れが早い都会にはそういう勝負方法もあるのだとチャックは思い知らされた気がした。

流石は都会の競争、その只中《ただなか》にある店だ。ただ見学しているだけでも経営の為の勉強になる。

チャックがそんなことを考えている間にも列は進んでゆく。

店までの距離が短くなり、遠かった店内の様子が見えてくるようになると、やはり中にいるのだろう兄の様子が気になってくる。

今現在、店内でせわしなく動く人影がふたつくらい見えるのだが、まだ距離があって顔の判別が出来ない。それに、身体《からだ》の線が女性のそれに見えるような気がする。

だが、徐々に徐々に列が進み、あと五人くらいでチャックの順番が回ってくるというくらいのところになって、ふと、厨房らしき場所から出て来る人影があった。

「あ…………」

距離が近くなったことで、店内の人の顔もはっきりと見えるようになった。

そして、その人影の顔がはっきりと見えた途端、チャックの目にじわじわと涙が溢れ始める。

実に六年振り、チャックが一二歳の時以来だ。随分と大人びた風貌になっているようだが、それもその筈で、考えればもう二一歳なのだ、一五歳の少年のままな訳がない。チャックとて今はもう一八歳。どちらももう大人である。

「う……くぅ……」

六年前のあの日から今日に至るまで、心配をしなかった日は一日たりともなかった。両足を切断したと聞いた時は我がことのように生きた心地がしなかった。

ずっと、ずっと会いたかったのだ。会って、言いたいことが沢山あった。伝えたいことが沢山あった。知りたいことが沢山あった。教えてほしいことが沢山あった。

だが、無事な顔を見て、その想《おも》いが今は全て霧散してしまった。ただただ、生きていたことに安堵して、それが嬉《うれ》しくて、でも申し訳なくて、止《と》め処《ど》なく涙が溢れてきてしまう。感情がぐちゃぐちゃだ。頭の整理が追い付かない。

チャックが目頭を押さえて男泣きに泣いていると、その低い嗚咽《おえつ》が耳に入ったものか、先ほど声をかけてくれたあの男性が振り返り、心配そうにまた声をかけてくれた。

「お、おい、兄ちゃん、いきなりどうした？　大丈夫か？　具合でも悪いか？　医者行くか？」

「いえ、そうじゃ、そうじゃないんです。ただ、俺はただ…………」

「？」

「ぐ……うぅぅ…………」

それ以上は言葉を紡ぐことが出来ず、人目も憚《はばか》らず盛大に嗚咽を洩《も》らしながら泣くチャック。

そんなチャックの肩を励ますように叩きながら、男性は苦笑していた。

「何か辛いことでも思い出しちまったか？　よく分かんねえけど、元気出せよ、兄ちゃん。もうすぐ順番が回ってくるからよ、ツジソバで美味いもん食って、嫌なことなんて忘れちまえ」

「はい……はい…………」

今のチャックにとっては小さな人情でも心に染みる。

「お席空きましたので、次の方どうぞーッ！」

と、ここで出入り口から顔だけ出した女性の給仕がそう声を張った。

「おッ！　俺の番だ。じゃ、悪いけど先行くぜ、兄ちゃん」

チャックが泣いている間にも列は進み、いよいよ先ほどから励ましてくれていた男性の番が回ってくる。もう一度チャックの肩を軽く叩いてから、意気揚々と入店する男性。

彼の背を見送りながら、チャックは涙を拭って気持ちと表情を改める。

俺はこれから兄に会う。そして六年前からずっと伝えたかったことを伝えるのだ。

そう心に決めると、チャックはぎゅっと拳を握って自分の番を待ち始める。

傍から見ればただ単に食堂の列に並んでいるだけなのに、その表情は何かに挑む時のように真剣そのものであった。

その日も、チャップが勤めるナダイツジソバの昼どきは忙しかった。

今、最も旧王都で勢いがあるとされる食堂、ナダイツジソバ。いつの時間もお客が途切れることはないのだが、一日のうちで一番忙しいのは間違いなく昼の時間帯だ。

昼になると、ナダイツジソバには一般市民の他に旧王城で働く兵士や騎士たちが大挙して詰めかける。日頃から肉体を酷使している働き盛りの男たちが、空《す》きっ腹《ぱら》を抱えたまま、雪崩《なだ》れ込《こ》むようにして押し寄せて来るのだから、その胃袋を満たす方は大変だ。

席は常に埋まったままで、外には入店を待つ人の列まで出来る始末。厨房もホールもひっきりなしに動き続け、ひとつ席が空く度に外で待つ客を呼び込まねばならないほどだ。

近頃のチャップは作業に慣れてきたこともあり、ホールよりも厨房の仕事をこなす時間の方が多い。だが、まだまだホールの仕事もこなさねばならず、チャップは配膳で忙しいルテリアとシャオリンに代わって外で待つ客の呼び込みに出た。

「お待たせしました！　お席空きましたので次のお客さ……え…………？」

と、呼び込もうとしていた最前列の客の顔を見た途端、啞然《あぜん》として目を見開くチャップ。

「兄ちゃん……」

そう言って静かに口を開く、自分によく似た顔の青年。歳《とし》の頃は一八歳くらいだろうか。

「あ……え……え？」

仕事の最中だというのに、チャップはその仕事のことを忘れてわなわなと小刻みに震え始めた。何故、彼がここにいるのか。チャップが家を出てから約六年。家の為、弟の為と書き置き一枚だけを残して故郷を去り、居場所を知られてはならないと手紙を出すことすらも我慢して、自分の将来の為と働き続けてきた。

そう、チャップは家族の誰にも今の自分の居場所を知らせていないのだ。それなのに、何故。

「俺だ、兄ちゃん。チャックだ」

チャップによく似た青年、記憶が確かなら、もう一八歳になった弟のチャックが、どういう訳かそこに立っていた。故郷ノルビムで実家の厨房に立っている筈のチャックが。六年前、一二歳で別れた頃の少年の日の面影を残したまま、しかし今や立派な青年に成長した弟が。

「チャ……チャック、お前、どうして…………ッ!?」

一体どうやって自分の居場所を見つけ出したというのか。どうして故郷を飛び出しここまで来たのか。一体、どんな理由で自分に会いに来たのか。

そういう気持ちを上手《うま》く言葉にすることが出来ずにいるチャップに対して、チャックは半ば怒鳴るようにして言葉をぶつけてきた。

「俺は兄ちゃんのこと追い出してまで料理長になりたかったわけじゃねえよ！」

目に涙を溜《た》め、感情的な声でそう叫ぶチャック。周りに人の目があることも構わず、彼はそのまま言葉を続けた。

「父さんだって母さんだって祖父《じい》ちゃんだって祖母《ばあ》ちゃんだって、料理のギフトがないからって兄ちゃんのこと俺に劣るなんてふうに見ちゃいねえよ！」

それは言われずともチャップも分かっている。家族は皆、優しい。兄弟のどちらが優れていてどちらが劣っている、などという言葉は言われた本人が傷付くので決して口にしなかったし、料理のギフトを持たないチャップを追い出す素振りも全くなかった。

だが、料理のギフトを授かった弟を差し置いて自分が料理長を継ぐようなことがあってはならない。そんなことになれば大樹亭の伝統が途絶えると、そう思えてならなかったのだ。それに何より、誰に言われずともチャップ自身が家族の優しさに甘え、そこにつけ込むようなことが許せなかった。自分が弟の将来を邪魔するような存在にはなりたくなかった。

だからこそ未練を断ち切り、家を出たのである。

だが、それはチャップの気持ちであって、チャックの気持ちはまた別だったのかもしれない。そして今、チャックがチャップにぶつけている言葉は、その気持ちの現れなのだろう。でなければ、こんなに必死の形相をする筈がない。

「兄ちゃんが出て行って、みんな泣いたんだぞ！　すげえ悲しかったんだ！　すげえ悔しかったんだ！　すげえ怒ったんだ！　俺だって泣いた！　父さんが泣くところなんか初めて見た！　母さんなんてショックで何日も起きられなかったんだ！　自分たちが知らずに兄ちゃんのこと追い詰めてたんだって、そう言ってたんだ!!」

その言葉に、チャップは少なからず衝撃を受けた。

自分が出て行けば、大樹亭は安泰だと思っていたのだ。自分にはない料理のギフトを持ち、自分より才能もある弟が跡を継ぐことで磐石《ばんじゃく》の体制が維持されると。弟のことを、大樹亭の未来のことを考えれば自分の選択は正しかったのだと、ずっとそう思いながら今日この時まで生きてきた。

だが、チャックが口にする言葉はチャップのそんな想いとは相反するものだった。

「大怪我《おおけが》したんなら連絡ぐらいしろよ！　どうして手紙のひとつも寄越《よこ》さねえんだよ！　生きてるんなら、元気でいるならそれくらい知らせてくれてもいいじゃないか！　こっちは兄ちゃんが生きてるか死んでるかも分からなかったんだ!!」

「チャック………」

「家族の誰も、兄ちゃんに出て行ってほしいなんて思ってねえよ！　兄ちゃんが出て行ったからって店が良くなるわけねえだろ！　戻って来いよ、兄ちゃん！　頼むから戻って来てくれよ!!」

一息にそう言い終わるや、チャックは大粒の涙を零《こぼ》しながら、感極まった様子で人目も憚らずわんわんと泣き始める。きっと、この六年間で鬱積したものをようやく吐き出せたのだろう。

まさか自分が良かれと思ってやったことが、この必死に生きた六年間が、故郷に残してきた家族にとって心のわだかまりになっているとは想像だにしていなかった。最初のうちは多少淋《さび》しがるだろうが、そこまで悲しむとは思っていなかったのだ。そして何より、邪魔者である筈の自分の帰郷を家族皆が望んでくれているなどとは、想像すらもしていなかった。

いつの間にか、チャップの目にも涙が滲《にじ》み始める。家族は自分のことを邪魔者だとは思っていなかった、それどころか自分が姿を消したことに悲しみ、未《いま》だに自分の帰郷を願ってくれているのだと、自分のことを想ってくれているのだと初めて知った。大樹亭を継いだ後のことを将来の夢として語った弟までもが。

家族の想いに初めて触れた気がして、家族の優しさを、その温かさを再認識出来た気がしてチャップは嬉しかった。そして同時に、自分の決断が結果的に家族を悲しませたことが申し訳なかった。

チャップの脳裏に家族の顔が浮かぶ。過ぎ去りし故郷での思い出が、皆で笑い合ったあの時の光景がありありと思い浮かぶ。強烈な望郷の念に駆られてしまう。

恐らく、これが両足を失った直後のことであったなら、或《ある》いはダンジョン探索者ギルドに勤めている最中のことであったのなら、チャップは一も二もなく弟の言葉に頷いて故郷ノルビムに帰ったことだろう。そこに迷いなどなかった筈だ。

だが、今のチャップはその時とは違う。両足を失ってから時間が経った今は。人生の転機とも言える衝撃の出会いがあり、短くとも濃密な時間を過ごした今は。

残念ではあるが、今のチャップはチャックの言葉に頷く訳にはいかなかった。

「チャック、ちょっと来い」

チャックが自分に想いを伝えたように、今度はチャップが彼に伝えなければならないことがある。

チャップはチャックの手を取り、彼を半ば強引に店内まで引き込んだ。

「ちょッ！　兄ちゃん!?」

いきなり何をするのか、とでも言うように驚くチャック。チャップはそんなことお構いなしにズンズンと店の中を行き、そのまま厨房に入った。

お客も店員も、誰もが啞然としているのだが、チャップはそれでも止まらない。

店長と同僚たちにはしばしの時間、迷惑をかけることになるが、それでも今、どうしてもやらなければならないことがあるのだ。

「店長すいません！　皆さんもごめんなさい！　急ですけど俺、ちょっと休憩いただきます！　バックルーム使わせてもらいますね!!」

店のバックルームには従業員用のロッカーが置かれているのだが、パイプ製の簡素な椅子と机も置かれており、一応は食事することも可能となっている。

「え!?　あ、ああ……。ん？　え？」

店長であるユキトは突然のことに目を白黒させて唖然とした様子だが、とりあえず頷いてくれた。

「それと大至急コロッケソバひとつお願いします！　代金は俺の給料から引いといてください！」

何も説明していないので事態は理解出来ないだろうが、チャップはそうユキトに頼む。

チャップが今、何を考え、どういう意思を持っているかということを弟に理解してもらうのに、コロッケソバは何より適している。それもチャップが作った半端なものではなく、ユキトが作った完璧なものでなければならない。

バックルームに入るなり、チャップはチャックを強引に椅子に座らせ、彼の前にテーブルを引っ張って持って来る。

訳が分からないという感じで唖然とするチャックに対し、チャップは静かに口を開いた。

「……………俺が働かせてもらっているこのナダイツジソバはな、名前の通りソバって料理を出す店だ。これからお前に、ナダイツジソバの新メニュー、コロッケソバを食わせてやる」

「コロッケソバ……？」

眼前に立つチャップのことを見上げながら、チャックが呆然とそう呟く。

そんなチャックに対し、チャップはそうだと頷いた。

チャックはナダイツジソバで兄チャップに対面するなり、すぐさま己と家族がこの六年間抱いてきた気持ちを感情の昂《たかぶ》るまま彼にぶつけた。いや、ぶつけてしまった、と言うべきか。

だが、チャップはそれに対してはどうという返事もせず、いきなりチャックの腕を掴んで店の従業員控え室らしきところまで連れて来た。

そしていきなりこう言ったのだ、今からお前にこの店のコロッケソバを食べさせてやる、と。

「こ、コロッケ、ソバ……？」

人間というものは、どれだけ感情が昂っていても、予想外のことが起こるとある程度頭が冷えるものらしい。つい先ほどまで感情のまま声を荒らげていたチャックだったが、いきなり意味の分からないことを言われたもので、啞然として口を開いた。

家に戻って来てほしいというチャックの訴えに対して、兄の答えがコロッケソバを食べさせてやる。そこに何らかの意図があるのかもしれないが、はっきり言って何が何だか分からない。

それに何より、コロッケソバというものがそもそもどういうものなのかが分からない。未だ見習いではあるが、子供の時分から厨房に立っている料理人のチャックですら全く分からない、これまで名前を聞いたことすらもない謎の料理だ。

今、この場面で兄が自分に食べさせようとしているのだから、不味《まず》いものだとは思わないが、正直、胸が苦しくて食事という気分にはなれない。

「兄ちゃん、俺は別に……」

腹は減っていないと、そう言おうとしたチャックを、しかし兄は片手を上げて制する。

「いいから！　黙って食ってみろって！　美味いから」

「…………」

どう言葉を返していいのか分からず、チャックが困り果てて兄を見ていると、チャップは自信ありげに不敵な笑みを浮かべた。

「食えば分かる筈だ。俺の言いたいことが」

「…………」

別に兄が作った訳でもない料理を食べたところで、何が分かるというのだろうか。そのコロッケソバとやらが美味ければ、確かに料理人としての勉強にはなるだろうが、だからといって兄の気持ちが分かるとは到底思えない。

それを言葉にしようとチャックが口を開きかけたその時、兄が先んじて口を開いた。

「なあ、チャック、お前、どうやって俺がここにいることを知ったんだ？」

コロッケソバとやらが出来るまで時間があるからだろうか、兄が唐突にそう訊いてくる。

兄にしてみれば、家族にも秘密にしていた自分の居場所を、探偵でも何でもない、チャックのような素人が探り当てたのだから不可思議なのだろう。

「……ダンジョン探索者ギルドだ」

チャックがボソリと呟くようにそう言うと、兄は「え？」と首を傾げた。

「ギルド？　ノルビムにはなかっただろ？」

「ノルビムの近くで新しいダンジョンが見つかったんだ。それで、アルベイルのダンジョン探索者ギルドから調査のために職員さんたちが町に来て、うちの店に……」

チャックがそこまで言うと、その時点で事情を察したのだろう、兄が「なるほどな」と頷く。

「ラモンさんたちから聞いたのか。これは盲点だったたな……」

まさか、かつての同僚がたまたまチャックたちの故郷ノルビムを訪れ、実家である大樹亭で兄のことを話すなどとは思ってもみなかったのだろう。考えてみれば確かに、偶然に偶然が重なったとんでもない確率の巡り合わせだ。これぞ天運と、そう言っても過言ではない。

兄は顎に手を当てて何やら悩んでいる様子だったが、ここで不意に従業員控え室の扉が開いた。

「チャップくん、コロッケそば出来たけど……」

そう言って、料理が盛られた器を盆に載せて、黒髪黒目の青年が現れる。彼は確か、兄が店長と呼んでいた人物だ。ということは、彼がこの旧王都で今、最も勢いがあると言われるこのナダイツジソバの主《あるじ》。父と同じで、店主というだけでなく、料理長も兼任しているのだろう。

この店にもよく来るというラモンたちが、しきりに美味であると褒めていたナダイツジソバで供される料理の数々。旧王都の人々を魅了してやまないそれを生み出している料理人ということは、きっとチャックなど及びもつかない凄腕なのだろう。もしかすると、大樹亭の現料理長である父よりも格上の料理人なのかもしれない。

「あ、店長！　すいません、ありがとうございます！」

兄は姿勢を正すと、彼に対して深々と頭を下げた。

その姿勢から伝わる、店長への敬意。兄はどうやら、料理人として彼に惚れ込んでいるようだ。

店長と呼ばれた青年の顔には、現状が理解出来ない困惑がありありと浮いているのだが、それでも何を勝手なことをしているんだ、と怒ったりはせず、ごく穏やかな様子である。

「いや、何か事情があるみたいだからいいんだけどさ」

「いきなり断りもせず部外者を入れてしまって申しわけありません。でも、こうでもしないと店に迷惑がかかってしまうと思ったもので……」

言いながら、申し訳なさそうに何度も何度も頭を下げる兄。

今更だが、兄に再会したチャックが感情のままに声を上げていたのは店の入り口でのことである、店側からすれば迷惑極まりなかったことだろう。あの場にいたお客たちもまた、美味い料理を楽しんでいるところであのように騒がれれば良い気持ちはしない筈だ。

多くの人を私情に巻き込んでしまった。チャックも同じ客商売、それもこれまた同じ料理人なのだから、これは反省せねばならないだろう。

「…………すいませんでした」

兄に倣って、チャックも詫《わ》びの気持ちを込めて静かに頭を下げる。

すると、彼はしばしチャックのことを見つめた後、苦笑しながら兄に向き直った。

「…………チャップくんの弟さんかい？」

ちらちらとチャックに目を向けながら、兄に対してそう質問する店長。

まだ素性を明かしていないというのに、彼はチャックが何者かということを見抜いていたようだ。

「分かりますか？」

兄がそう訊くと、彼は再び苦笑しながら頷いた。

「そりゃ分かるよ、チャップくんと顔そっくりだもん」

そう言われて、兄も同じように苦笑する。

「弟のチャックです。突然田舎からこっちに出て来たものでして……」

「そっかそっか。サプライズってやつなのかな？　初めまして、店長のユキト・ハッシロです。お兄さんにはいつもお世話になっております」

彼はチャックに向き直ると、慇懃《いんぎん》に頭を下げた。

同じ店長、料理長であっても、厳格で寡黙な父とは違い、彼は腰が低い人らしい。旧王都のような都会で他の老舗や名店と鎬《しのぎ》を削る店の店長というのは、もっと親分然とした態度の大きな人だと思っていたのだが、彼はそこには当て嵌らないようだ。

意外だな、と思いつつ、チャックも彼に対して頭を下げる。

「あ、はい……」

どう言葉を返していいのか分からず、そんな曖昧な返事をしてしまうチャック。

だが、彼は不機嫌な顔ひとつせず、朗らかにニコリと笑ってから、チャックの前に、持って来たコロッケソバの器を置いた。

「コロッケそば、ここ置いとくよ。それじゃ、俺は仕事に戻るから」

「すいません、ご迷惑おかけします」

「はいよ」

振り返らず、手を振って従業員控え室から出て行く店長。

チャックと兄のみが残された、店内の喧噪《けんそう》から切り離され静寂に満ちる室内に、コロッケソバの器から立ち昇る、何とも言えぬ良い香りが漂い始めた。

チャックの眼前でしきりに湯気を立てる謎の料理、コロッケソバ。

兄はこれを食べれば自分の気持ちが分かると言っていたが、それは一体どういう意味なのか。

兄の真意を探るよう、チャックはコロッケソバの器を覗《のぞ》き込んでみた。

真っ黒な器に満たされた、茶色く澄んだスープに沈む灰色の細切り麺。そして、その麺の上には何かの野菜の輪切りひと摑《つか》み、深い緑色を湛《たた》えたペラペラしたものひと摑み、それと中央にはキツネ色に色付いた楕円形《だえんけい》の何かが載っている。

チャックも一応は料理人なのだが、見た目からではこれが何なのか全く分からない。

こんな濃い色に見えるスープが濁りもせず澄んでいるのは何故なのか、灰色の麺に使われている穀物は何なのか、付け合わせらしき野菜とペラペラしたものは何なのか、そしてキツネ色の楕円はどういったものなのか。徹頭徹尾、なにひとつとして分からない。チャックの知識のなさを嘲笑《あざわら》うかのように全てが謎に満ちている。

だが、そこから立ち昇る湯気は、その中に濃厚に漂う香りは実に芳《かぐわ》しい。恐らくは魚のものと思われる主張の強い香りに、それと調和する別の香り。これは植物性のものだと思うのだが、それが何であるのか断定が出来ない。少なくともチャックがこれまで嗅いだことのない香りだ。そして更には、その二種の香りの中に良質な植物油のものらしき香りも混じっている。

チャックも料理人の端くれ、香りを嗅げば料理の味は何となく想像がつく。このコロッケソバなる料理、これはチャックが当初考えていたものより遥かに美味なるものだ。

そしてこの一杯の中には、料理人としての技術や知識がこれでもかと凝縮されていることも分かる。何をどうすればこんなものが作れるのか、現物が目の前にあるというのに、チャックにはそれが一切分からない。まさしく秘伝と言えよう。

兄の意図を探ることとはまた別に、チャックは一人の料理人としてこのコロッケソバに向き合うことにした。でなければ、この見事な料理に、何よりこれを作ってくれた料理人に対し失礼だ。

「そんなにジーッと見てたら冷めるぞ？　せっかくアツアツなんだ、冷める前に食えよ」

チャックがコロッケソバを真剣に観察していると、兄が苦笑しながらそう言ってきた。確かに湯気が立つほど温かいスープなのだから、熱いうちに食べてしまった方がいいだろう。最も美味《おい》しく食べられる時を逃しては料理人として一生の不覚だ。

器を両手で持ち上げ、そのまま熱いスープを、音を立てて啜《すす》り込む。

ず、ずずず……。

温かな液体が舌の上に滑り込んできた瞬間、チャックは驚きに目を見開いた。

「……ッ！」

美味い。べらぼうに美味い。口にものを含んでいるので喋《しゃべ》ることが出来ないのだが、それでも声に出して言いたい、これは何と美味いスープなのだろうか、と。

まず始めに香るのは、主張の強い魚の香り。それもチャックが慣れ親しんだ川魚のものではない、恐らくは海の魚。だが、ただ魚の干物を煮出しただけではないのだろう、魚特有の生臭さが一切出ていない。そして、それを包み込む丸い風味。これにも微かな海産物の滋味を感じる。所謂《いわゆる》、磯《いそ》の香《か》というやつだ。そのふたつの風味が調和することで極上の旨味を醸し出すことに成功している。

更には、このスープに適切な塩味《えんみ》を付加している調味料がどうやら別にあるらしい。察するに、それはスープの色をこの濃い茶色に染めているものではなかろうか。この風味もまた独特だが、これが妙に舌に馴染《なじ》む。初めて口にするものだというのに、初めてという感じがしない。やけに安心感があるというか、何だかほっとする味だ。

「う……美味い！　何だこれ!?」

チャックは極上のスープを嚥下《えんげ》すると、信じられないというふうに器を覗き込む。

認めたくはないが、認めるしかない。このスープはチャックのこれまでの人生において最も美味いものだ。父が作る店伝統のスープよりも、祖父がギフトを駆使して作った、貴重な調味料をふんだんに使った特製スープよりも美味い。悔しいが、料理人として舌に嘘《うそ》はつけない。

「な？　美味いだろ？」

きっと自分が勧める店の味を実の弟が美味いと認めたことが嬉しいのだろう、兄が笑いながらそう訊いてくるので、チャックは驚愕覚めやらぬといった感じでぎこちなく頷いた。

「あ、ああ、めちゃくちゃ美味い……！」

これまで飲んだことのあるどんなスープとも方向性が異なる新たな美味。しかも、使われている食材がほとんど分からない。こういうものを口にすると、自分の未熟さ、そして料理というものの奥深さを改めて思い知らされたような気になってしまう。

「でも、どうやってこの味を出しているのか分からない。そうだろ？」

まるでチャックの考えを見透かしているかのようにそう言い当てた兄。

チャックが驚いて顔を上げると、兄は苦笑しながら「やっぱりな」と頷いた。

「俺も最初に食べた時はそうだったよ」

「兄ちゃんも？」

「ああ。それはな、スープの下地にカツオって海の魚を干して作ったカツオブシってものと、コンブって海藻を干したものを使ってるんだ」

その言葉を聞いて、衝撃を受けるチャック。

故郷ノルビムは内陸の町だから海産物を口にする機会はほとんどない。だが、それでも保存用に干した海の魚や貝を食べる機会はあるし、そういうものが使われているというのはまだ想像がつく。

しかし、問題は海藻だ。兄の話を聞く今の今まで、チャックは海藻が食材として使えるものだとは知らなかった。というか、海に生える雑草程度にしか思っていなかったのだ。魚の他に何か植物性のものが味のベースとして存在しているとは思ったが、まさか海の雑草を使っていたとは。

「海の魚も海藻も……こんなに美味いものだったんだな…………」

きっと、海には内陸に暮らす料理人にとってまだまだ未知の食材が眠っているのだろう。料理人として勉強になるが、それにしてもこれまで海の食材に目を向けてこなかったことが悔やまれる。

チャックがそんなふうに反省していると、兄が更に言葉を付け加えた。

「特に海藻なんてのは、漁師町でもあんまり食べられてなくて、ほとんど雑草扱いで捨てられてるものだからな。これまで見向きもされてこなかったものをこんな極上のスープに仕上げてしまうんだから、本当、店長は凄いよ」

兄の言葉が本当なら、何処かの漁師町で、ナダイツジソバで使う為だけにコンブなる海藻を干して乾物を作っている者がいるということだ。誰も見向きもしないものをわざわざ長期保存用に加工し、あえて食材として使う。数寄者《すきしゃ》とでも言うべきか、ある意味でこんなに贅沢《ぜいたく》なことはない。

「…………兄ちゃん、これは貴族が飲むための特別なスープなのか？」

ここまで珍しい食材を使った極上の逸品だ、恐らくは兄チャップの弟だということで店長が気を遣って出してくれたのだろうと、チャックがそのように思って顔を向けると、しかし兄は意味深に苦笑しながら首を横に振った。

「貴族だろうが平民だろうが、ここじゃ皆その美味いスープを飲む。店長の方針でな、お客の貴賤は問わないことになってるんだよ、この店は」

言ってから、兄は更に、

「それどころか、貴族でさえも普通に入店待ちの列に並ばせるし、平気で平民の隣の席に座らせたりもするんだぞ、この店は」

と付け加える。

兄の言葉ではあるが、チャックは俄かに信じられなかった。

普通、貴族に対してそんなことをすれば不敬だとして罰せられることになる。捕まって牢《ろう》に入れられるか、その場で無礼討ちにされるか。確かに人格者の貴族もいるにはいるが、その他大勢の貴族たちは基本的に選民意識の塊だ。自分たちが人の上に立つ特権階級だと思っている。チャックが知る貴族であれば、平民と同じように扱われればまず間違いなく激怒する筈だ。

「う……嘘だろ…………？」

チャックが啞然としてそう言うと、しかし兄は大真面目に「嘘なもんか」と返してきた。

「本当だよ。ここじゃ大公様ですら平民と同じテーブルに着いて食事をするんだ。それより下位の貴族がふんぞり返れるわけがない。それより麺も食え。せっかくの茹《ゆ》で立《た》てが伸びちまう」

「…………」

料理といい、店の流儀といい、悉《ことごと》くチャックの常識が破壊されてゆく。

これは考えるだけ無駄だ、今は料理に集中すべきだと、チャックは一旦頭を空っぽにして再びコロッケソバと向き合うことにした。

さて、次はやはり、兄の言うように麵を食べてみるべきだろう。

側に置かれたフォークを手に取り、スープの中に沈む麵を掬《すく》い上《あ》げる。

存分にスープが絡み、キラキラと輝く灰色の麵。麵といえばチャックにとってはスパゲッティという認識なのだが、これは到底スパゲッティだとは思えない。そもそも、灰色の小麦粉などあるのだろうか。少なくともチャックはそんな品種の小麦など見たことも聞いたこともない。しからばこれが何なのかと問われると、それは全くの謎。見た目だけでは判別が出来ない。

謎に対する答えを求めるよう、チャックはずず、と音を立てて麵を啜り込んで咀嚼《そしゃく》し、嚥下した。

「これも美味い……ッ！」

最初見た時、チャックは麵をスープの具にするのはどうなんだろうと思っていたのだが、これは見事にスープと調和している。というか、このスープとしか調和しないのではないかと、そんなふうにすら思えた。チャックも料理人、頭の中で他にこの麵に調和するような味付けを想像してみるのだが、このスープ以上のものがひとつも思い浮かばない。

スープがよく絡んだコシのある麵は、噛《か》み締《し》めれば確かな弾力と共に僅かに歯を押し返し、独特な香気を発してそれが鼻に抜けてゆく。僅かに小麦の風味も感じるのだが、それよりもこの独特な風味の方が遥かに強い。割合としては、この独特な香りが七で、小麦が三といったところか。何処か牧歌的な香りがするのだが、一体、どういう穀物を使っているのだろうか。

その疑問が表情に出ていたのだろう、兄は微笑を浮かべながら答えを口にした。

「その麵こそがソバなんだけどな、使っている穀物の名前がそもそもソバって名前らしいぜ。ソバの実を挽《ひ》いてソバ粉にして、そのソバ粉を打って麵にしたもんがソバってわけだ」

言ってから、兄は「ま、小麦粉も三割くらいは繫ぎとして混ぜてるらしいけど」と付け加える。

「ソバ？　都会じゃそういう穀物が出回ってるのか？」

馴染みはないものの、海の魚や海藻に関しては、存在自体は知っていた。だが、このソバなる穀物は存在さえ知らなかったもの。

ノルビムのような田舎とは違い、人も物も集まるアルベイルのような都会では、そういう珍しい食材も普通に出回っているのだろう。

しかし、チャックの予想に反し、兄は首を横に振った。

「いや、どうもソバってのはかなり珍しい穀物みたいでな、カテドラル王国含めてこの周辺の国じゃそもそも栽培すらされてないみたいだ」

「じゃあ、そんな珍しいものをどうやって仕入れているんだ？　というか何処で作っているんだ？」

だが、兄はこの質問にも「さあな」と首を横に振る。

「店長もそれについては教えてくれないんだ。ルテリアさん……俺の同僚はそこらへん何か知ってるみたいだけど、それでもやっぱり教えてくれない。従業員の俺から見ても不思議なことの多い店だよ、このナダイツジソバは」

「…………店長さんは秘密主義なのか？」

「まあ、大公様の敷地内に店を出しているんだ、色々と言えないこともあるんだろうよ。俺もあまり詮索するような真似《まね》したくないし」

「ふうん……」

チャックだったら気になって根掘り葉掘り訊いてしまいそうだが、それをしない兄は自分より大人だということなのだろう。

一人の料理人としてチャックもソバ粉という未知の食材を手に入れてみたかったのだが、兄ですら知らないのなら諦めるより他はない。

「そんなことより、コロッケも食えよ」

「コロッケって、この丸いやつでいいんだよな?」

器の真ん中に、我が主役とばかりに鎮座する楕円形のもの。これは最初から気になっていたが、これこそがコロッケだったようだ。

「そう。スープが染みてしなっとしたやつも美味いけど、まずは揚げ立てサクサクを食わないと」

「アゲタテサクサク?」

「それも後で教えてやるから、まず食え。早く食わないとそろそろしなる」

「…………」

兄に言われるまま、チャックはそのコロッケとやらにザクリとフォークを突き刺し、持ち上げてからまじまじと観察してみる。

ホコホコとした湯気と共に油の香ばしい匂いを立ち昇らせるコロッケ。獣臭さを一切感じないということは植物油を、それもかなり良質なものを使って作られたものだということだろう。植物油のような高価な食材を使って作られているということは、このコロッケなるものはかなり贅沢な料理ということになる。先ほどの兄の言葉とは矛盾するが、それこそ貴族の食卓に出されてもおかしくないくらいの贅沢なものではなかろうか。

だが、いくら贅沢でも味が伴わなければ意味がない。このコロッケとやら、味は如何ほどのものか。チャックはあんぐりと大口を開けると、勢い良くコロッケにかぶりついた。

その瞬間である。

ザクリ！

と、まるで薄いビスケットでも齧《かじ》ったかのようなザクザクとした食感と、馴染みのあるジャガイモの味が口の中に広がった。

「……ッ!!」

これは美味い。極上だ。噛めば噛むほど小気味良い音を立てるザクザクとした食感の真新しさに、しっかりと下味をつけられた甘くまろやかなジャガイモの味。鼻に抜ける上質な植物油の香気。

まさかジャガイモだったとは。これは完全に虚を突かれてしまった。

世界中でありふれた食材、ジャガイモ。チャックたち兄弟の故郷、ノルビムでも名産品として毎年数多く栽培しているものだ。人々の腹を満たす為には欠かせないものだが、前述の通りやはり世間にありふれたもので、別に高価であったり貴重な食材という訳ではないし、料理人がわざわざ技巧を凝らして手をかけるようなものでもない。それが常識の筈なのだ。

が、このコロッケはどうか。

恐らくは茹でるか蒸《ふ》かすかして火を通したジャガイモを、あえて食感が残るよう半分ほど潰し、ネットリした食感とホコホコした食感を両立させている。そこに混ぜられているのは、みじん切りのペコロスと細かく挽いた豚肉を炒《いた》めたものだろう。それらを混ぜ合わせて楕円形に形を整え、そこに塩胡椒《こしょう》で下味をつけている。塩はまだ分かるが、胡椒という貴重な香辛料をジャガイモのような食材に使うなどと誰が思うだろう。植物油にしてもそうだ。

それに、中のジャガイモを覆う、このサクサクとした食感の皮だ。これは恐らく小麦粉由来のものだろうが、しかし食べた感じは小麦粉を水で溶いたようなものではない。そこにチャックでは想像もつかないような工夫が隠されている。

決して高価でも高級でもない、ありふれた食材に惜しげもなく手間と貴重な素材を注ぎ込み、一流レストランも顔負けの逸品に仕上げる。そして、そんな極上の逸品を平民が躊躇《ちゅうちょ》せず手を出せるほど安く、そして大量に作る。それが情熱によって為《な》されているものなのか、それとも常軌を逸した執着や執念の末に為されたものなのかは部外者であるチャックには分からない。

分かっているのは、このコロッケなる料理が貴族をも唸《うな》らせるほどの美味であり、そこにチャックでは想像もつかない未知の技術が使われているということのみ。

「コロッケ、美味いだろ？」

呆然とコロッケを見つめるチャックに対し、兄がそう訊いてくる。

だが、すっかりとコロッケに心を引かれたチャックはそれにはどうという言葉を返すこともなく、緩慢な動作で兄の方に顔を向けた。

「これ……何なんだこれ……？　こんなもの、どうやって作るんだ…………？」

若輩でもチャックとて一端《いっぱし》の料理人。日々磨かれたその舌は、確かにコロッケに使われている食材を探し当てた。だが、その作り方、調理法が全く分からない。適当な見立てすらもつかない。料理人として生きてきた今の今まで、こんなことはなかったのだ。食材が分かれど調理法が一切分からない、などということが。父や祖父が工夫を凝らして作った料理だったとしても、食べれば食材も調理法もそれとなく分かったものだった。

だが、この店の調理法は、いや、この店の流派とでも言おうか、これはチャックの血の中にはまるっきり存在しないものだ。とても同じ国の料理とは思えない。明らかなる異文化。

そんなチャックの動揺が伝わったのだろう、兄は楽しそうに笑っている。

「中身のタネの方はどうやって作るか想像は出来るだろ？」

「潰したジャガイモにペコロスと挽いた豚肉を炒めたやつ、あと塩胡椒……」

分かるのはそこまでで、それ以上のことが何も分からない。このコロッケという料理の肝とでも言うべきサクサクの食感に、食欲をそそる香ばしさを生み出している皮のことが何も。たったそれだけのことでは、この料理に対する理解度として正味三割にも達していないのではなかろうか。

己の不明を恥じるようにチャックが難しい顔をして唸っていると、兄がやはり、こちらの考えを見透かしたかのように疑問の答えを口にした。

「それを覆ってる皮はな、驚くべきことにパンなんだよ」

「ぱ……パンだって!?」

驚きのあまり大きな声を上げてしまったチャック。

まさかの答えである。この大陸に住む人間ならば、いやさこのアーレスに住む人間ならば誰しもが主食として食べるもの、パン。パンを使った料理というものは古来より数多《あまた》存在しているが、その多くはパンに切れ目を入れて具材を挟んだり、薄く焼いたパンで具材なりソースなりを包むといったものばかり。パンを煮込んだパン粥《がゆ》のようなものもあるが、あれはサクサクの食感とは対極にあるドロドロとしたもの、コロッケには似ても似つかない。

兄はこの皮がパンだと言うものの、実際に食べたチャックをして、これがパンだとは到底思えなかった。仮に薄焼きにしたパンで中のタネとやらを包んで焼いたとしても、このようにサクサク香ばしいものになるだろうか。いや、ならない。薄焼きにしたところでパンのふわふわだったり、或いはもっちりした食感がなくなるということはないのだから。仮にその食感がなくなるまで念入りに火を通したとして、末路は黒焦げになった食べられないパンでしかない。

これは、これに潜むカラクリは一体何なのだ。

俄かに思考の深みに嵌り出すチャック。

そんなチャックを見かねたものか、兄がここで助け舟を出す。

「パン粉って言うらしいんだけどな、乾燥して硬くなったパンを摩《す》り下ろして粉にしたものを、生卵を溶いた卵液ってもんを使って周りに纏わせてるんだ」

「パンを粉に!?」

再度の驚き。

焼いてから日にちが経ち乾燥したパンは硬くなって食感が悪くなり、当然味も落ちる。常識のある飲食店ならば基本的にそういうパンをお客に提供することはない。普通ならばお客にはその日に焼いたパンを出し、古いパンは従業員のまかないにでも回すもの。

それがまさか、粉にして再利用するとは。硬くなったパンを粉にする。こんな発想、一体誰が他に思い付くだろうか。天才でなければ奇人の発想だ。それでなければ子供のいたずらがたまたま良い方向に転んだとしか思えない。

驚愕のあまりわなわなと震え出したチャックに対し、兄はそうだと頷いて見せる。

「ああ。そのパン粉を纏わせたタネを大量の油に入れて、泳がせるような感じで、表面がカリカリになるまで火を入れるんだよ」

「油の海で泳がせるのか!?」

「結構上手いこと言うな、お前？　揚げるって調理法なんだが、普通に考えれば王族とか上位貴族の家でしか出来ないやり方だろうなあ」

胸元で腕を組み、そう言いながらしみじみと頷く兄。

貴重な植物油を日常的に使うというだけでも贅沢だというのに、まさか投入した食材が泳ぐほど大量の油を使うなどと誰が思うものか。

何という常識外れで、そして何という斬新な料理なのだろう。油以外はどれもありふれた食材だというのに、どういう考え方をすればこんなに斬新な発想に至るのだろうか。

そしてふと、こんなことを思った。使われている食材がありふれているだけに、作り方が分かればチャックもコロッケが作れるのではないか、と。

「それは……植物油じゃなきゃ駄目なのか？」

チャックの中で、点と点が線として繋がり始めていた。

ノルビムの名産品ジャガイモ。ダンジョンで獲《と》れるタイラントボアの肉。卵くらいはノルビムでも手に入るし、パン粉とやらも自作は可能だろう。残りは油の問題だが、これは絶対に植物油でなければ駄目なものなのだろうか。あと一歩、ここがクリア出来れば見通しがつく。

チャックの問いかけに対し、兄は顎に手を当ててしばし考えた後、口を開いた。

「……………質が良いラードとかでも大丈夫なんじゃないか？　町の商店とかで売ってる普通の獣脂じゃや臭くて無理だろうけど」

兄のその答えで、全ての点が繋がる。

上質なラード。それは豚の倍は脂肪を蓄えるタイラントボアから取れるだろう。

「…………………」

あまりにも斬新で衝撃的な料理、コロッケ。

ここまでの完成度のものは望めないだろうが、チャックにも再現は可能な筈だ。

チャックは頭の中で、コロッケが大樹亭のメニューに追加される未来を描いていた。コロッケによって店が繁盛し、もっと大きな店を構える未来を。幼い頃に口にした自分の夢が叶《かな》う未来を。

こいつに大樹亭の未来が詰まっているのだと、黙ったままコロッケを凝視するチャック。兄はそんなチャックの様子に苦笑しながらコロッケソバの器を指差した。

「次はコロッケが口の中に残っている状態でスープを流し込んでみろよ。コロッケソバはその食い方が最高に美味いんだ」

あれだけ美味いコロッケに、まだ更なる美味な食べ方があるというのか。

チャックはすぐさまコロッケを齧ると、器を手に取り口の中にスープを流し込む。

口内で咀嚼したコロッケとスープが混ざり合ったその時であった。

「ッ!!」

美味い。恐ろしく美味い。あまりの美味さにカッと目を見開くチャック。

ネットリホクホクと甘いコロッケに塩気の強いスープ、コッテリとした揚げものにさっぱりとしたスープ、サクサクの固形物にサラサラの液体。これはただの調和ではない、まさに渾然一体《こんぜんいったい》、全てが混ざり合って複雑な美味へと昇華している。

「美味い!!」

口内のものを嚥下し、持っていた器をドンと豪快に机に置いてから、チャックは思わず吼《ほ》えてしまった。あまりにも美味くて、勝手に声が出てしまったのだ。

「だろ?」

そう言って嬉しそうに笑う兄。

兄の言葉に頷きながら、チャックは我慢出来ず凄まじい勢いでコロッケソバをがっつき始める。

もう、認めざるを得なかった。この料理は、コロッケソバはあまりにも美味すぎる。兄はこの味に、この斬新さに、この技術に魅了されてしまったのだ。大樹亭とは全く流儀の異なる、この店の技術に、知識に、食材に。そしてこの店の流儀を自分の中に取り込み、大樹亭が歩む道とは異なる道へと歩み出そうとしているのだ。

だから、これは実家へは帰らないという兄なりの宣言なのだろう。それも、実家を出た時とはまた異なる決意を伴った、確固たる決意。

気が付けば、チャックは泣きながらコロッケソバを食べていた。もう、完全に分かってしまったのだ。兄がノルビムに、大樹亭に戻って来ることはない。もう、家族皆で大樹亭を営むことは叶わない。皆が揃《そろ》って笑い合っていた、あの幸福に満ちた時間は戻らない。

「おいおい、泣くほど美味いのか？」

苦笑しながらそう訊いてくる兄に、今のチャックは頷きを返すことしか出来なかった。

「うん……」

「そうか。まあ、今日は俺のおごりだ。たんと食え」

「うん……うん………」

こんな時でもチャックのことを気遣ってくれる兄の優しさが心に沁《し》みる。涙のせいでしょっぱくなったスープを啜りながら、チャックは何度も何度も頷いた。

この一年後、チャックとチャップ兄弟の実家、大樹亭で『大樹風コロッケ』なる新メニューが売り出されることになり、それが爆発的人気となってノルビム第二の名産とまで言われるようになるのだが、それはまた別の話。

肉！肉！肉!! 次はかつ丼だ！

名代辻《なだいつじ》そばは異世界でも大盛況で、雪人《ゆきと》は相変わらず忙しい日々を送っているが、それでも最近は随分と仕事が楽になってきた。その要因は、チャップの成長とシャオリンの加入である。

チャップは作業に慣れてきたこともあり、最近は本格的に厨房《ちゅうぼう》に入り、雪人の手伝いをしながら調理の腕を磨いていた。雪人から見ればまだまだ半人前だが、それでも彼の熱意は凄《すさ》まじく、半人前なりの奮闘を見せてくれている。最初の頃から比べれば明確に作業効率が上がってきた。この分ならば、来年頃には雪人抜きでも厨房を任せられるのではなかろうか。

まあ、時が経《た》てばギフトのレベルも上がり、新メニューも増える。流石《さすが》に新メニューの作り方は雪人が教えなければならないので、どれだけチャップが成長しようと一から十まで店の全てを彼だけに任せるということは出来ないのだが。

また、チャップばかりではない、シャオリンの成長も著しく、近頃では随分とミスも減り、接客の際のぎこちなさや固さというものも幾分和らいできたように思う。

二人の成長によって作業効率が上がり、俄《にわ》かに余裕が出て来た名代辻そば。あと一人か二人も従業員を雇い、その従業員たちも十分に成長したなら、ローテーションを組んで休日を設けることも夢ではないだろう。今はまだ休日もなく働いているが、しっかりと休める日が来るのもそう遠くはない筈《はず》だ。新人が育てば、たまには連休が取れるようになるかもしれない。

店も終わり、夜。コロッケそばから麺を抜いた、通称台抜きを肴《さかな》にビールを飲みながら、休日のことに想《おも》いを馳《は》せる雪人。

コロッケそばといえば、先日は随分と印象的な出来事があった。何と、チャップの弟だという青年、チャックが、わざわざ田舎《いなか》から兄を訪ねてこの名代辻そばに来たのだ。

まだ営業中だったので、その場ですぐに事情を尋ねたりはしなかったものの、後から聞いた話によると、どうやらチャップは家出同然に故郷を出ており、そのまま手紙も出さず今日にまで至るらしく、随分とチャックに怒られていた。

その後、二人はどうにか和解した様子だったが、結局チャップは実家には帰らないとチャックに断言したそうだ。自分はまだまだこの名代辻そばで学ぶことがあるから、と。

雪人としても今ここでチャップに抜けられると痛手だから、その決断はありがたかった。だが、それ以上に、名代辻そばに学ぶことがあると、そう言ってくれたことが嬉《うれ》しかったのだ。

雪人もまた、名代辻そばに多くを学び、今なお学び続ける者。この道の先達として、チャップには雪人の力の及ぶ限りのことを学んでもらおうと思う。

帰り際、チャックは兄のことを頼みますと店の皆に頭を下げ、そして実家の食堂でコロッケを作って提供してもいいかと訊《たず》ねてきたので、雪人はこれを快諾した。

この世界にも一応は特許という概念があるようだが、そもそもコロッケは別に雪人が考案した料理ではないし、その製法を独占するようなものでもない。それにコロッケがアーレスに広まれば、それだけコロッケそばもアーレスの人々にとって馴染《なじ》み深《ぶか》いものとなるだろう。むしろ大樹亭だけではなく、色々な店でコロッケを作ってもらいたいくらいだ。

雪人としては、チャップの実家だという食堂、大樹亭がこのアーレスにコロッケを広めてくれる船頭となることを願うばかり。

コロッケそばがメニューに追加されてから二ヶ月近くが経過しただろうか、季節も初冬に入り、雪人のギフト『名代辻そば異世界店』は早くもレベル九に到達した。

レベルアップしたギフトの内容は次の通りである。

ギフト：名代辻そば異世界店レベル九の詳細
名代辻そばの店舗を召喚するギフト。
店舗の造形は初代雪人《はつしろ》が勤めていた店舗に準拠する。
店内は聖域化され、初代雪人に対し敵意や悪意を抱く者は入ることが出来ない。
食材や備品は店内に常に補充され、尽きることはない。
最初は基本メニューであるかけそばともりそばの食材しかない。
来客が増えるごとにギフトのレベルが上がり、提供可能なメニューが増えていく。
神の厚意によって二階が追加されており、居住スペースとなっている。
心の中でギフト名を唱えることで店舗が召喚される。
召喚した店舗を撤去する場合もギフト名を唱える。
今回のレベルアップで追加されたメニュー：肉辻そば、冷し肉辻そば
次のレベルアップ：来客七五〇〇人（現在来客一一〇五人達成）
次のレベルアップで追加されるメニュー：かつ丼、かつ丼セット、カレーかつ丼

今回のレベルアップでは、実に二種類のそばが同時にメニューに追加された。温かいそばのカテゴリーから肉辻そばと、冷たいそばのカテゴリーから冷し肉辻そばだ。

どちらも甘辛く味付けされた薄切りの豚肉を豪快に載せたそばで、そこにパリッとした香りの良い海苔《のり》と、トロッと濃厚な温泉玉子まで載った豪華な一品である。冷し肉辻そばの場合は、そこへ更に辛味の強い豆板醤《トウバンジャン》のペーストが追加される。

辻そばのメニューとしては珍しい、がっつりと肉が味わえるそば。若い女性は勿論《もちろん》のこと、働き盛りの男たちならば垂涎《すいぜん》のメニューだろう。何しろ若い男たちはとかく肉が大好きだ。そこに地球だ異世界だというしゃらくさい違いはない。この二種類のメニューは確実に異世界の人たちにも受け入れられ、流行《はや》ることだろう。間違いない。

しかも、だ。次のレベルアップで追加されるメニューが、かつ丼なのである。

肉辻そば以上にがっつりと肉を味わえる、名代辻そばで最も肉を主張するメニューこそがかつ丼だ。かつ丼セットは、かつ丼にかけそば又はもりそばが付属するセットメニューである。

分厚いとんかつとたまねぎを和風の出汁《だし》で煮込み、それをトロトロの玉子でとじて丼めしの上に載せた、日本を代表する丼。辻そばでのアルバイト時代、雪人もまかないでこのかつ丼にはかなりお世話になったものだ。最も腹が減る昼のまかないは、やはりがっつりと腹に溜《た》まる、スタミナ抜群のかつ丼に限る。かつ丼を食べると元気が出るのだ。

異世界でもこのかつ丼が流行ることは請け合い。肉辻そば同様、肉が嫌いな若者はいない筈だ。それに雪人とてまだまだ働き盛りの若者、自身もいち辻そば好きとして久々のかつ丼を味わうのが今から楽しみで仕方がない。何より、異世界では味わうことの出来ない地球品質の肉が味わえるのだから期待するなと言う方が無理だ。

もうひとつ、忘れてはならないのがカレーかつ丼である。

これはカレーライスの上にかつ丼の頭、つまり出汁で煮て玉子で閉じたとんかつを載せたものだ。カレーライスとかつ丼、ふたつのメニューのいいとこ取りをした、何とも贅沢《ぜいたく》で、かつジャンクな味わい、そして普通のかつ丼以上のがっつり具合。チェーンのそば屋は日本に数多《あまた》あれど、この悪魔的な合体が味わえるのはやはり名代辻そばだけだろう。

カレーかつ丼は全店舗で提供している訳ではない店舗限定メニューなのだが、雪人が勤めていた水道橋《すいどうばし》店では勿論取り扱っていた。

ちなみにではあるが、名代辻そばでは普通のかつカレーは提供していない。何故《なぜ》なら、名代辻そばでは全店で作り置きのかつを使用しているからだ。

作り置きを使う理由はふたつあって、ひとつは揚げ立てのかつでないとかつカレーは賞味が低下するが揚げ時間の増大は回避したい。もうひとつはかつ丼は作り置きのかつでもタレで煮込むと美《お》味《い》しくなるから、というものだ。

名代辻そばの揚げ立てかつを食べられるのは、まかないを口に出来る従業員のみの特権。お客様に対して多少の罪悪感はあるが、これぱかりは社としての決まりなので仕方がない。

今回のレベルアップで肉、肉とメニューが追加され、次のレベルアップでもまた肉が追加される。この肉ラッシュには何か作為的なものを感じないでもないが、ともかく肉メニューが追加されるのは心強いこともまた事実。たとえこれが神の作為なのだとしても甘んじて受け入れるべきものなのだろう。アーレスの民に美味《うま》い肉を食わせよ、神はそう言っているに違いない。ならば応えてやるのが名代辻そば店長の心意気というもの。

次にレベルアップすれば待望のかつ丼が食べられる。とんかつがあれば従業員たちに食べてもらうまかないのバリエーションも今より劇的に増えるし、何より辻そばを贔屓《ひいき》にしてくれているお客様方が喜んでくれる筈。そう考えれば働くのにもより一層の気合が入るというもの。むしろレベルアップに向けて働くのが待ち遠しいくらいだ。

異世界の人たちに辻そば流の美味い肉を食べてもらう。

新たな目標を胸に、雪人は明日への意気込みを新たにした。

モンク僧『拳聖』ザガンと乾きを癒やす肉辻そば

凡《およ》そ九〇年前のことである。

大陸の南側、デンガード連合を構成する国のひとつ、ウーレン王国に、一人のストレンジャーがひっそりと降り立った。

名をリ・ショブンと言うそのヒューマンの男性は、地球なる異世界の、チュウカミンコクという国からやって来たのだそうだ。齢《よわい》七〇。小柄で細身の老人である。

ウーレン王国は獣の特徴をその身に宿す人種、ビーストが治める国家。対して、そこへ現れたストレンジャーは人種の違うヒューマンだった。

だが、当時の国王は彼が貴人たるストレンジャーであること、また、この世界に頼る者もない老人だということも鑑み、リ・ショブンを手厚く保護することにしたのだ。家臣団の中には国益にはならないだろうと言う者もあったが、国王は道義を優先させた。

このリ・ショブンが神から授かったギフトは『血潮の滾《たぎ》り今一度』というもので、自身が若かりし頃と同等の身体能力を得るものなのだという。

何でも、リ・ショブンは現役の武術家だそうで、ハッキョク拳なる武術を修めたそうだ。地球での最期は勝負に負けた相手に毒を盛られて亡くなったと、本人はそう言っている。

地球で亡くなる前、リ・ショブンは自身の最後の弟子と決めていた孫を手塩にかけて鍛え上げ、自分以上の武術家にしようと日々修行をつけていたらしいのだが、その夢は志半ばで、毒を盛られたことによりあっけなく潰《つい》えてしまった。本人によると、そのことにとても未練を感じており、孫ではなく異世界の住人でもよいので最後の弟子を育て上げたいと神に願ったのだという。

貴人たるストレンジャーたっての願いではあるが、相手は腰の曲がった小柄な老人。若者に武術の稽古をつけるなどいささか酷ではないかと国王は思ったのだが、ものは試しと、実力を見る為《ため》にとりあえず近衛騎士の一人と試合をさせることにした。

国王はあらかじめ、近衛騎士に対して相手は老人だ、怪我《けが》をさせるなと言い含めていたのだが、いざ試合が始まると、これがとんでもない展開を見せる。

何と、ただの小さな細身の老人でしかないと思われたリ・ショブンが、凡そ人とも思えぬ怪力で近衛騎士の剣を粉々に叩《たた》き折《お》り、鋼鉄の鎧《よろい》が砕けるほどの肘撃《ちゆうげき》を放ち、一瞬で勝利したのだ。

相手の近衛騎士は死にはしなかったものの、胸骨がバラバラに砕けていて、すぐに回復魔法を使わねば危うい状態にまで陥っていた。

まさしく達人。少しでも武術の心得のある者は、その老人の技に武の極致を見た。

皆が唖然《あぜん》とする中、リ・ショブンはこう言ったそうだ。

「汝《なんじ》らの中には生まれながらに獅子《しし》や虎である者も多いと思う。だが、我が八極拳は龍門《りゅうもん》と心得よ。この技、見事修めた者は龍へと到《いた》ることだろう。身分、男女の別、一切問わぬ。気概ある者は我が下に集え。この爺《じい》が汝らを龍にしてやろう」

その日を境に、ウーレン王国はデンガード連合における武術の頂点、このアーレスにおけるハッキョク拳発祥の地となった。

それから九〇年。

ストレンジャー、リ・ショブンによって伝えられたハッキョク拳は子々孫々に亘《わた》ってウーレン王国で受け継がれ、また、その並外れた強さから周辺諸国にも広まり、今やデンガード連合で武術と言えばハッキョク拳と言われるまでになっていた。ハッキョク拳こそが武の基本なのだと。

リ・ショブンは晩年、門下生にハッキョク拳を教える為の寺院、拳林寺《けんりんじ》を、ウーレン王国にある、人里離れた雄大な深山の中腹に構えた。

寺院であるが故に、門下生は全て世俗を捨てた僧侶で構成されており、彼らは武術の道に生きる僧侶、モンク僧と呼ばれている。

この拳林寺、今ではデンガード連合内においてハッキョク拳の総本山であると言われており、最も強き者が代々『拳聖』の称号で呼ばれることになっていた。

当代の『拳聖』ザガンは、今年で四〇になる鮫《さめ》のビーストだ。

ザガンは幼い頃より世俗を捨てて拳林寺の門を潜《くぐ》り、先日、遂《つい》に先代の『拳聖』を破って新たなる『拳聖』となった男。

ビーストは確かに身体的に恵まれた人種だが、しかし世間一般では魔族よりも弱いと言われている。ヒューマンやエルフ、ドワーフよりも身体能力は高いが、しかし魔族よりは劣り、寿命も短くヒューマンやドワーフの約半分にしか当たらない五〇年ほど、エルフや魔族のような長寿の人種と比べれば一瞬だけ輝く綺羅星《きらぼし》のようなものでしかない。

何処《どこ》までいっても誰かの後塵《こうじん》を拝する中途半端な人種。いつの頃からかは分からないが、アーレスにおいてビーストという人種はそのような屈辱的評価を受けている。

ザガンの両親は世界各地を旅して商売する遍歴商人で、ザガン自身も物心つく前からその旅に同行していたのだが、どの国に行ってもビーストの評価というものは一様に低かった。優れたところは確かにあるが、しかし決して一番にはなれない人種。幼い頃のザガンは、人々が口にするこの低評価が、ビーストを否定しているようにしか聞こえず、嫌で嫌で堪《たま》らなかった。

自分はビーストという人種で、そのことに誇りを持っている。ビーストも一番になれるということを証明したい。生物に定められた寿命を延ばすことは不可能だが、しかし力でなら、技でなら、何より強さでなら一番になれる筈《はず》だ。

当時ザガンが愛読していた書物、初代『拳聖』リ・ショブンの生涯を綴《つづ》ったその本に書いてあったのだ、ハッキョク拳の門を潜る者は龍へと到る、と。現に、ハッキョク拳の創始者リ・ショブンは腰の曲がった小柄な老人、しかもヒューマンでありながら並び立つ者のいない最強の武人として名を馳《は》せた。ならば、ビーストの自分とて最強になれるに違いない。

それに、ザガンのギフトは明らかに武術に向いていた。

ザガンのギフト『闘気法』は、体内に流れる魔力を闘気という別の力に変換し、肉体に纏《まと》わせて身体能力を大幅に強化したり、攻撃魔法のように破壊力を持って放てるというもの。最強の武術たるハッキョク拳を修め、ギフトの使い方をも極めれば最強へと到ることも夢ではない。

そう考えたザガン少年は、旅を終えて生国であるウーレン王国に帰国するや、両親に頼み込んで拳林寺に出家した。ザガンは一人息子。そんなザガンが世俗を離れることに両親も最初は反対していたのだが、ザガンの本気、そして熱意を感じ取り、やがては折れてくれたのだ。

それから三〇年。ただただ己を高める為の修行の日々は遂に結実し、鍛え抜かれたザガンの拳は今や鉄拳へと変じ、師である先代の『拳聖』をも打ち倒すに至った。

この時点でザガンはウーレン王国最強の座をほしいままにしていたのだが、しかし当人はまだ満足していない。確かにウーレン王国では最強かもしれないが、はたして、デンガード連合の全ての国の中で最強だと言えるだろうか、と。

デンガード連合には、三爪《さんそう》王国という魔族の国家がある。そして魔族において最強だと言われているのが、ドラゴンの特徴を持つ龍人族。

この龍人族を打ち破ってこそ、デンガード連合最強と言えるのではなかろうか。そして龍を破ってこそ、自らも本物の龍に到ったと言えるのではないだろうか。

幸いにして、三爪王国では年に一度、希望者は全員参加、王族ですらも出場を認められている大きな武術大会が開催されている。

だが、拳林寺の門人は世俗を捨てた僧侶のみ。外界に出られるのも基本的には寺を去る者のみなのだが、例外的に『拳聖』だけは自由な外出を許されていた。

三爪王国の武術大会に出場する為、実に三〇年ぶりに外界へ出たザガン。ザガンはその大会で前回優勝者たる魔王をも打ち破り、見事に優勝を果した。

これで名実共にデンガード連合最強となったザガンだが、しかし彼はまだまだ満足していない。これより上、世界最強の座がまだ決まっていない、自分はまだ真に龍へと到った訳ではない、と。

ザガンは風の噂《うわさ》に聞いたことがあるのだ、世界最強の剣豪にして『修羅』の二つ名で呼ばれる男、デューク・ササキの話を。

あの伝説の大剣豪コジロー・ササキの血を継ぐという男、デューク・ササキ。噂話に曰《いわ》く、彼は先祖であるコジロー・ササキにも迫る当代最強の剣士で、魔物として最強の一角に数えられるブラックドラゴンをただ一刀で斬り伏せたのだという。

この話を聞いた時、ザガンは思った。デューク・ササキという男、是非とも戦ってみたい。そして自らの拳で打ち倒したい。そうすれば自分は名実共に一番になれたと、世界最強の男になれたのだと胸を張って言えるのではなかろうか。

ザガンがリ・ショブンの伝説を継ぐ者であるとすれば、デューク・ササキはコジロー・ササキの伝説を継ぐ者。相手にとって不足はない。

互いに伝説を受け継ぐ者同士の対決。武に身を置く者であるならばこれに心踊らぬ筈がない。男であるならば血が滾らぬ筈がない。

噂によると、デューク・ササキが最後に目撃された場所はカテドラル王国の旧王都、今は大公領となったアルベイルの街だとのこと。ということは、少なくともその周辺国をくまなく探せばいずれは見つかることだろう。

逸《はや》る気持ちに背中を押され、ザガンは『拳聖』のみが持つことを許された、拳林寺に伝わる槍《やり》のみを手に、供も連れずに一人でウーレン王国を出た。


龍門を昇る鮫、ザガン。

俺は修羅を喰《く》らって龍へと到る。

その想《おも》いだけを胸に、ザガンはデンガード連合すらも飛び出し、再び広い世界に足を踏み出した。

ザガンは右 掌《てのひら》に闘気を溜《た》めると、裂帛《れっぱく》の気合と共に気弾を放つ。

「龍撃砲！」

ドラゴンの頭部を模《かたど》った巨大な気弾がデュークを呑《の》み込むかと思われたが、しかし、

「ふん！」

と、彼は横一文字の一閃《いっせん》で気弾を斬り裂く。

その一撃で気弾は爆《は》ぜることなく霧散してしまったが、しかしザガンは気弾を放つと同時に槍を構えてデュークに迫っていた。

「ホアアアアァァイッ!!」

闘気で強化した、岩盤をすら叩き割るほどの凄《すさ》まじい力でもって上段から槍を振り下ろすザガン。

「ぬうん！」

だが、デュークがその槍を下段からかち上げる。

ザガンの槍とデュークの剣がぶつかり合った瞬間、大気が爆ぜ大地が揺れ、凄まじい衝撃が周辺一帯を走り抜けた。

周囲に何もない草原だからいいようなものの、仮に街中でこんなことをしていては、たちまちのうちに家々が砕け人が吹き飛び、一刻と待たず廃墟《はいきょ》が出来上がることだろう。

片や『拳聖』、片や『修羅』という、世界の頂点を決めるかの如き戦いは、しかしその並外れた激しさの故、衆人環視の中で行うことが不可能だった。この戦いは誰に知られることもなく二人の間でのみ行われていることだが、仮に『拳聖』と『修羅』が勝負をするということが知られれば見物人たちが殺到したことだろう。むしろ金を払ってでも見たいと、命の危険も顧みず大勢の人間が大挙して押し寄せたのではなかろうか。

しかしながら、ザガンとデューク、当人たちにとってこの勝負は遊びではない。見世物にされるなどまっぴら御免である。

「せいやあああああぁッ！」

初撃の槍が弾《はじ》かれたと見るや、ザガンは上段から連続で刺突を放つ。

「しいいいいいぃッ！」

鋭い呼気を洩《も》らしながら、ザガンの槍を全て捌《さば》くデューク。

一見すると状況は拮抗《きっこう》しているが、押しているのはザガンだ。ヒューマンに勝る膂力《りょりょく》、そしてギフト『闘気法』による身体能力強化。肉体の強度で勝るザガンの方が有利。

その筈なのに、当のザガンは自身の攻撃に違和感を覚えていた。

明らかに攻撃の威力が出ていない。いつもより力が入らない。本調子が出ない。

ザガンも武人、真剣勝負に言い訳は禁物だが、それでもこの違和感が拭い去れないのは紛れもない事実。このしっくりこない感じは一体何なのか。

いつもより力が出ないと感じたのは、デンガード連合を出てヒューマンの勢力圏に入ったあたりからなのだが、その理由は明白であった。

ここしばらく、ザガンは満足な食事が取れていない。ヒューマンの食事が口に合わないからだ。

ザガンは今までの人生でデンガード連合の勢力圏を出たことがなかった。故に知らなかったのだが、ヒューマンは主食としてパンかジャガイモを食べる。しかしながらザガンは水生生物である鮫のビースト。硬くてボソボソしたパンや蒸《ふ》かして粉を吹いているジャガイモのような、水分の少ない食事が喉を通らず引っかかってしまう。

ザガンの故郷ウーレン王国をはじめ、デンガード連合を構成する多くの国々は麵、つまりスパゲッティが主食。茹《ゆ》で立《た》てのスパゲッティはツルツルと喉越し良く食べやすく、また、腹持ちも良い。

しかしながらヒューマンが主食とするパンはどうか。水分が少なく、食べると口の中の唾液を持っていかれてしまう。好き嫌いの問題もあるのだろうが、どうにも物理的に合わないのだ。

だから食事は自然とスープのようなものが中心になるのだが、流石《さすが》にスープだけでは水気で腹がタポタポになってしまう。

ザガンは鮫のビースト。草食獣のビーストとは違い、肉や魚も食べられる。

ならばと、パンが食べられない分、肉や魚を沢山食べようと思ったのだが、ヒューマンの料理店で出るそれらは火が通り過ぎているのか、どうにも硬くてやはりパサパサしていて喉を通らない。

それに香辛料をふんだんに使うデンガード連合の料理とは違い、ヒューマンの料理は基本的に塩のみの単調な味付けばかりでパッとしないのだ。

かといって自分で作ろうにもザガンは武術一筋、根っからの武人だ、これまで調理などしたこともなく、やり方も分からない。

料理が美味《おい》しくない。自炊も出来ない。とても単純だが、しかしとても大きな問題だ。

一日二日ならまだしも、ろくな食事を摂《と》れない期間が長く続くと、流石に体調に影響が出てくる。

ザガンがデンガード連合を出てから三ヶ月ばかり。もう、どんな攻撃を打っても万全の時ほどの威力は出ず、技の切れも落ちている。万全の状態を一〇割として、今のザガンはせいぜい七割くらいの力しか出せていないのではないだろうか。

だが、それでも真剣勝負に言い訳は禁物というのは先にも触れた通り。それに言い訳などしていては快く勝負を受けてくれたデュークにも申し訳が立たない。

勝負は時の運とも言う。だからザガンはその運を摑《つか》み取《と》るべく、今はともかく雑念を振り払って攻撃し続けるしかないのだ。

「おおおおぉぉッ!!」

衰えた筋力を闘気で補いながら連続突きを放つザガン。

だが、ここで、

「せやッ!!」

と、デュークがその突きに合わせて剣で強打し、ザガンの槍を大きく跳ね上げた。

その一撃の衝撃に耐え切れず、槍がザガンの手を離れて宙を跳ぶ。

「ッ!?」

しくじった。まさか握力までもが衰えているとは。

ザガンはすぐさまその場から跳び退《との》くと、全身に闘気を漲《みなぎ》らせて構えを取り、注意深くデュークのことを見据えた。

青眼に構えたままゆったりとその場で佇立《ちょりつ》し、静かにザガンを見据えているデューク。呼吸も乱れておらず、肩も上がっていない。まるで泰然自若を体現しているようだ。

対するザガンはぜえぜえと息が乱れ、どうにも限界が近い。長くは持たないだろう。

「いやあああああぁッ!!」

完全に勝機が失《う》せる前に、強引にでも勝負を決めに行かねばならない。ザガンは両拳をきつく握り締めると、無手のままデュークに向かって行った。

高く跳躍し、相手の頭上から矢のような跳び蹴りを放つ。だが、この蹴りは半身で躱《かわ》され、蹴りを放ったザガンの右足が何もない地面を穿《うが》った。

その反動を利用して左足で大きく踏み込み、今度は左の肘撃。これもやはり足運びで躱されるが、ここで更に腕を伸ばし、猛虎硬爬山《もうここうはざん》を放つ。連撃だ。

だが、これもデュークが上体を沈めたことで回避されてしまう。

それでもザガンは止まらない。ここで止まれば後がないからだ。

冲垂《ちゅうすい》から八門開打、上歩撞拳《じょうほとうけん》から単閉襠《たんへいとう》、蛇身飛勢から白鶴冲天《はっかくちゅうてん》。

流れるような動作で放たれるそれらが、掠《かす》りもせずに全て躱される。

そして最後の鉄山靠《てつざんこう》。

ザガンが残る全ての力を込めて放った渾身《こんしん》の鉄山靠であったが、技を放ち終わった時には、すでにその場にデュークの姿はなかった。

相手が何処に消えたか、ザガンがデュークの姿を目で追おうとした、その時である。

ひたり。

と、そっと、およそ戦いとは思えぬ静けさを伴い、ザガンの首に銀色に輝く刃《やいば》が添えられた。

「ぬう…………ッ！」

たらり、と、額にひと筋の汗を流しながら、ザガンは唸《うな》った。

この勝負、ザガンの負けだ。誰が何を言わずとも、首元の白刃が雄弁にそう語っている。

「…………俺の負けだ」

ザガンが諦めたようにそう呟《つぶや》くと、デュークは刃を引いて鞘《さや》に納めた。

瞬間、大きく息を吐き出し、張り詰めた糸が切れたようにその場に膝を突いたザガン。

知らずに無理をしていたのだろう、全身の関節という関節がガクガクと小刻みに震えている。

俺は龍にはなれなかった。どうやら鮫は鮫でしかなかったようだ。

ザガンは胸中でそう自嘲すると、背中を地面に預けて大の字になって倒れ込む。

眼前に雲ひとつなく広がる空の雄大さを前に、ザガンは己が如何《いか》にちっぽけな存在なのかということを痛感していた。


デンガード連合最北端の国、シュウ王国を出た後、ザガンは僅か三ヶ月という短期間でデューク・

ササキを見つけ出した。

デューク・ササキが最後に目撃されたのがカテドラル王国の旧王都アルベイルだと聞いたザガンは、そこから山勘で当たりをつけ、東のアードヘット帝国へ向かったのだが、アンヴィル侯爵領の領都で運良く彼の目撃情報を得ることが出来たのだ。

その情報によると、何でもデューク・ササキは故国であるフラム公国を目指して旅をしているらしく、一〇日くらい前にアンヴィル侯爵領を発《た》ったのだという。

急げば追いつけるんじゃないかという、情報をくれた宿の女将《おかみ》の言葉を受け、ザガンは何処にも寄り道をせず、一直線に東へ東へと向かい、アードヘット帝国本国の最東端に当たるキジム辺境伯領で遂にデューク・ササキを発見するに至った。

別に知り合いでも何でもない、共通の知人すらもいない他人ではあるが、ザガンが頼み込むと、さして悩むこともなく真剣勝負を快諾してくれたデューク。

「私も赤の他人に勝負を挑み続けるような生き方をしてきたからな。他人から同じように挑まれて断るほど狭量ではないさ」

と言ってくれたデュークの言葉に甘える形で始まったこの勝負。結果は御存知《ごぞんじ》の通り、ザガンの敗北で終了した。それも接戦ですらない、完敗だ。

生い茂る草の上で大の字になって天を仰ぐザガン。

そんなザガンに、デュークがずい、と手を差し伸べる。

「良き勝負であった。しばらくぶりに強き者と戦うことが出来た」

哀れみか、それとも慰めのつもりだろうか、そう言ってくれたデュークの言葉に苦笑しながら、ザガンは彼の手を取って立ち上がった。

「いや、ただただ無駄にあんたのような達人の手を煩わせただけだった」

傍《はた》から見れば良い勝負をしていたのかもしれないが、当事者であるザガンには分かっている。今回の戦い、満足に実力を出せなかったザガンはデュークにあしらわれていた。そもそも勝負にすらなっていなかったのだ。

彼の全力を引き出すことも出来ず、無様に敗北してしまったザガン。それが情けなくて自分自身に対して怒りが湧いてくるのだが、それより、そんな半端な状態で彼に剣を抜かせてしまった己の不明を恥じる気持ちの方が遥《はる》かに大きい。

デューク・ササキほどの達人との勝負に対し、万全ではない状態で、己の気持ちだけを優先させて臨む。今になって考えれば、それは達人に対する侮辱に他ならないのではなかろうか。

彼がごく穏やかな人柄だったからいいようなものの、これで苛烈な性格であれば、ザガンは怒りのままに斬り捨てられていたことだろう。無論、そうなったとしてもザガンに文句はないのだが、達人の剣を無駄に血で汚すのもまた憚《はばか》られる。

どちらにしろ、今回の勝負に負けたことも、デュークの手を無駄に煩わせてしまったのも、今回は何もかもザガンが悪い。

こんな調子で龍に到るなどと、どの口がほざくのか。ザガンは我がことながら呆《あき》れてしまった。

「貴公、本調子ではなかったのだろう？」

ザガンが立ち上がるのと同時に、デュークがおもむろにそう訊《き》いてきた。流石は達人、どうやら彼は、言われずともザガンの不調を見抜いていたようだ。

「分かっていたのか？」

「見れば分かる。明らかに動きに精彩を欠いていた」

そう断言され、ザガンは思わず、ふ、と苦笑してしまった。

「確かにな。だが、言いわけは出来んさ。あんたから仕掛けてこられたならまだしも、これは俺が望んだ勝負なのだからな。まあ、結果は己の恥を晒《さら》しただけだったが」

体調不良を隠して挑み、そして見事に敗北。しかも惨敗。ざまあないとはこのことだ。

「理由は何だ？　何か病でも患っているのか？」

「いや、お恥ずかしい話なのだが………」

ヒューマンの国に来てからというもの食事が口に合わず、満足に滋養が摂れていない。この三ヶ月、常に空《す》きっ腹《ぱら》を抱えたままで、体調がすこぶる悪く、本来の実力が満足に出せなくなってしまったのだ。そのことをザガンが包み隠さず説明すると、デュークは「ふうむ……」と唸りながら顎に手を当てて何やら考え込み始める。

「そうか。食事が合わんか……」

ヒューマンのデュークからすると、自分たちが普段から食べているものが口に合わない、食べない方がマシだとでもいうように評されることは心外なのだろう。見れば、彼は勝負の時よりも難しい顔をしてうんうんと唸っている。

ザガンも別に、馬鹿にする意味でそう言っているのではない。ヒューマンの食事が口に合わないというのも、人種的なことが理由なのだ。決して侮辱ではない。

「ヒューマンの国の料理というのは、俺にとってはどうにも水分の少ないパサパサしたものとしか思えんのだ。普通のビーストならばそれほど苦にもならんのかもしれんが、俺は水の中を生きる鮫のビーストだからか、水分の少ないものが特に辛《つら》く感じてしまう。故郷では喉越しの良いスパゲッティが主食だったし、肉や魚も半生の状態で食っていた。鮫だからか、完全に火を通さずともアタるということがなかったからな」

ザガンの故国、ウーレン王国は海に面した国だ。魚を食うにしてもカルパッチョや、とあるストレンジャーが伝えたと言われるタタキなど、生の食感と瑞々《みずみず》しさを保ったものが多く、ヒューマンの国ほど念入りに火を通すことがない。また、肉も豪快にステーキで、それも香辛料たっぷりで食うのだが、焼き方はレアかミディアムレアが主で、ヒューマンの国のように塩味のウェルダン一択ということはなかった。

「ヒューマンの国にもスパゲッティを出す店はあったと思うが、それは食わなかったのか？」

そう訊かれて、ザガンは「ああ」と頷《うなず》く。

「いや、食った。食ったが、味付けの種類が少なくてすぐに飽きてしまったな」

基本的には塩味で、具材は変わるのだが味付けがそれほど変わらないヒューマンの国のスパゲッティ。最初は普通に食べられたのだが、同じ味のものを毎日毎食食べ続けるのは流石に無理だ。塩だけの単調な味付けのスパゲッティはもう見たくもない。たまに酢を使った酸っぱい味付けのものや、冷水で冷やした変わり種のスパゲッティもあったのだが、食べ馴《な》れていないせいか、そういうものもやはり口に合わなかった。

我儘《わがまま》な子供のようなことを言っている自覚はザガンにもあるが、真実口に合わないのだからどうしようもない。

「ヒューマンの国にも美味《うま》いものはあるのだがなあ。貴公の口に合うものもあると思うが………」

難しい顔をしたまま、デュークがそう口にした。彼は料理人ではないが、同じヒューマンとして忸怩《じくじ》たる想いがあることはその表情から見て取れる。

彼の気持ちは分からないでもない。ザガンもウーレン王国の料理が口に合わないと言われれば、きっと同じ気持ちになるだろう。

「別に不味《まず》いとは言わんさ。俺の口には合わんというだけで……」

と、ザガンの言葉の途中で、何を思ったのか、デュークがいきなり「そうだ！」と声を上げた。

「そうだそうだ！　そうであった！　この手があった！　貴公、ナダイツジソバに行ってみるか？」

喜色満面、先ほどまでの難しい顔が嘘《うそ》のように笑いながら、デュークがそう言ってきたのだが、何のことやら分からないザガンは「ん？」と首を捻《ひね》る。

「ナダイ……ツ、ツジ………？」

ナダイツジソバ。ザガンにはよく分からない言葉だが、行ってみるかと、そう言うのならば何処《どこ》かの場所ということだろうか。

国か、都市か、はたまた店か何かなのか。

ともかく何だか知らない、聞いたこともない場所に行くかと、いきなりそんなことを言われても返答に困ってしまう。せっかくのデュークの言葉ではあるが、変な場所であれば正直行きたくない。

だが、困惑するザガンを前に、デュークは一人、何かに納得したように頷きながら言葉を重ねる。

「ナダイツジソバ、あの店ならば貴公が好みとする条件にも合致する。きっと満足のいく料理を出してくれる筈だ。多少回り道にはなるが、私が案内しようではないか」

彼の言葉から察するに、どうやらナダイツジソバとは料理店らしい。

「いや、あの……？」

ヒューマンの国にもザガンが食べられる料理を出す店があるのはいいとして、しかしわざわざ何処にあるのかも分からない店に行く気はしないし、その店に行くのならデンガード連合に帰って好きなものを食べる方が早いように思える。

しかし、ザガンがそんなことを言う暇もなく、デュークはまるで決定事項であるかのように話を進めていく。

「ヒューマンの国の料理がどれもこれも不味かったり単調な味付けのものばかりだと思われるのも嫌だからな。それに、私も久々にナダイツジソバのソバが食べたくなってしまった。丁度良いから一緒に行こうぞ、ザガン殿」

そのナダイツジソバとやらに行きたいとは思わないが、しかしデュークの中ではもう一緒に行くことになっているようだ。

何より、彼には借りがあるし、ザガンが迷惑をかけたという自覚もある。それにデュークはザガンのことを気遣って、親切でこう言ってくれているのだ。これを無下に断れるほどザガンは薄情でも恩知らずでもない。

「…………」

もう余計なことは言うまいと、ザガンが黙って頷いて見せると、デュークも満足そうに頷いた。

「何日かナダイツジソバで食事をして、英気を養うと良い。十分に体調が回復してから、また立ち合おうではないか」

思わず再戦の機会を得たザガンではあるが、その顔は何処か、戦う前よりもげっそりとしているように見えた。


ナダイツジソバ。

デューク・ササキ曰く、カテドラル王国の旧王都アルベイルにあるというその食堂には、ザガンがヒューマンの勢力圏に来てからずっと感じている乾きを癒やしてくれるだろう、ソバなる名称の美味なる麵料理があるのだという。

ザガンは半ば強制的に、断る隙すらも与えてもらえず、デュークと一緒にそのナダイツジソバに行くことになったのだが、その道程は珍道中とでも呼ぶべきものになった。

ただ一直線にカテドラル王国を目指すのではない、途中で気の赴くままダンジョンに寄ったり、村人が困っていると聞いて盗賊団を討伐しに行ったり。ほぼザガンがデュークに振り回されているようなものだったが、ともかく次から次へと何かが起こるので、退屈はしない旅であった。

互いに若くはない、そして友人ですらない男たち。しかもビーストとヒューマンという異なる人種同士の二人旅。周りには随分と奇異に見えたことだろう。

この奇妙な旅人二人が、しかし当代の『拳聖』と『修羅』だというのだから何とも不思議なものだ。人の縁は愛縁奇縁とはよく言ったものである。

アードヘット帝国の東端でデュークと出会ってから三ヶ月、ザガンがデンガード連合を出てから実に半年経《た》った頃、二人はようやくカテドラル王国の旧王都、アルベイルの街に辿《たど》り着《つ》いた。

今はもうアルベイル大公領となった街だが、ほんの数十年前までは王都だっただけのことはある、アルベイルは実に古都然としており趣が感じられる。

賑《にぎ》わいに満ちた大路には店が並び人が溢《あふ》れ、その先に聳《そび》える巨大な大公城は歴史を感じさせる重厚な雰囲気を纏っている。

デンガード連合も各国の首都は概《おおむ》ね雅《みやび》なものなのだが、流石にここまで歴史を重ねた感じはない。これには、かつて炎の巨人スルトが大陸の南方で特に激しく暴れたことも関係してくるのだが、今はその点についてはうっちゃっておいてもいいだろう。

「随分と賑やかな街だな。こういう街にありがちな危険な臭いもしない……」

大公城へと続く広大な大路を歩きながら、ザガンはキョロキョロとせわしなくあたりに目をやる。

アードヘット帝国の街はもっと華美な感じだったが、アルベイルはそれより質実剛健といった印象を受けた。同じヒューマンの勢力圏でも、やはり国が違うと街の様式もどことなく違うようだ。

不慣れなザガンを先導するように前を歩くデューク。ザガンの呟きが聞こえたものか、彼は足を止めることなく首だけで振り返った。

「アルベイル大公閣下がやり手なのだろうよ。それか、キナ臭い者共が臭いを感じさせないほど深く地下に潜っているのか」

「前者だと思いたいものだな。必要悪などと正当化するようなことを言う者もいるが、悪党などいないに越したことはない」

出家前は両親と世界を旅して回っていたザガンだ、悪党が幅を利かせている街も沢山見てきたが、そういうところは一見煌《きら》びやかでも奥底に隠し切れない腐臭が漂っているものだ。

ザガンは別に自身が潔癖だとは思わないが、それでもヒューマンより鼻が利くビーストなだけに、あの饐《す》えたような悪の臭いが大嫌いだし、それが必要だという意見も理解出来ない。堅気の人間だけで世の中が回るのなら、その方が健全だと思えてならないのだ。

ザガンのそういう考えが何となく伝わったのか、デュークが思わずといった感じで苦笑している。

そしてややあってから、彼は改めて口を開いた。

「ザガン殿」

「何だ？」

「腹は減っているか？」

「デンガード連合を出てからずっと減っているとも」

放浪生活の長いデュークと旅をしている間は、一人の時よりかは幾分マシな食事にありつけたが、それでも十分と言えるものではない。やはり単調な塩味の味付けとパサパサした料理がザガンの乾きを癒やすことはなかった。

ザガンが若干顔をしかめながら言うと、デュークは再度苦笑する。

「そうか。ならば、物見遊山は後にして、このままナダイツジソバに直行するか」

そう言うデュークの表情は、ザガンの目には何処か浮き足立っているように見えた。年甲斐《としがい》もなくワクワクしているとでも言おうか、待ち切れない感じとでも言おうか。

「実はデューク殿が行きたいのではないか？」

恐らくは図星を突いたのだろう、ザガンがそう指摘すると、デュークは誤魔化《ごまか》すように破顔した。

「ふむ、バレたか。いや、ははは……」

そんなふうに何でもない会話を交わしながら歩いていると、いつの間にか大公城の前まで来てしまったようだ。

二人は足を止めて、雄大な山脈が如く聳え立つ大公城を見上げる。

「大公城か。見事なものだ。古都の風情、歴史の重みを感じるわ」

「同感だな。私の故郷は小国だからこのように大きな城もなかったし、実に見応えがある」

「しかし、物見遊山は後にするのではなかったか？」

言いながらザガンが顔を向けると、デュークは「ふむ？」と鼻を鳴らした。

「いや、別に大公城を見物しに来たのではないぞ？　件《くだん》の店、ナダイツジソバは大公城の敷地内に店を構えていてな。どうしても大公城の近くまで来る必要があったのだ」

「え？」

「敷地内と言っても、別に城の内部とかではない、城壁に沿った場所にあるのだ」

「城壁沿いに……」

ということは、そのナダイツジソバはアルベイル大公が出している店ということだろうか。

「さ、行こう」

ザガンが考えていると、デュークはそう言って歩き出した。

「あ、ああ……」

慌ててザガンも彼の後を追う。

城壁に沿ってそのまましばらく歩いていると、ふと、何やら城壁に向かって並ぶ人の行列のようなものが見えてきた。あの人たちは一体何をしているのだろうか。

「おお、今日も並んでいるな」

そう言うデュークに、ザガンは怪訝《けげん》な顔を向ける。

「んん？　あれは何の列だろうか？」

「あれはナダイツジソバに並ぶ列だ、ザガン殿。あの店は大層人気があるからな。私が前回行った時も随分と人が並んでいたものだ」

言われて、ザガンの顔は更に怪訝なものになった。

「しかし、あの人たちが並んでいるのは壁なのでは……？」

「壁ではないさ、近くで見れば分かる」

「…………」

そう言われては他に返す言葉もない。ザガンは黙って前を行くデュークの背について行くのだが、列に近付くにつれ、どうも彼らがただ壁に並んでいるのではないということに気付き始めた。

「あれは……」

ただの壁だと思っていたその場所には、しかし壁の中に同化するようにして、一軒の建物が威風堂々佇《たたず》んでいる。デュークの言っていたことは本当だったのだ。

前面が透明な板、確かガラスという名称だった筈だが、ともかく高価な板が壁になっている、店内が丸見えになっている奇妙な店。看板の文字もザガンの知らないものだが、一部が拳林寺に残る、リ・ショブンが書き記した書の文字に似ているように見えなくもない。

まさかとは思うが、リ・ショブンと同じ世界から来たストレンジャーが関係している店なのだろうか。であるならばデュークがそうだと教えてくれそうなものだが、彼が何も言わないということは、それが秘されているということかもしれない。或《あ》いは、彼が本当に何も知らないか、そもそもストレンジャーとは関係ないのか。

現時点ではっきりしたことは何も分からないが、ともかく、この店が普通の食堂ではないということはザガンにも分かる。

「な、何なのだ、これは……!?」

額からタラリと汗を垂らしながら、ザガンは驚愕《きょうがく》も露《あらわ》にそう呟く。

見れば、手も触れていないのに出入り口の戸が勝手に開閉していた。しかもそのことに驚いている人間が自分以外に誰もいない。皆、当たり前のようにその不思議な光景を受け入れている。

デンガード連合どころか、アードヘット帝国の帝都でさえもこんなものを見たことはなかった。

ザガンが唖然とした顔を向けると、デュークがさもありなんといった感じで頷いて見せる。

「これがナダイツジソバだ。私も最初に来た時は随分と不思議なものだと思ったが、アルベイル市民にとっては当たり前のものなのだろうよ」

「これは何とも……」

それ以上は言葉を失い、不思議な店に人々が並ぶ光景を呆然《ぼうぜん》と見つめるザガン。

このような店で出される料理とは一体どんなものなのだろうか。デューク曰く、スパゲッティではない、他のどの国にも、どの街にも、どの店にもない独自の美味なる麵料理が出て来るそうなのだが、はたして、それは本当に普通の料理なのだろうか。この店と同じ摩訶不思議《まかふしぎ》なものを出されたりはしないだろうか。

よもや料理店で食べられないものを出したりはしないだろうが、ザガンは少し不安になってきた。

「よし、では並ぼうぞ」

だが、ザガンの不安を他所《よそ》に、デュークはニコニコしながら列に並ぶ。その顔は如何にも楽しみといった具合で、不安などは微塵も表情に表れていない。

まだ一抹の不安は拭い切れないが、デュークほどの男が楽しみにしている料理なのだからそこを疑ってはいけない。

ザガンも気を取り直し、列に並ぶ。

「なあ、デューク殿」

並びながら、ザガンはデュークに声をかける。

「何だ？」

「この店は、何かストレンジャーに関係がある店なのか？」

もし、この店の店主がハッキョク拳の開祖リ・ショブンと同じ世界から来たストレンジャーであるならば、彼の残した系譜に連なる者として、当代の『拳聖』として是非とも話を聞いてみたい。

そこは気になっていたところなので訊いてみたのだが、しかし彼はザガンの期待に反して首を横に振った。

「そういう話は聞いたことがないな。調べれば噂くらいはあるのかもしれんが、アルベイル市民ではない私には分からんことだ」

「ふむ、そうか……」

「まあ、そう疑いたくなるくらい奇抜な店ではあるがな」

奇抜と言うよりは奇妙と言う方がしっくりくるとザガンなどは思うのだが、ともかく今はそれを言ったところで詮無いことである。

未知の店で出て来る未知の料理。不安ではあるが、男ならば覚悟を決めねば前には進めない。

まるで強敵と相対した時のように掌をじっとりとした汗で濡《ぬ》らしながら、ザガンは静かに己の順番が来るのを待つことにした。

誰もが腹を減らす昼時。

ナダイツジソバの長大な列に並ぶこと三〇数分、遂にザガンとデュークの番が回ってきた。

「二名様ですね？　お席空きましたのでどうぞ」

つやつやとした金髪が目に眩《まぶ》しいヒューマンの女性給仕がそう言ってザガンとデュークを店内に招き入れる。

あの自動で開閉するガラス戸の出入り口を潜り、二人は店内に足を踏み入れた。

他所では見たこともないU字のテーブルはすでに満席になっており、客たちは美味そうに食事をしている。老いも若きも、身分の貴賤《きせん》すらも関係なく、皆、一心不乱に。

店内には何とも良い匂いが充満し、天井から魔導具で不思議な曲調の、しかし妙に耳馴染《みみなじ》みのする歌が流れている。

匂いの方は、恐らく海の魚と海藻を煮出したものだろう。それに何かの発酵食品らしき匂いと、多数の香辛料が混ざった複雑な、そして食欲をそそる匂いもする。

「これがナダイツジソバか……」

店の外観も異質ではあったが、店内も負けず劣らず異質である。

だが、店内に漂うこの香り。デンガード連合育ちのザガンには馴染みのある、その身に染み付いているると言っても過言ではない香辛料の匂いを嗅いだことで、一気に期待感が高まった。デュークの言う通り、ザガンの乾きと空腹を満たしてくれるかもしれない美味なる料理にありつけるのではないかという、そんな期待が。

「あちらのお席にどうぞ」

給仕の女性に促され、二人は店の端の方の席に着く。最も端がザガンで、その右隣がデューク。その更に右は先客らしき若いエルフの女性だ。

彼女は食事中だったのだが、おもむろに顔を上げると、デュークを見上げて、何故《なぜ》か一瞬だけ驚いたような表情を浮かべた。

「あれ、剣士さん？　お久しぶりですねえ」

「ん？　おお、いつぞやの……」

そう声をかけられたデュークもエルフの女性の顔を見て、一瞬だけ驚いたような表情を浮かべる。どうやらこの二人には面識があるようだ。

と、ここで給仕の女性が水の入ったコップを盆に載せてやって来た。

「どうぞ、お水です。こちらサービスとなっております。おかわりも無料なので、遠慮なくお申し付けください」

別に水など頼んでいないのにな、と不思議そうに顔を上げたザガンの前に、そう言ってコップを置く給仕の女性。

「あ、ああ、ありがとう……」

言いながら、まじまじとコップの水を見つめるザガン。

まるで貴族が使うような透き通ったガラスのコップに注がれた、これまた濁りなく透き通った水。しかもただの水ではなく氷まで浮いている。

そろそろ冬に入ろうかという季節ではあるが、まだ水が凍るような時期ではない。ということは、この氷は魔法か、製氷の魔導具を使って作られたものなのだろう。

普通なら水にも料金を払わねばならないというのに、まさかサービスで水を提供し、しかもここまで力を入れているなどとは思いもよらぬことである。

「それでは、ご注文がお決まりになりましたらお呼びください」

そう言って別の席に接客へ行く給仕の女性。ザガンは黙ってその背を見つめていた。

最初から不思議な店だと思ってはいたが、どうやらかなり規格外の店のようだ。

唖然とするザガンを他所に、デュークとエルフの女性は久々の再会に会話が弾んでいる様子。

「あれからお見かけしませんでしたけど、また来られたんですね」

「故郷に帰る途中だったのだが、思いがけず戻って来ることになってな」

「そうですか。前回食べたのはモリソバでしたよね？」

「そんなこと、よく覚えていられるな？」

「私のはそういうギフトですから」

「ほう」

「モリソバはナダイツジソバの基本ですけど、あれから新メニューも追加されましたからね。今回はそういう応用にもチャレンジしてみてはいかがです？」

「ふむ、新メニューなあ……」

「ちなみに私のイチオシは最新メニューの肉ツジソバです！」

「肉ツジソバ？」

「近頃はめっきり肌寒くなってきましたからね。温かいソバにジューシーなお肉がたっぷり載った肉ツジソバが沁《し》みるんです」

「ふむ、聞くだけで美味そうだな。どうだろうザガン殿、私はその肉ツジソバとやらを頼んでみようと思うのだが、貴公も同じものでよいか？」

会話の途中で、唐突にデュークが話を振ってくる。

「俺は何が何やら分からんのでお任せする」

二人が会話をしている間、ザガンは手慰みにメニューに目を通していたのだが、どの料理も全く見たことのないものだった。スープに沈む灰色の麺や、何故か麺だけが盛られたもの、何やら茶色いドロドロとしたものがかかった白い粒の集合体。いずれもザガンの知る料理からは大きく逸脱しており、味の想像が全くつかない。

ヒューマンの国の肉というと火を通し過ぎてパサパサしたものという印象があるが、スープの具であるならばその点もさして気にせず食べられるだろう。

ザガン一人であるならば、この中から山勘で頼むところなのだが、この店について一日の長があるデュークが選んでくれるのならそれに越したことはない。

「分かった。すまん、注文いいか？」

ザガンの意思を確認してから、デュークは給仕の女性を呼ぶ。

「はい、只今《ただいま》！」

駆け寄って来た給仕の女性にメニューを見せながら、デュークは肉ツジソバを指差した。

「この肉ツジソバというのを俺と彼に一杯ずつ頼む」

「かしこまりました。店長、肉辻《つじ》二です！」

「あいよ！」

厨房《ちゅうぼう》の方から、青年らしき声で威勢の良い返事が来る。

「本日は店内混み合っておりまして、お料理の方、出来上がるまでもう少々お待ちください」

そう言って丁寧に頭を下げ、給仕の女性は厨房の方へ行ってしまった。

料理が来るまではまだしばらくかかるだろう。

デュークはエルフの女性と何やら話し込んでいるみたいだし、ザガンは改めてメニューを手に取り、じっくりと読み込んでみる。

何やら透明で硬い膜で覆われたメニュー。

ナダイツジソバという店名だけあって、メインメニューはやはりソバだ。このスパゲッティとは色合いの違う、灰色の麺がソバそのものなのだろう。この色合いは一体何なのだろう。小麦の色とは思えないが、まさか本当に灰を混ぜて作っている訳でもないだろう。とすればザガンの知らない未知なる穀物を使っているということだろうか。

このソバという料理、種類としては温かいソバと冷たいソバの二種に分かれるらしい。温かいソバはスープの具になっており、冷たいソバはスープに浸《つ》かっているものもあれば、何やら麺だけが盛られ、スープは別に用意されたものもあるようだ。

どちらも基本になっているのは麺とスープ、それに少々の付け合わせのみで、その上に載る具でバリエーションを増やしているらしい。ザガンが今回頼んだのは肉ツジソバという、肉と半熟玉子、そして食べ物なのかも怪しい黒い紙が載ったものだが、他にも不思議なメニューが沢山ある。

例えばコロッケソバ。この楕円形《だえんけい》の茶色いものは何だろうか。かろうじてパンに見えなくもないが、まさかスープの上にパンをそのまま載せる訳もない。では一体何なのかというと、肉でも魚でも野菜でもないように見える。全くの謎だ。

それにこの冷しキツネソバ。この大きな茶色い三角形は何なのだろう。これについてはパンにすらも見えない。コロッケ以上に謎だ。

カレーライスについては麺ですらない。この白い粒に茶色くドロッとしたスープ。随分と見た目が悪いが、これはそもそも食べ物なのだろうか。

ワカメソバやホウレンソウソバは海藻とサヴォイなのでまだ分かるが、しかし他のメニューは理解の及ばない不思議なものだらけ。

この店は本当に大丈夫なのだろうか、とザガンの不安がまた再燃しかけたところで、先ほどの給仕の女性が早くも料理を持ってザガンたちの席にやって来た。

「お待たせいたしました。こちら、肉辻そばになります」

言いながら、彼女はザガンとデュークの前に料理が盛られた黒塗りの器を置く。

「ごゆっくりどうぞ」

丁寧に頭を下げ、女性は別の席に注文を聞きに行く。

その背中を見送ってから、ザガンは眼前の料理に向き直った。

つい先ほどまで鎌首をもたげていた不安も何処へやら、美味なる香りを存分に含んだ湯気がもうもうと立ち昇る器から目が離せなくなるザガン。

スープに沈む灰色の麵の上には、たっぷりの肉とトロリとした半熟玉子、ひと摑《つか》みの海藻とペコロスに似た刺激的な匂いの野菜、そしてあの謎だった黒い紙。香りからして、これもどうやら海藻のようだ。海藻を板状に乾燥させたもので、野菜の横にある生の海藻とはまた別物らしい。

それにこのスープ。今も店内に漂う魚と海藻の香り、その正体はどうやらこのスープらしい。ザガンの顔に当たる湯気がそう訴えているのだが、しかしスープの具としては魚の姿はないし、海藻の香りも具として載っているものとはまた別物である。恐らくはスープの味付けと香り付けの為だけに魚と海藻を使い、その味と香りが十分スープに移った段階で魚と海藻を取り除いたのだろう。普通であればそのままスープの具として食べるところを、何とも贅沢《ぜいたく》なことだ。

デンガード連合でよく食べられる、香辛料の刺激的な匂いではないが、それでも食欲をそそられるこの香り。ここまで食欲が湧くのは、ヒューマンの国に来て初のことではなかろうか。

これは辛抱堪らない。ザガンは器を持ち上げると、そのままグビリとスープを口に含んだ。

温かなスープが舌の上に流れ込み、ザガンの味覚を刺激する。美味い。塩気が尖《とが》っておらず、むしろ丸く、何ともまろやかで華やかなこの味わい。発酵調味料らしき独特の芳香も加わったこの香りは何とも芳醇《ほうじゅん》。その香りが鼻を抜けるだけでえもいわれぬ多幸感が湧き上がってくる。

「ぷはぁッ、美味い……」

器から口を離したザガンは、しみじみとそう呟いた。

ザガンの乾きを癒やすよう、まるで沁み込むように喉の奥へと消えていったこのスープ。初めて口にしたものなのに、何処か馴染みのあるような、或いは安心するような味である。ヒューマンの国に来て初めて『美味い』と、心からそう思えた。

これがナダイツジソバ。デュークが言う通り、確かに美味いし口に合う。この、身体《からだ》に沁み渡るような美味いスープがザガンの喉に潤いを与えてくれるような感じすらある。実に馴染む。

これならば毎日、いや毎食食べても飽きないだろう。何せ上に載る具には複数のバリエーションがあり、しかも温かいものと冷たいものに分かれており選択肢が豊富なのだから。すぐに飽きるということはまずないだろう。

海産物という、ともすればすぐに臭みが出がちな食材を使っているのに、嫌な生臭さも強い癖もない、万人受けするだろうこの味には脱帽である。まず間違いなく一流の料理人の仕事だ。

「はっはっは、そうか、美味いか。良かった、連れて来た甲斐《かい》があった」

ザガンが発した感嘆の声が聞こえたのだろう、隣で麵の上の肉を突《つつ》きながら、デュークが満足そうに笑っている。

「あ、ああ、とてつもなく美味い……。まさかこんなにも美味いものがヒューマンの国にあるとは思いもしなかった………」

デュークの言葉を疑っていた訳ではないが、正直、ここまで美味いものが出て来るとは思っていなかったのだ。南部では食卓にあって当たり前の香辛料が貴重品として扱われ、デンガード連合のように市井《しせい》に広く出回っていないヒューマンの国では味付けにも限界があるだろう、と。

しかしながら、このスープはそんな懸念を見事に吹き飛ばしてくれた。文句なく美味い。

「私もデンガード連合に行ったことがあるから分かるが、あちらの料理はたっぷりの香辛料が刺激的で確かに美味い。彩りも豊富だ。だが、ヒューマンの料理とて美味いものはあるのだと、ビースト の貴公にそう伝えたかったのだよ」

そう言って朗らかに笑うと、デュークは美味そうに、ずるずると麺を啜《すす》り始める。

戦いでも料理のことでも、ザガンはデュークに見事してやられたという訳だ。

こいつは敵《かな》わないな、と苦笑してから、ザガンも彼に倣って麺に手を付けることにした。

側にフォークが置いてあるが、デュークを含め、店内にいる者のほとんどがハシを使っている。リ・ショブンがウーレン王国一帯に伝えた異世界のカトラリー、ハシ。まさか彼の影響がこのような形でカテドラル王国にまで及んでいるとは思ってもみなかったが、しかし勝手知ったるハシがあるのは心強い。気分的な問題だろうが、ナイフやフォークよりも俄然《がぜん》食が進む。

ザガンは机上の筒からハシを取り出すと、それをパキリと割って早速麺に取りかかった。

熱々のスープの中から麺を摑んで持ち上げる。

すると、ほかほかとした湯気と共に、このソバなる麺の何とも独特な、しかし決して嫌ではない匂いが鼻の奥に吸い込まれた。

ごくり……。

と、本能的に喉が鳴ってしまう。

ザガンは恐る恐る麺を口に運び、それを一気に、ずるるるる、と啜り上げ、咀嚼《そしやく》する。

細麺ながら何とも嚙《か》み応えのあるコシに、この鼻に抜ける牧歌的な香気。ほんのりと小麦の香りも感じるが、割合としては二割から三割といったところか。このソバというものはやはりザガンの知らない未知の穀物で作られているようだ。

「うん……うん……！」

この麺もまた美味。

スープをひと口だけ啜って口内のものを嚥下《えんげ》すると、一切喉に引っかかることなく、良き喉越しを感じながら麺が胃の腑《ふ》へと落ちてゆく。

「ふぅ……」

強い酒を呷《あお》った時のように、思わず熱い吐息が口から洩れる。

恐らくはナダイツジソバで供される料理の基本がこのスープと麺なのだろうが、それらがきっちりと、それも高い次元で美味い。

基本で手を抜かないのは武術も料理も同様だが、ともすればそれはベテランになるほど忘れがちなことである。これはヒューマンだろうがビーストだろうが人種関係なく人間共通の悪い癖で、何事も馴れてくるとついつい手癖でやってしまうのだ。

だが、この店は、これを作った料理人はその基本に一切妥協していない。全てに手をかけ心を配るその人間性は、ザガンのような武人とは異なる生き様ながら尊敬に値する。

これは肉にも期待していいかもしれない。

「さて……」

次は肉を摑み上げる。この肉ツジソバの肉は豚肉のようだ。

豚も牛も鶏も魔物の肉も、ザガンはヒューマンの国に来てから幾度となく次こそはと期待を込めて食ってきたが、そのいずれにも期待を裏切られた苦い記憶しかない。

どんな肉を食っても水分や油分が不足しているように感じ、パサパサで淡白な味わい。故郷ウーレン王国ではたっぷりの香辛料で味付けされ、適切に火を通したジューシーな肉を口にしていただけに、度重なるパサパサ攻勢には辟易《へきえき》してしまった。

だが、この肉ツジソバの肉はどうだろうか。程よく脂が乗ったバラ肉を薄切りにしてひと口大に揃《そろ》えている。ハシで摑んだ感触が柔らかく、硬さを感じさせない。

ザガンが肉食の鮫のビーストだからだろう、内に眠る獣性が刺激されたらしく、じゅるり、と、見ているだけで口内に涎《よだれ》が溢れ出す。そして本能が早く肉を食わせろと訴えかけてくる。

本能の求めに応え、肉を口の中に放り込み、咀嚼。

すると、肉を噛んだその瞬間、舌の上を満たすように肉から甘い脂が溢れ出した。

「何と!?」

ザガンは驚愕に目を見開く。

甘い豚の脂と、それに合わせた甘辛い味付け。食感も柔らかく、肉が薄いのに実にジューシー。

見事と、そう言う他はない。肉が本来持つポテンシャルを存分に引き出している。

デンガード連合のものとは異なる味付けながらも、これは確かに美味い。香辛料をふんだんに使った時のような華美なものではないが、しかしどっしりとした質実剛健な味付けだ。余計なものが一切感じられない純粋な、しかし単調ではない味付けだ。

この器の中の全部、何から何まで余すことなく全てが美味い。

肉と麺を一緒に食べてもやはり美味い。肉をスープで流し込んでも勿論《もちろん》美味い。玉子を崩せばまろやかな味が広がり美味い。付け合わせでしかないと思っていた海藻と野菜も味にアクセントを与えてくれて美味い。あの黒い紙ですらも美味い。

どんな食べ方をしても、どんな順番で食べても美味い。

気が付けば、ザガンの器はいつの間にか空になっていた。

そして驚くべきことに、あれだけザガンを苦しめていた筈の乾きを微塵も感じず、むしろ優しく癒やされているような気さえするのだ。きっと、満腹による多幸感がザガンの心身、そのヒビ割れた部分に潤いを与えてくれたのだろう。

「美味かった……」

デュークに対する忖度《そんたく》など欠片《かけら》もなく、本心からザガンはそう呟く。ここまで夢中になって食事をしたのはいつ以来だろうか。少なくとも、大人になってからは初めてのことである。

まさか、いい大人が我を忘れるほどの美味がヒューマンの国に存在するとは。ザガンは改めて世界の広さを、そして己が如何にちっぽけな存在であるかを思い知らされた気がした。

龍であろうが鮫であろうが、この広い世界の中では大差などない、どちらも等しく世界を泳ぐ小さき者なのだと、この肉ツジソバにそう教えられたような気さえする。不思議なものだ。

敬意のこもった眼差《まなざ》しで空になった器を凝視するザガンに、少し遅れて食い終わったデュークが声をかけてくる。

「どうかな？　ヒューマンの国の料理も捨てたものではないだろう？」

「ああ、俺の負けだよ。完敗だ。このようなものはウーレン王国、いや、デンガード連合の何処にもない。ヒューマンの国ならではの美味だ」

今ならばごちゃごちゃと言い訳めいたことを考えることもなく、素直に己の負けを認められる。ヒューマンの国にも美味いものは確かにあった。

しかし、ザガンの言葉を受けたデュークは首を横に振り、ふ、と笑って見せる。

「なあに、料理の美味さは勝ち負けではないさ。世界各国に美味いものがあり、世の中に未知の美味は尽きない。それで良いではないか」

ヒューマンの料理は美味くないというザガンの思い込みを責めず、貫禄《かんろく》と余裕のある態度でそう言ってくれるデューク。これは彼の懐の深さである。

彼につられるよう、ザガンも、ふ、と苦笑した。

「まあな。別に作ったのもデューク殿ではないしな」

「それはそうだ！　はっはっはっはっは!!」

ザガンが皮肉めいたジョークを飛ばすと、デュークは一本取られたというように大笑いし始めた。

その様子があまりにも可笑《おか》しかったので、ザガンも一緒になって笑う。

二人揃って笑い合っていると、いつの間にそこにいたものか、背後に給仕の青年が立っていた。

「あのう、お客様方……」

恐らくは見習いの料理人だろう、まだ二〇歳そこそこと見受けられる茶髪の青年が、恐る恐るといった感じで二人に声をかけてくる。

「うん？」

「どうした？」

二人が揃って顔を向けると、青年は不安そうな表情のまま、空になった器を指差した。

「お召し上がりになられたソバの方はいかがでしたか？」

彼はどうやら、料理の感想を聞きに来たらしい。きっと、店長に聞いて来いと言われたのだろう。

格式高いレストランだとこういうこともあるが、大衆食堂で店員がわざわざ料理の感想を聞きに来ることは珍しい。随分と熱心なことだ。

そういう、この店の熱心さが伝わったのだろう、デュークは破顔して頷いた。

「おお、これか！　うむ、大層美味であったぞ！　ソバも肉も申し分ない！」

「ああ。俺の知る限り、ヒューマンの国では一番美味い、極上の料理だった」

ザガンも笑顔でそう答える。無論、忖度などない本心からの言葉だ。

「ああ、良かった……」

二人の言葉を聞いた青年は、緊張から解き放たれたように胸を撫《な》で下《お》ろし、ほっ、と息を吐いた。

一体、何がそんなに不安だったのだろう。ザガンとデュークが不思議そうに青年のことを見つめていると、彼は苦笑しつつ後頭部をポリポリと搔《か》き、口を開いた。

「いやあ、お二人にお出ししたそのソバ、実は肉以外の調理は店長ではなくおれ……あいや、私がやらせてもらったんですよ」

それを聞いて、二人は揃って驚愕する。

何と、この美味なるソバを見習いの青年が作ったというのだ。

「いつもならお客様にお出しするものは全て店長が調理するのですが、先日遂に私もカケソバの調理に合格点をいただきまして、こうして今日、初めてお客様に自分の作ったソバをお出しさせていただいたんです。だから、そのことが気になって気になって……」

そう言って照れ笑いのような表情を浮かべる青年に言葉を返したのは、デュークでもザガンでもなく、それまで聞き耳を立てていたエルフの女性だった。

「え!?　今日のソバって全部チャップさんが作ったんですか!?」

驚くエルフの女性に対し、チャップと呼ばれた青年は慌てて首を横に振る。

「いや、違いますって！　あくまでお二人にお出ししたソバだけですよ。テッサリアさんが召し上がっているソバも含めて、他は全部店長が調理したものですから」

つまり、ザガンとデュークは、奇《く》しくもこのチャップ青年が作ったソバを食べた、初めての客ということになった訳だ。

きっと、この青年も気が気ではなかったのだろう。どれだけ下積みの期間があったのかは分からないが、彼はこの日、この瞬間をずっと待ちわび、その為にずっと気を張っていた筈だ。ミスしてしまったらどうしよう、不味いと言われたらどうしよう、怒らせてしまったらどうしよう。そんなことを考えながら一日そわそわと過ごしていたに違いない。

この青年は、独り立ちする為の第一歩を今日、この瞬間に踏み出したのだ。

ザガンの境遇に置き換えれば、龍への道を歩み出したのである。

きっと、彼が歩む道は辛く険しいものとなるのだろう。何せ、これだけの美味を生み出す方法を余すことなく習得せねばならないのだから、並大抵の努力で達成出来ることではない。

言わば、若き小龍の誕生。今日はその記念すべき門出の日だ。彼は恐らく、今日のことを生涯忘れることはないだろう。

「なーんだ、そうだったんですね。でも、チャップさんが作ってくれたソバを食べるの、私も楽しみです！　あ、勿論、ソバだけじゃなくて、カレーライスとかも楽しみですからね。作れるようになったら教えてくださいね？　私、是非とも食べてみたいので」

そう言ってから、エルフの女性は途中になっていた食事に戻った。

「しかし見事なものだな。肉はともかくとして、ソバは前回食べた時と何ら遜色がなかった。実際、大したものよ。師も鼻が高かろう」

空になった器に目をやりながらそう言うデュークに、チャップ青年は嬉《うれ》しそうに頭を下げる。

「ありがとうございます。そう言っていただけると幸いです。自分のせいで店の味が落ちたなんて言われたら、店長に合わせる顔がないですから……」

と、ここで突然、

「チャップくん、早く厨房に戻って！　俺は天ぷらを揚げるから、その間にそばの方見てくれ！」

黒髪黒目の青年が厨房から顔を出し、大きな声でチャップを呼んだ。

きっと、彼が店長なのだろう。チャップ青年に声を飛ばしながら金属製のボウルを手に持って何かを掻き混ぜており、手を休める暇がないように見受けられる。

「はい、店長！」

チャップ青年もまた大きな声を返すと、改めてザガンとデュークに向き直り、慇懃《いんぎん》に頭を下げた。

「それでは、私はこれで失礼致します！　ありがとうございました!!」

空になった器を回収すると、二人に背を向け、小走りで厨房に向かうチャップ青年。

その眩しい背中を見つめながら、ザガンは己の若い頃のことを思い出していた。

ただ強くなりたいと己の拳足を磨く修行の日々。いずれ龍に到る者、小龍と呼ばれていたザガンは歴代の『拳聖』たちを師として、武術だけではなく様々なこと、それこそ己がどう生きるべきかということ、人の道をも学んだ。

その中でザガンは確かに教えてもらった筈なのだ。ハッキョク拳最強の『拳聖』は龍を継ぐ者。そして『拳聖』は次代の龍を育て、教え導く者なのだ、と。もう、ただ貪欲に己の強さだけを追い求めているのでは駄目なのだ、と。

だが、ビーストが一番になれることを証明したいという妄執に囚《とら》われたザガンは、その継承という役目を怠ってしまった。ただただ強敵を求め、己が龍であることの証明を求めた。

デュークとの勝負を経て、彼との旅を通じ、そしてナダイツジソバの美味なるソバで心身共に満たされた今ならば、それが誤った道だということが分かる。

壁際に立てかけてある、己の槍を見る。初代『拳聖』リ・ショブンの時代から代々受け継がれてきた槍。その柄には長大な龍が巻きつく装飾が施されている。先代の『拳聖』曰く、これはこの槍を持つ者が龍へと到った証《あかし》なのだという。

この槍を受け継ぐ時、先代がこう言っていたことを思い出す。

「お前もこの槍を受け継ぐ龍を育て上げるのだぞ」

と。

ザガンは己が龍であることを疑っていたが、しかし、心の何処かではとっくに分かっていた。己はもうすでに龍なのだと。これ以上の力を求めれば龍ですらない、ただ他者を喰らって貪欲に力を求めるだけの怪物になり果てる、と。

ただ己の強さだけを求め、己の業のみを磨くだけの日々は、もう終わりにしなければならない。ビーストであるザガンの寿命は、長く見積もってもあと一〇年かそこら。その一〇年足らずの間に槍を受け継ぐ次代の龍を育てねばならない。ザガンが師と仰いだ者たちが、リ・ショブンをはじめとする数々の先達がそうしてきたように、この連綿と受け継がれてきたものを己の代で止めるようなことがあってはならないのだ。

師から技を受け継ぎ、己の道を歩み始めたチャップ青年を見て、ザガンはそう確信していた。

「さて、美味いものも食ったし、そろそろ宿へ行くか、ザガン殿。夜にまた食べに来ようぞ」

満たされた腹を擦《さす》りながら、デュークはそう言って席を立とうとする。

このアルベイルの街で美味いものを食いながらザガンの乾きを癒やし、調子が戻ったら改めて試合を行う。彼とはそういう約束をしていたが、しかしその約束は守れそうもない。

「いや、申しわけない。俺はもう帰ろうと思う」

ザガンがそう言うと、彼は不思議そうに首を傾《かし》げる。

「ん？　帰る、とは？」

「ウーレン王国にな。長いこと寺を空けてしまった。今頃は弟子たちが待ち惚《ぼう》けているだろう」

ビーストは短命な人種で、しかもザガンはもう四〇という高齢なのに半年も拳林寺を留守にしてしまった。デュークの厚意はありがたいが、これ以上時間を浪費している暇はない。

「では、再戦はどうするのだ？」

「それも、申しわけないが……」

そう言ってザガンが深々と頭を下げると、デュークは眉間を揉《も》みながら、ふうむ、と何やら考え込み始めた。

そうして、ややあってから、妙案を思い付いたとでも言うように顔を上げるデューク。

「そうか……。ならば、こうしようではないか」

「ん？」

「私も一緒に行こうではないか、ウーレン王国」

「え!?」

この男はいきなり何を言い出すのか。

ザガンが驚きに目を見開くと、デュークは一人で納得したふうにうんうんと頷いて見せる。

「私も故郷へ帰る旅の途中だが、なあに、別に急ぐ旅でもない。少しくらい遠回りしたところで、誰に怒られることもない。バチも当たらんだろう」

「いや、デューク殿？」

「故郷ならば貴公も本調子を取り戻せるだろうて。いや、その時が楽しみだな。はっはっは」

一体、何の為にわざわざウーレン王国に同行するなどと言うのか。ザガン自身はそう思っていたのだが、どうやら彼は彼で全力を出したザガンとの勝負を楽しみにしていたらしい。

「…………」

彼と一緒に旅をした三ヶ月で分かったことだが、このデューク・ササキという人物は結構強情な男だ。こうと決めたら譲らないところがある。

これは説得は無理だろうと、ザガンは半ば呆れながら無言でデュークのことを見つめていた。

まあ、達人との勝負を見れば、拳林寺の門人たちの勉強にもなるだろう。

そう己に言い聞かせて、ザガンは自らを納得させることにした。

それから更に半年後、ザガンとデュークはウーレン王国の地で後世に残る名勝負を繰り広げることになるのだが、それはまた別の話。

元ウェンハイム皇国貴族イデオ・ペイルマンと刺激的な冷し肉辻そば

まだ少年の時分、イデオ・ペイルマンは自らの祖国が腐っていることを早々に悟った。

ペイルマン家はウェンハイム皇国において侯爵位を授かった上位貴族だが、領地を持たず、皇城に出仕して俸禄《ほうろく》を食《は》み、皇都ガダマニアに館を構える法衣《ほうえ》貴族の家系だ。

イデオはこの家の三男、側室の子として生まれたのだが、父親は見本のような悪徳貴族だった。自分の志や意見というものがなく、皇王のイエスマンに徹し、どんなに無茶苦茶《むちゃくちゃ》な政策を提案されても「名案でございます！」と褒めそやす。

理のない侵略戦争を繰り返しているのに、地方貴族に戦いを命じるだけで、自分たちは戦うどころか戦場にすら行かず皇都で贅沢三昧《ぜいたくざんまい》。公金の横領などは当たり前で、民を搾取の対象としか見ておらず、重税を課すことなど屁《へ》とも思っていない。

皇都にいる上位貴族は概《おおむ》ねそんな感じで、下位貴族は上位貴族のイエスマンに徹する。上位貴族とはつまり、皇王の劣化版のようなものなのだ。

他国の資源を略奪し、制圧した土地の人間を捕えて奴隷にする。そして奴隷に労働をさせ、自分たちは働かず、何も利になるものを生み出さない。

他者の血と脂を絞り、自分たちは甘い汁を啜《すす》るだけのダニの如き者たち。それがイデオから見た皇国の法衣貴族だ。

イデオの母親は、父親が強引に手を付けたメイド、下位貴族の娘だったのだが、ただ一度の手付きでイデオを懐妊し、子を産むやその日のうちに儚《はかな》くなった。

父親にとってイデオはどうでもよい存在だったらしく、本妻やその子供たちが住む本宅とは違う別宅に押し込められ、世話は全て使用人たちに任せ切りという有り様。その使用人というのも、通いで来る年老いた老夫婦二人だけ。あとは貴族として最低限の体裁を保つ為《ため》だけの、さして熱心でも親切でもない家庭教師が週に一、二度来るくらいか。

家族の愛情を全く受けてこなかったイデオではあるが、この時はこれでよかったのだと、後に本人はそう述懐している。最初から父親と距離があったことで、変に情が湧くこともなく、かえってその様相を冷静に客観視出来たからだ。

前述の通り、家庭教師は教育に熱心な人間ではなかったが、それでも必要最低限の読み書きは学べたし、彼が持参する書物には目を通すだけの意味があった。特に歴史書、それも政治について記されたものについては大いなる意味が。

ウェンハイム皇国の前身だと言われている神聖ウェンハイム国。その神聖ウェンハイムが行ったという良き政治の形。長らく続いた平和は炎の巨人スルトというイレギュラーによって砕かれたが、その砕かれた欠片《かけら》を再び結集して創ったとされるウェンハイム皇国は、神聖ウェンハイムとは似ても似つかぬ典型的なならず者国家になり果てている。

この国の在り様はおかしいのではないか。

自らに宛《あて》がわれた小さな邸宅だけが世界の全てだったイデオ少年は、教育を受け、知識を蓄えたことでそういう疑念を抱くに至った。ただ、教師に言ったところで怪訝《けげん》な顔をされることは想像に難くなく、また、平民で文字も読めない使用人夫婦に言ったところで理解されることなどないと分かっていたので、この煩悶《はんもん》はイデオの中で燻《くすぶ》り続けることになる。

そして一五歳になった頃、イデオは唐突に父親から他国への留学を命じられた。行き先はワーデンス公国。当代皇王の弟、ヨルド・ウェンハイム・ワーデンス大公が治める皇国の属国だ。元はウェンハイム皇国が侵略した亡国の土地であり、かつ、この皇王の弟に領地を与える為だけに侵略された悲劇の地でもあった。

イデオは一八歳までこの公国の貴族学園で学び、卒業の後、大公の次女と結婚し、大公が所有する爵位を授かりワーデンス公国の侯爵となるよう命じられた。つまりは政略結婚である。

ウェンハイム皇国だけと言わず、貴族家であればどの国でも政略結婚などさして珍しくもない。だが、イデオは父親にとって道具としてしか見られていなかったことを、この件で改めて悟った。

母親を性欲の捌《は》け口《ぐち》にして使い捨て、側室とはいえ血の繋《つな》がった実の息子をも人間として見ず、道具として一切の情も躊躇《ちゅうちょ》もなく使い捨てる。

凡《およ》そ血の通った人間のすることとは思えなかったが、父親だけでなくウェンハイム皇国の法衣貴族全体がこのように性根の腐った者たちばかりなので、イデオは文句を言うこともなく、しかし腹に一物抱えたまま諾々とこれに従った。

ウェンハイム皇国の属国だけあり、ワーデンス公国の貴族も相応に腐ってはいたが、それでも外側から見るウェンハイム皇国の歪《いびつ》さ、そして腐敗の具合というのは想像以上のものであった。

イデオは当初、何故《なぜ》、地方貴族たちが、無能でさしたる武力も持たない中央の法衣貴族たちに従っているのか疑問だったのだが、これには相応の理由があることが分かった。地方貴族たちを纏《まと》めるトップ、ガリウス辺境伯が苛烈な人物だったのだ。

先王の兄、ソグム・ウェンハイム・ガリウス辺境伯。彼は悪鬼と呼んで差し支えないほど残忍で血に餓《う》えており、皇王から侵略行動の全権を与えられているのをよいことに周辺国への侵攻を繰り返し、配下の者であっても恭順を示さなかったり、或《ある》いは行軍に難色を示す者を問答無用で処断していた。そして厄介なことに、彼は中央の貴族たちほど馬鹿ではなく頭も回り戦上手《いくさじょうず》で、危険を感じ取る嗅覚には特に長《た》けており、どんな戦場でも絶妙に引き際を弁《わきま》えていたのだ。

イデオが見る限り、地方貴族たちはこのガリウス辺境伯が怖くて従うしかないように思えた。高齢のガリウス辺境伯がまだ当主を務めており、しかも現場に出て陣頭指揮を執っていることから見ても次代が育っていないことは明白。このガリウス辺境伯さえ倒れれば地方貴族は中央からの命令に従わずとも良くなるのではないだろうか。

ウェンハイム皇国の貴族たちは頭と心が腐っている。そして、ウェンハイムに恭順を示す属国の貴族たちも同様にまともではない。

イデオも貴族の生まれではあるが、こんな腐った連中の仲間入りがしたいとはとても思えなかった。人に寄生するダニにはなりたくない、と。だから、ウェンハイム皇国からワーデンス公国に向かう旅の途中、従者たちの隙を見て宿から逃げ出し、そのまま姿を眩《くら》ませたのだ。

イデオが授かったギフトは肉体を霧に変える『シャドウミスト』というもの。父親は、他者の肉体に干渉して能力の行使を疎外する『ジャマー』というギフトを持っているのだが、彼さえ近くにいなければ逃げ出すのは簡単だった。父親も従者たちも、まさかイデオが貴族の暮らしを捨ててまで逃亡するとは端《はな》から思っていなかったのである。貴族であるならば死んでもその座は手放さず、最後の一滴まで甘い汁を啜ろうとするだろう、と。それがウェンハイム貴族の常識だからだ。

父親は腐った貴族で、半分だけ血の繋がった兄弟たちも父親に毒され、せっせと腐った貴族への道を歩んでいる。母親は物心ついた時にはすでに儚くなっていた。祖国に対する未練は最初から一切持ち合わせがなく、逃げ出すことに躊躇することもない。

危険な夜の闇の中、真っ白な霧となって逃げるイデオ。外の世界に頼るべき存在などいないが、それでもワーデンス公国で傀儡《かいらい》として生きるより遥《はる》かにマシだ。

恐らくはもう、従者たちも宿の部屋からイデオがいなくなったことに気が付いた筈《はず》。であれば、父親から追手が放たれたであろうことは明白である。彼もまた残忍な男であり、自分に従わぬ者や裏切り者を絶対に許さない。それが実の息子であろうとも。

捕まって連れ戻されればどうなることか。恐らく、イデオは殺されるか、生かされても洗脳系のギフトによって自我のない操り人形にされることだろう。

休まず眠らず食事すらも摂《と》らず、イデオはただひたすら南西へ向かった。一歩でも前へ、少しでも遠くへ。目指すはカテドラル王国に聳《そび》える霊峰、イシュタカ山脈。

神聖ウェンハイム国の時代から聖地と崇《あが》められるあの場所ならば、如何《いか》に父親といえど迂闊《うかつ》に手は出せまい。イシュタカ山脈は禁足地であり、そこに住むエルフたちに手を出すことも御法度。横暴極まるウェンハイム貴族でも、何故《なぜ》だかこれだけは鉄の戒律として順守するので、イデオはそれを利用して逃《に》げ果《おお》せることにした次第。

三日三晩、不眠不休で霧となって進み続けたイデオは遂《つい》に追手に捕まることなくイシュタカ山脈まで辿《たど》り着《つ》いたのだが、しかしエルフの集落に辿り着く前にあまりの疲労で意識を失い、霧に変じる能力を解除する間もなく倒れてしまった。

この時期のイシュタカ山脈では北方から南に向かって強い風が吹くのだが、霧になったまま意識を失ったイデオはこの山風によって、知らぬ間にカテドラル王国の内側へと流されていた。時間にして丸一日は流されていたのだが、意識のないイデオ自身にその自覚は一切ない。

そうして目を覚ました時、イデオは全く場所も分からぬ、何処《どこ》かの街道の上にいた。時刻は早朝らしく、東の空では顔を出したばかりの太陽が紅《あか》く燃え、雀《すずめ》が囀《さえず》り、夜の闇の中で冷えた大気が切り付けるように頬《ほお》を薙《な》いでいる。まだ早い時間なのであたりに馬車や人の姿はない。街道の先、遥か遠くに大きな都市が見えるのみだ。

明らかに見覚えのない場所だが、しかしイシュタカ山脈ではないし、恐らくはウェンハイム皇国でもない。感覚的な話になってしまうが、祖国に充満する濁った空気を感じないのだ。

意識を失う瞬間のことは覚えているから、霧になったまま風に流されてしまったのだということは分かる。それも、イシュタカ山脈よりも遥か遠くへ。

霧になる能力を解除したイデオは、しくじったと天を仰いだ。イシュタカ山脈ならばウェンハイムの者たちも手出しは出来ないが、しかしそれ以外の場所では他国であろうと影の者たち、つまりウェンハイムの密偵が潜んでいる可能性がある。

ウェンハイム本国やその属国よりは安全だろうが、それでも安心は出来ない。楽観は死を招く。イシュタカ山脈に戻るにしても、ここが何処なのか把握しなければ動きようがない。となれば、まずはあの街道の先にある都市を目指すべきだろう。大きな街であれば地図も売っている筈だ。最初から逃げ出すつもりだったので、財布には可能な限り金を入れて来ている。あまり贅沢をしなければ一月か二月くらいは働かずとも飲食寝床に困ることはないだろう。

「…………よし」

未来を掴《つか》む軍資金としてはいささか心許《こころもと》ないが、懐にずっしりと重たい財布が入っていることを確認したイデオは、彼方《かなた》に見える都市を目指して歩き始めた。


身体《からだ》には澱《おり》の様に疲労が溜《た》まり、腹は綺麗《きれい》にすっからかん、頭もガンガン痛むが、それでもイデオには希望があった。人生において初めて手にした自由という名の希望が。

膨れた財布と小さな希望だけを胸に、イデオは都市に向かってずんずん歩みを進める。

今の彼は知らぬことだが、その歩みの先、彼方に見える都市の名はアルベイル。カテドラル王国内で旧王都と呼ばれ、名代辻《なだいつじ》そばが店を構える街だ。

初めて訪れる異国の街並みを見つめながら、イデオは静かに口を開いた。

「ここが、カテドラル王国の旧王都、アルベイルか……」

眼前に広がる大都会に圧倒された様子で、イデオは誰にともなくそう呟《つぶや》く。

今現在、イデオはアルベイルの中央を走る大路の上で立ち尽くしている。

街道で目を覚まし、朝焼けの中に佇《たたず》むその威容を見た時から随分と立派な都市だとは思っていたが、まさかここがかつての王都、今現在の旧王都アルベイルだとは思ってもみなかった。

市壁に設けられた入市門で入市税を払う時、門番の兵士に「旧王都へようこそ！」と言われた時は随分と驚いたものだ。

思えば、昨日の山風はかなり強く吹《ふ》き荒《すさ》んでいた。質量などほぼないに等しい霧になっていたとはいえ、随分と遠くまで流されたものである。

同じカテドラル王国内とはいえ、イデオが意識を失ったイシュタカ山脈は北西の果て、ウェンハイム皇国との国境のあたりだ。対してアルベイルは国の中央よりやや東に位置している。仮に馬車を使ったところで一日二日で辿り着けるような距離ではない。もしかすると、イデオは一日だけではなく、数日もの間、意識を失っていたのではないだろうか。

「よく生きてたな、僕……」

半ば自嘲するように苦笑しながら、イデオは用心深く外套《がいとう》のフードを深く被《かぶ》り直す。

ここは他国とはいえカテドラル王国有数の大都会。きっと、ウェンハイム皇国だけと言わず周辺諸国の密偵たちが潜んでいることだろう。せっかく父の下から逃げ果せたというのに、こんなところで捕まっては逃げて来た意味がなくなってしまう。

「行くか……」

ともかく、いつまでもここで突っ立っていても始まらない。それに天下の往来で立ち尽くしていては通行人の邪魔になるし、何より悪目立ちする。そんなことになっては本末転倒だ。

土地勘などまるでないが、イデオはともかく人の流れに従って大路を歩き出した。

初めて訪れた、ウェンハイム皇国の息がかかっていない国の街並み。

人々の顔は概ね朗らかで、気落ちした様子で顔を俯《うつむ》けているような者はそう多くない。無論ゼロではないが、しかしイデオが暮らしていたガダマニアのそれとは比ぶるべくもないだろう。

イデオは押し込められるようにしてペイルマン家の別宅で暮らしていたのだが、そんな生活の中でも年に一度か、多ければ二度くらいはペイルマン家の本宅に呼び出されることがあり、馬車の車窓から街の様子を見る機会があった。

ガダマニアで暮らす人々は貴族から平民に至るまで侵略行為の恩恵を享受しているが、しかしそれを当たり前だと思っているのは貴族やその周辺に集う悪辣な人間ばかりで、平民はどちらかというとあまり浮かない、申し訳なさそうな顔をしている。

他国のいち平民でしかなかった者たちが訳も分からず捕えられ奴隷にされ、貴族にペット扱い、或いは消耗品扱いされている現状。同じ人間が首輪を着けられ手を鎖で縛られ、まるで囚人が如く連れられ、些細《ささい》なことで殴られ蹴られ殺される。そんなことが衆人環視の中で当たり前に行われるのだから、まともな神経の持ち主であれば朗らかに笑っていられる筈もない。これを喜ぶ平民というのは、そのほとんどが貴族に取り入っている者たちであった。

直視出来ない光景に嫌気が差していたとしても、まさか平民が貴族に意見出来る訳もなく、勇気を出してそのようなことをすれば明日は我が身の破滅を招く。実際に、貴族の悪行を見かねて反対運動を起こした平民の地下組織があえなく摘発され、メンバーは残らず斬首刑、その親類縁者も捕えられ奴隷とされたことがあるのだ。

こんな状態で平民の顔に笑顔が浮かぶ筈もない。

だが、このアルベイルの人たちはどうか。皆、前を向いて歩き、笑顔を浮かべている者も多い。周囲にはちらほらと貴族らしき者たちの姿もあるが、偉そうに我が人の上に立つ人也《なり》、といった感じも見受けられなかった。何より、奴隷の姿が全くないのが良い。本から得た知識で、この大陸ではウェンハイム皇国以外に奴隷を容認している国がないことは知っていたが、こうして実際に奴隷がいない光景を目にすると、祖国とは全く違うことを現実として理解出来る。

ただ街並みを見ているだけでも、イデオの目には感動の涙が滲《にじ》んでいた。これこそが本来あるべき国の姿なのだと、そう思えてならないのだ。無論、カテドラル王国の一から一〇まで、全てが称賛すべきものだと言うのではない。この国にも改善すべきものや取り除くのが難しい悪《あ》しきものがあることも理解はしている。だが、それでも、ウェンハイムの出身者としてこの平和な光景、良くも悪くも人が人として生きているこの現状を目の当たりにして感銘を受けない筈がないのだ。

自分の祖国が、ウェンハイム皇国がこの街のようだったらどれだけ良かっただろうと、そう思わずにはいられない。眼前に広がる全てが輝いて見える。

「く……ぅ……ッ」

どうにか嗚咽《おえつ》を噛《か》み殺《ころ》し、目元の涙を拭って歩き出す。

そうしてしばらく歩いていると、ふと、とある商店が目に入った。恐らくは貴族向けにオーダーメイドの衣服を売る店なのだろうが、店頭に仮面舞踏会で使うような、目元鼻筋だけ隠して口元は露出しているマスクが陳列されている。

もう冬本番も間近だが、雪が降るようになるのはもう少しだけ先だ。顔を隠す為にいつまでもフードを被っているのも鬱陶しい。ならばあのマスクなど丁度良いのではないだろうか。

イデオは意を決して商店に足を踏み入れた。

「失礼します……」

煌《きら》びやかな衣服を売る店だけあって、店内も随分と煌びやかである。まるでペイルマン本宅の客室のようだ。まあ、この店の意匠はあの家ほど悪趣味ではないが。

イデオが入店すると、すぐさま店員らしき恰幅《かっぷく》の良い中年男性が出迎えてくれた。身なりの良さや年齢から見て、恐らくはこの店の番頭あたりだろう。

「いらっしゃいませ。本日はどういった御用向きでしょう？　御召し物の御新調ですかな？」

言いながら、遠慮のない視線をイデオに向ける店員。

イデオは外出用の上等な服を着ているので彼にも貴族とは分かるだろうが、しかし何日も着替えておらず、おまけに野宿紛《まが》いのことまでしているので服の痛みや汚れが酷《ひど》い。

これが平民であれば一も二もなく追い出されていたところだろうが、どうにかギリギリお客として相手をしてくれるようだ。

苦笑しつつも、イデオは店の出入り口付近に陳列されたマスクを指差した。

「いえ、あれを売っていただきたくて……」

「ああ、仮面舞踏会用のマスクですかな？　かしこまりました。どれも一流の職人が丹精込めて作り上げた逸品でございますぞ」

「ええ……」

頷《うなず》きながらも、イデオは陳列されたマスクに目を通していく。

店員の言う通り、どのマスクも手の込んだ職人仕事でこさえられた、イデオのような素人《しろうと》にもひと目で分かる上等なもの。陽光を反射する煌びやかな絹に金糸、派手な色の羽根、小粒ではあるが妖しく輝く宝石。いずれも見事な装飾である。

そんな見事な逸品揃《ぞろ》いの中、一際イデオの目を引くマスクがあった。それは、金糸で縁取られた漆黒のマスクなのだが、眉間のあたりに深紅のルビーがあしらわれたものだ。

血のように真っ赤な、妖しく輝く大粒のルビー。顔も知らぬ母親ではあるが、屋敷には彼女の私室と共に遺品が保管されており、その中に深紅のルビーがあしらわれたネックレスが残されていた。屋敷でイデオの面倒を見てくれていた老夫婦によると、母親は赤い色が好きな人で、祖母の形見だというルビーのネックレスをとても大切にしていたのだという。

イデオにとって深紅のルビーは母親を象徴するもの。目を引かれるのはある意味当然だろう。

「どうでございましょう、御気に召すものはございますかな？　もし、他にも……」

と、店員の言葉の途中だが、イデオはそれを遮る形でルビーがあしらわれたマスクを指差した。

「いえ、これをください。この、真っ赤なルビーがあしらわれたものを」

ここまで気になってしまうと、もう、これ以外のマスクは目に入らない。大粒の宝石があしらわれているので他のマスクよりも多少値は張るが、幸いにして今のイデオは懐が膨れている。当座の資金は多少減るが、支払い自体に問題はない。

その答えを聞いた店員は、思わぬ太客が現れたとでも言うように満面の笑みを浮かべた。

「いやあ、お客様は御目が高い！　これは最近になって発見された、ノルビムのダンジョンから産出されたブラッドルビーでございます。大粒のブラッドルビーを大胆にあしらったこのマスクは、他の何処にもない唯一無二、当店自慢の品でございます」

ノルビムという土地のことは知らないが、ダンジョンの宝箱から稀《まれ》に宝石が見つかることがあるのはイデオも知っている。品質に多少のバラつきはあるものの、ダンジョン産の宝石は概ね悪いものではないと、イデオが読んだ書物にはそう書いてあった筈だ。

「そうですか。では、支払いはこれでお願いします」

イデオは懐から財布を取り出すと、金貨を三枚手に取り店員に手渡した。

金貨三枚、三〇万コルもの金だ。金貨を受け取る際も店員はニコニコ顔である。

「はい、ありがとうございま……おや？　これは……」

イデオから受け取った金貨をまじまじと見つめながら、店員は先ほどの笑顔が嘘《うそ》のように神妙な表情を浮かべ始めた。

「……何か問題でも？」

何故訝《いぶか》しんでいるのか、まさか偽造貨幣でも混じっていたのだろうか。

イデオがそんな心配をしていると、店員は何故だか苦笑を浮かべて首を横に振る。

「いえいえ、問題はございません。しかしウェンハイム皇国の金貨とは珍しゅうございますな。もしや、彼の地からお越しになられたので？」

そう言われて、イデオはやっと問題を理解した。

イデオが店主に渡したのは、ウェンハイム皇国の造幣局で製造された金貨だ。硬貨の中央には分かりやすく初代皇王ガダマー・ウェンハイムの横顔の図柄が施されており、ひと目でウェンハイム皇国製だと分かるようになっている。

イデオが誕生する前の話だし、もう終戦を迎えてはいるのだが、ウェンハイム皇国はほんの数十年前にカテドラル王国に対して侵略の手を伸ばしたばかりだ。

前述の通り、戦争が終結してから少なくない時間が経《た》ってはいるものの、カテドラル王国の国民にとって、ウェンハイム皇国は未《いま》だ敵国という認識なのだろう。それにウェンハイム皇国とカテドラル王国の間には未だにまともな国交がなく、貿易も行われていない。

だからこそ、ここでウェンハイム皇国の金貨が出て来たことが不思議なのだろう。

無論、ウェンハイム皇国の貨幣だからと、外国で使えないということはない。百年近く前の話にはなるが、当時の王たちが結んだ北方協定によって他国での通貨使用は保証されているからだ。が、それと人々の感情や印象といったものとはまた話が別である。確かに金は金だが、因縁浅からぬ敵国の金では店員も良い顔は出来まい。

それに加えて、彼の中にはイデオがウェンハイム皇国の人間なのではないかという疑惑が生まれている筈。国交がない筈の敵国の人間が何故、このカテドラル王国にいるのか。きっと、そんなふうに思っているに違いない。

「…………いいえ、たまたまでしょう。我が家はそれなりの商会を抱えておりますから、仕事柄ウェンハイム皇国の属国に行くこともあります。僕も手伝いで行ったことがあるので、恐らくはその時に財布に紛れ込んだのでしょう」

内心の動揺を努めて顔に出さぬよう、微笑を浮かべながら首を横に振るイデオ。

勿論《もちろん》これは嘘だが、馬鹿正直にそうだと頷いて兵士や役人を呼ばれても敵《かな》わない。仮に権力側の人間に捕まれば、イデオは最終的には正式な手続きを経てカテドラル王国に亡命することになるだろう。そうなれば公的な書類にイデオの情報が残ることになり、ウェンハイム皇国側に居所がバレる可能性がグンと高まる。出来ることならそういう事態は避けたいのだ。

店員がそれで納得してくれたかは正直怪しいところだが、彼も面倒な事態は避けたいのだろう、表面上は再びニコニコ顔を取り繕い、頷いた。

「左様でございますか。変なことを訊《き》いてしまい、申しわけありませんでした」

「いえ、お気になさらず。では、僕はこれで……」

目深に被っていたフードを下ろし、購入したばかりのマスクを装着して店を後にするイデオ。

街中でマスクなど着けているのに、あからさまな視線を向けてくる者はそう多くない。まあ、周りを見渡せばそれも納得ではある。往来をゆく者たちの中には、奇抜という言葉では収まらないほどの珍妙な恰好をしたダンジョン探索者の姿も多い。だから少しくらい変な恰好をした者がいてもそれほどおかしくは見えないのだろう。流石《さすが》は大都会である。

ちなみにだが、ウェンハイム皇国の首都ガダマニアにはそもそもダンジョン探索者ギルドが存在しないので、ダンジョン探索者の姿もない。ガダマニアの法衣貴族たちが下賤な者たちだとダンジョン探索者のことを嫌い、ギルドの支部を置くことを認めなかったからだ。ダンジョン探索者の活動は国の経済にも少なからず影響を与えているというのに、愚かなことである。

通りに出たイデオはまた人の流れに合流し、そのまま街を歩いているのだが、唐突に良い匂いが何処かから漂ってきた。その匂いを嗅ぎ取るのとほぼ同時に、ぐぅ～と腹の虫が鳴る。

都会に圧倒されていてすっかりと失念していたが、イデオはもう何日も食事をしていないのだ。本来なら栄養不足で倒れていてもおかしくはない。

「この匂いは……？」

きょろきょろと匂いの出所を探していると、通りに面した大きな食堂が目に入る。

看板に大きな盾をあしらった店で、店名は大盾亭《おおたててい》というらしい。

見れば、店内だけでなく軒下にも席が設けられており、客が大きな鍋を突《つつ》いて美味《うま》そうに肉やら野菜やらを食っていた。

「いいなあ、美味《おい》しそうだ…………」

口内に溢《あふ》れる唾液を飲み込みながら、名残惜しそうにその場を後にするイデオ。

金はあるので食事は出来るのだが、しかしあの大盾亭という店の混み様は半端なものではない。何せ店の外にまで順番待ちの行列が出来、自分の番が回ってくるまでに恐ろしく時間がかかりそうだった。あれでは諦めるしかない。

そのまましばらく歩いていると、いつの間にか城の前まで来てしまった。

「この城は……」

無駄に金ばかりかけた、如何にも成金趣味的な、街の景観と全く合っておらず浮いた印象のウェンハイム城とは違い、古城然としてドッシリ落ち着いた佇まいのこの城。ここは確か、アルベイル大公が住む、かつての王城だった筈だ。

風光明媚《ふうこうめいび》な古都の中心、まさに積み重ねたこの街の歴史、その要と言って過言ではない城である。軽薄極まるウェンハイム城では持ち得ることのない重厚感は流石だと言えよう。

城壁に沿うように、ここからは通りが左右に分かれるのだが、何故だか人の流れは一方に向かっているようだ。この先に何かあるのだろうか。人が集まる何かが。

俄然《がぜん》興味が湧いてきたイデオは、不思議な心持ちで人の流れに従う。

そしてしばらく歩いたところで、イデオの目に奇妙な光景が飛び込んできた。

「んん……？」

何故だかは分からないが、長大な城壁の前に、人々が列を成して並んでいる。

あれは一体何なのだろう。城壁のあたりで大道芸人が芸でも披露しているのだろうか。

最初、イデオはそんなふうに思っていたのだが、いざ列に近付いてみると、その考えが見当違いも甚だしいことに気が付いた。

「な、何だ、あれ……？」

驚きに背中を押されるようにして人の流れから飛び出したイデオ。それを目にした途端、唖然《あぜん》としてしまい、あんぐりと大口を開けてしまった。

城壁に埋まるようにして立っている一軒の店。一階部分は前面が総ガラス製で、しかも濁りも歪《ゆが》みもない一枚ガラス。出入り口もガラス戸になっているのだが、手も触れていないのに人が来る度に勝手に開閉している。恐らくは魔導具なのだろう。

立地も佇まいも明らかに異質。こんな店構えはどんな国の様式にも一致しない。これは一体何なのだろうか。

「あの、すみません……」

思わずといった感じで、イデオは行列の最後尾にいた若い女性に声をかける。

「はい？」

「この店は、一体何なのですか？」

振り返った女性にそう問うと、彼女は一瞬だけ不思議そうな表情を浮かべ、すぐに得心がいったというふうに頷いた。

「あー、そっか。貴方《あなた》、アルベイルに来るのは初めてなのね？　もしかして他の街から流れて来たダンジョン探索者かしら？」

逆にそう問われ、イデオは少々面食らいながらぎこちなく頷いて見せる。

「え、ええ、まあ、そんなようなものでして……」

実際は他国からの逃亡者だが、しかし彼女の言うようにアルベイルに来るのは初めてだ。彼女には分からぬことだろうが、言葉尻を濁している点については大目に見てもらいたい。

しどろもどろな様子のイデオに苦笑しながら、女性は店の方を差して口を開いた。

「ここはね、食堂よ」

聞いた瞬間、驚きのあまり目を見開くイデオ。

「食堂!?　これがですか!?」

この贅《ぜい》を凝らした造りの店が、まさか食堂、つまり大衆向けの料理店だとは。そんな考えは頭の片隅にすらなかった。というか、飲食店だとすら思っていなかった。

普通に考えれば、あの板ガラス一枚だけで家が一軒建つだけの価値がある。飲食店だとしても貴族向けの高級レストランだと言われた方がしっくり来るくらいだ。戸を開閉させる魔導具とて普通の料理店にはあるまい。そんな店が食堂とは、どういう冗談だろうか。

驚愕《きょうがく》しきりのイデオが面白いのだろう、女性はけらけらと笑ってから頷いて見せた。

「そ、食堂。初めて見た人は大抵貴方みたいに驚くけどね」

「あ、そ、そうなのですか……」

赤面しながらぎこちなく頷くイデオ。マスクをしていて良かったと心底思う。

傍《はた》から見れば、今のイデオは田舎者《いなかもの》丸出しのおのぼりさんといったところか。奇抜な恰好をして精一杯背伸びしているように見えて、彼女からしてみると微笑《ほほえ》ましいのだろう。

「ここはナダイツジソバ。今、このアルベイルで一番勢いがある食堂なんだから。貴方もアルベイルに来たのなら、一度はナダイツジソバで食事をしていくべきだと思うわよ？」

「ナダイ、ツジソバ…………」

女性が教えてくれたその名を呆然《ぼうぜん》と復唱するイデオ。

イデオ・ペイルマンとナダイツジソバとの出会い。それは後にウェンハイム皇国崩壊のきっかけとなるのだが、今のイデオにとって、そんなことは知る由もない。


アルベイルを探索中、たまたま発見した奇妙奇天烈《きてれつ》な食堂、ナダイツジソバ。

混んでいるという理由で、ここまでの道々発見した大盾亭なる食堂もスルーして来た筈なのに、イデオの瞳はこの混雑極まるナダイツジソバに釘付《くぎづ》けになっていた。

親切にもイデオにこの店のことを教えてくれた女性曰《いわ》く、ナダイツジソバは今、このアルベイルの街で最も勢いのある飲食店らしく、この街に来たのなら一度は足を運ぶべきなのだという。

さして大きな店ではないが、しかしその造り自体は何とも異質にして豪奢《ごうしゃ》、人目を引くとはまさにこのことと言わんばかりの佇まい。

人数にして二、三〇人は並んでいるようだが、これは待ってでも店に入る価値はあるだろう。空《す》きっ腹《ぱら》はとっくに我慢の限界を迎えているが、あと一、二時間くらい待っていたところで死にはしない筈だ。仮にここで死んだとしてもワーデンス公国の土になるよりは遥かにマシである。何故なら、ワーデンス公国での死は、忌むべき父親の傀儡として死ぬことと同義だからだ。

あんな男の為に死ぬなどまっぴら御免。これからは自分の為に生きてやる。簡単に死んでなどやるものか。最後まで足掻《あが》き続けてやる。

そして、生きる為にはものを食わねばならない。父親の為ではない、自分の人生を生きる為の食事、その最初の一皿をこのナダイツジソバで摂る。ウェンハイム皇国の様式とはかけ離れたここで。

イデオは確固たる意思を以《もっ》てナダイツジソバの列、その最後尾に並んだ。

「…………」

当初は一、二時間、下手《へた》をしたら三時間くらいは待たねば入店出来ないと思っていたイデオだったが、想定以上のスピードで並んだ客が掃けてゆく。

どうも、この店は普通の食堂とは違い、かなり客の回転率が良いらしい。皆、三〇分もせず店から出て来る。一体どんな料理を出す店なのだろうか。

どうにも気になったイデオは、自分の前に並んでいる先ほどの親切な女性にもう一度声をかけた。

「あの、度々すみません……」

「あら、何？」

「この店の名物料理は何なのですか？」

イデオが訊くや、不思議そうな顔で首を傾《かし》げる女性。

「え？　ソバよ？　店名にも入ってるじゃない」

「ソバ、ですか？」

ソバ。確かにナダイツジソバという店名にその文言が含まれているが、しかしイデオの知らない料理である。冷遇されていたとはいえイデオも貴族の生まれ、平民よりは色々と変わったものも食べたことがある筈なのだが、ソバというものの名前は今の今まで聞いたことすらなかった。

謎の料理、ソバ。それは一体どんなものなのだろうか。

イデオが不思議そうに考え込む顔を見て察したのだろう、女性は苦笑しながら簡単にソバという料理の説明をしてくれた。

「ええ、ソバ。ここでしか食べられない麵料理。スープに麵が沈んでいてね。温かいのもあるし、冷たいのもある。どっちもとっても美味しいのよ」

「麵を……スープの具に？　本当ですか？」

麵といえばスパゲッティというのが常識だが、普通はスパゲッティをスープの具にするようなことはない。そんなことをすればせっかくの麵が伸びてしまう。

具が麵のスープ。聞いただけで随分と変わり種の料理だということが分かる。

このソバとやら、確かに斬新だし他にはないものなのだろうが、しかし肝心要の味の方はどうなのだろう。まさか見た目だけ奇抜で味はイマイチなどということはないだろうか。

「ええ。変わってるわよね。私もここ以外でそんな料理を出しているところは見たこともないわ」

女性の言葉に、イデオの不安が一気に広がっていく。

今は人生においてかつてないほどの空腹状態。見た目の派手さはどうでもいいので、せっかく覚悟を決めて長蛇の列に並んだのだから、せめて美味いものが食べたかった。

「…………」

声もなく押し黙っていると、女性がイデオの内心を見透かしたかのように、ふ、と笑う。

「……とっても不安そうな顔ね？」

「あ、いえ……」

表情を取り繕う余裕もなく、心情がそのまま顔に出ていたらしい。

だが、イデオの表情を見ても、女性は余裕そうに口を開いた。

「でも安心していいわよ。ここの料理、どれを食べてもとっても美味しいから。全部当たりで外れなし。ただの水まで美味しいんだから。凄《すご》いわよね」

「は、はあ……」

別にナダイツジソバの店員という訳でもなかろうに、女性は何だか自信あり気だ。恐らくは本当にどんなメニューを頼んでも美味いのだろう。彼女の言うように、水でさえも。

未だ一抹の不安は残るものの、そう悲観しなくてもいいのかもしれない。

と、イデオが女性と話し込んでいると、いつの間にか自分の順番が回ってきた。

「ふたつほどお席空きましたので、次のお客様方、どうぞ！」

そう言ってイデオと女性を呼び込んだのが、書物でしか存在を知らなかった魔族の少女だったので一瞬驚いてしまったが、その動揺をどうにか心の内に押し止め、店内に足を踏み入れる。

その瞬間である。

「!?」

店内に流れる謎の歌に出迎えられるイデオ。

全く聞き覚えのない、しかし妙に耳馴染《みみなじ》みのする歌。恐らくは魔導具を使って流しているのだろうが、この狭い室内、それも平民向けの食堂に優雅にも音楽を流すとは、外観と同じで何とも豪奢なことをするものだ。

店内は隅々まで清潔に保たれており、初めて目にするU字のテーブルも背もたれのない丸い椅子も洒落《しゃれ》た雰囲気を漂わせている。

立地から考えてアルベイル大公が出している店なのだろうが、彼の御仁は随分とこの店に力を入れている様子。きっと、来てくれた客を楽しませようという心遣いだろう。

平民を軽んずることのない真摯な姿勢、これがウェンハイム貴族にもあったのならどれだけ良かっただろうか。他国には普通に存在するこのような姿勢が、どうしてウェンハイムには欠けているのだろう。同じヒューマンの国で、地理的にも近く、文化的にも共通のものが多いというのに。

一体、どうすればウェンハイムもこのような国になれるのだろうか。

「………お客様？」

入り口付近で考えごとをしたまま佇むイデオを不思議に思ったのだろう、魔族の少女給仕が首を傾げたままこちらを見上げていた。

イデオはハッとして我に返ると、照れ隠しとばかりに苦笑いを浮かべて見せる。

「あ、ああ、すまない。少しボーッとしていた……」

イデオがそう言うと、それで納得した訳でもないのだろうが、少女はとりあえずといった感じでこくりと頷いた。

「……そうですか。あちらの方のお席、空いておりますのでどうぞ」

そう言って彼女が案内してくれたのは、先に席に着いていた、あの親切な女性の隣だ。

彼女とはよくよく縁があるらしい。

イデオは苦笑しながら席に着いた。

「隣、失礼します」

イデオがそう声をかけると、女性はほんの一瞬だけ驚いたような顔をした後、すぐさま微笑を浮かべて口を開く。

「あら、さっきぶりね」

「はい」

「これも何かの縁かしらね。私はレイン。ダンジョン探索者をやっているわ」

彼女、レインはそう自己紹介してくれた。

入店待ちの列に並んでいる時は気付かなかったが、よくよく目を凝らしてみると、衣服から覗《のぞ》く彼女の手足は確かに引き締まっており、女性らしからぬ筋肉の隆起が見て取れる。イデオも手習い程度だが貴族の嗜《たしな》みとして剣の稽古を受けていた。だから彼女の身体が戦う人間のそれだということは何となく分かる。

彼女は武器も防具も身に着けていないようだが、今日は恐らく休養日なのだろう。

察するに、普段は気を張って命懸けの仕事をしている者が、たまの休日、息を抜く為に美味いものを食べに人気店に来たというところか。

「レインさんですか。僕はイデオ……」

ペイルマンと、イデオはいつもの習慣でうっかり家名を名乗ろうとしたのだが、ハッとして慌てて口を押さえる。

ウェンハイム皇国の密偵が何処に潜んでいるか分からない以上、迂闊に家名など名乗っては命取りになりかねない。

「？」

一体何をしているのだろうと、不思議そうにこちらを見つめるレインに対し、イデオは申し訳なさから伏目がちに頷いて見せた。

「………イデオです。家を出たばかりで、仕事はこれから探すところです」

これまでは貴族として仕事もせずに家の中にいたイデオではあるが、これからは自分の力だけで、自らの稼ぎだけで生きていかねばならない。

自分にどんなことが出来るのか、それは自分自身まだ分からないのだが、とりあえずは誰にでも門戸を開いている仕事、それこそダンジョン探索者あたりで稼いでゆくことになるのだろう。

腐った祖国を変えたいという気持ちもあるにはあるのだが、そんな大きなことを考える前に、まずは自分の面倒を見られるようにならなければいけない。

イデオの言葉や様子に何か思うところでもあるのか、女性は「ふうん……」と頷く。

「………そう。ダンジョン探索者じゃなかったんだ。何か変わってるね、貴方？」

「あ、すみません。これまであまり人と話してこなかったものでして……」

「そうなんだ。もしかして、家出した貴族のお坊ちゃまとか？」

「そんな、まさか」

と、イデオは苦笑して見せるのだが、その心中は穏やかではなかった。

このレインという女性、随分と鋭いところを突いてくる。これが女の勘というやつだろうか。それともダンジョン探索者として培ったものだろうか。

ともかく、このまま彼女と話していると、そのうちボロが出そうで何だか怖い。

と、丁度良いタイミングで先ほどの給仕の少女が水を持って現れた。

「こちら、サービスのお水です。おかわりもありますので遠慮なくお飲みください。それでは、注文がお決まりになられましたらお呼びください」

言いながら、少女はイデオの眼前に水を置いて去って行く。

「あ、ああ、ありがとう……」

いきなりのことに啞然としながら、イデオはまじまじと水の入ったコップを見つめていた。

一切濁りも歪みもなく、均整の取れたガラスのコップ。ともすれば芸術品としての価値すらあろうそれになみなみと注がれた、これまた濁りのない透明な水。一体どれだけ煮沸や濾過《ろか》を繰り返せばこのように濁りのない水が出来るのだろうか。しかもその水に氷まで浮いている。氷の形が全て同じキューブ状に揃《そろ》っているのは、恐らく専用の魔導具を使って作られたものだからだろう。魔法使いの氷魔法ではこうも整った形状の氷を作ることは出来ない。

何と豪華な一杯の水だろうか。ウェンハイム皇国のレストランであれば、この水一杯で銀貨二枚は取られることだろう。それがサービスでおかわり自由とは、カテドラル王国というところは何と豊かな国なのだろうか。

イデオは震える手でコップを摑《つか》み、ぐい、と冷たい水を呷《あお》った。

「ッ!!」

美味い。

一切雑味のない冷えた水が、喉を通って乾いた身体に染み込んでゆく。まさしく命の水であると、そう感じるほどの清々《すがすが》しさだ。

「ね？　言った通り、ここのお水、美味しいでしょ？」

隣で同じように水を飲みながら、レインがそう訊いてくる。

イデオはぎこちない動作で顔を向けると、やはりぎこちない動作で頷いた。

「え、ええ。恐ろしく美味い。こんなものがタダだなんて……」

俄《にわ》かに信じられるものではない。

「でもね、ここの料理はもっと美味しいのよ？　初めて食べる人なら、絶対に感動する筈だわ」

「…………」

流石に絶句するしかない。

この水は余計なものを全て取り除いた、美味の極致と言って過言ではないもの。

そんな水より美味い料理というのは想像がつかない。

一体、この店ではどんな料理が出されるのか。

イデオは卓上のメニューを手に取ると、食い入るように目を通した。

どういう料理かという絵が添えられたメニューは分かりやすくて良いが、しかしこの絵の精度たるや凄《すさ》まじいものがある。まるで本物が目の前にあるように写実的で緻密だ。恐らくは相当名うての画家、それも模写のようなギフトを持つ者に描かせたのだろう。

この絵の細かさには驚かされたが、ともかく、今はメニューを吟味することが先決である。

濃い茶色をしているのに、しかし何故か透度のあるスープに沈む灰色の麺。なるほど、これがこの店の基本、ソバというやつなのだろう。冷たいソバの欄にあるモリソバ、トクモリソバというメニュー、そしてカレーライスという麺ではないメニュー以外は、全てスープに麺が沈んでいる。

灰色の麺というのは見たことがないが、これはどういう小麦を使っているのだろうか。病気にかかった小麦が黒くなることは知っているが、まさかそんなものを使っている訳もあるまい。ライ麦とも違うだろう。となれば、ウェンハイムには流通していない新種の小麦か、もしかすると小麦ですらない未知なる穀物が使われているのか。

イデオの知る限り、ウェンハイム皇国とカテドラル王国で食文化にそこまで差異はない筈なのだが、このメニューに載る料理は何から何まで知らないものばかりである。実際に食べたことがないのは勿論のこと、文献でそれらしき記述を見かけたことすらもない。イデオが無知なだけで、カテドラル王国というのはこんなにも未知なるものに溢れた国だったのだろうか。

基本のソバだけではない、その上に載る具材もまた知らないものばかり。ワカメ、テンプラ、コロッケ、冷しキツネ。いずれも見たことがないもので、使われている食材も分からず、味の想像が全くつかない。ホウレンソウというのがサヴォイだというのが辛《かろ》うじて分かるくらいだ。が、サヴォイは苦いので好んで食べたいものではない。

そんな中で目についたのが、冷し肉ツジソバ。もう寒い時期なので冷たいメニューはどうかと思ったのだが、たっぷり盛られた肉の上に佇む、真っ赤なペーストがイデオを引き付けて放さなかった。この赤いペーストは、温かいメニューの肉ツジソバにはない、冷し肉ツジソバだけのものだ。

亡き母親が大事にしていたルビーのネックレス。そのルビーが如き深紅のペースト。このペーストが何なのかは分からないが、しかしイデオの心はこれを求めている。顔を見たことすらもない母親を想起させる、血の如き赤を湛《たた》えたものを。

「すみません！　注文したいのですが!!」

混雑して賑《にぎ》わう店内の雑踏に負けぬよう、声を張り上げて給仕を呼ぶイデオ。

「はい、只今《ただいま》！」

先ほどの給仕の少女がペンとメモを取り出しながら小走りで来たので、イデオはすぐに自分の注文を告げた。

「冷し肉ツジソバをください」

「冷し肉ツジソバですね、かしこまりました。店長、冷し肉ツジ一です！」

メモを取りつつも、少女は厨房《ちゅうぼう》にいるのだろう店長に向けて注文を通す。

「あいよ!!」

打てば響くといった具合に、厨房から威勢の良い男性の声が返ってくる。

「それではお料理出来上がるまで少々お待ちください」

ペコリと頭を下げてから、他の席へ注文を取りに行く給仕の少女。

彼女の背中を見つめながら、イデオは思いがけず他国で出会った、母親のルビーを思わせる深紅のペーストに想《おも》いを馳《は》せる。固形物ではなくペーストということは、スープに溶かして味わうものなのか、それともあのペーストに肉を付けて食べるものなのか。

そんな埒《らち》もないことを考えていると、給仕の少女がすぐに戻って来た。体感にして一〇分も経っていないのだが、ソバとは調理に手間のかからないものなのだろうか。

「お待たせいたしました。こちら、冷し肉ツジソバになります」

厨房から盆を持って出て来た給仕の少女が、イデオの眼前に料理が盛られた黒塗りの器を置いた。

イデオはその器をまじまじと覗き込む。

内側が朱塗りになった雅《みやび》な器に盛られた冷し肉ツジソバ。たっぷりの肉の下には灰色の麵とスープ。他にも半熟の玉子や深い緑色のペラペラとしたもの、何かの野菜を輪切りにしたもの、黒い紙、そしてあの真っ赤なペーストが。

メニューの絵と寸分の狂いもない。肉と玉子以外は味の想像もつかないが、それでも見ているだけで食欲が湧いてくる。実に美味そうだ。

「ああ、ありがとう」

イデオが礼を言うと、少女もペコリと頭を下げた。

「ごゆっくりどうぞ」

そのまま別の席へ向かった少女を少しの間見送ってから、再び冷し肉ツジソバに向き直る。

ツヤツヤと輝く灰色の麵はやはり小麦粉から作られたものとは思えず、かといってどんな穀物が使われているのかも分からず。現物が目の前にあるというのに未だ謎。

スープは濃い茶色を湛えているのに、どういう訳か濁ってもおらず不思議と透明度があり、中に沈む麵の様子すら見て取れる。

麵の上にたっぷりと盛られているのは豚のバラ肉だろうか。厚切りではなく薄切りで、脂の層が普通のものよりも厚いようだ。もしかすると家畜の豚ではなく猪《いのしし》のような魔物の肉かもしれない。

緑色のペラペラしたものは恐らく海藻だろう。学術書の受け売りではあるが、普通は雑草扱いの海藻も、沿岸の一部地域では普通に食されているらしい。そして、あまり漁獲量のない漁師町では海藻を塩漬けにして保存食にしているところもあるらしく、ソバの上に載るこの海藻も塩漬けにしてここまで運ばれて来たものと思われる。

輪切り野菜については何か分からないが、少なくともウェンハイム皇国には出回っていないものだろう。微《かす》かに漂う刺激的な匂いは、何処かペコロスに通じるものがあるようにも思える。

玉子については半熟で、白身もまだ固まっておらず、黄身についてはほぼ火が通っていない。きっと、適宜混ぜ合わせて食べろということなのだろう。

黒い紙については、これはそもそも食べられるものなのか、それとも飾りなのか。一応は口に入れてみるつもりだが、食べてみるにしても最後にすべきであろう。

最後に見るのは、やはりこの深紅のペースト。何をベースに作られたものかは分からないものの、色合いからしてかなり刺激的で辛そうだ。匂いや実際に見た感じから推察するに、これは食べている途中でスープに溶き、味を変える為のものだろう。お客の舌を飽きさせない為の工夫なのだろうが、ただ一杯の料理の為に実に細かな気配りがあるものだ。

ざっと見ただけでも、この冷し肉ツジソバには一品の料理とは思えぬほど様々なものが詰め込まれている。まるで、この一杯だけで食卓が完成しているようだ。

見た目は美しいが、肝心の味の方はどうだろうか。この高まりに高まった期待に見合う味を切望するばかりである。

周りの客を見ると、皆、イデオの知識にはない謎のカトラリー、二本の棒を器用に使って食事をしているようだ。だが、イデオは棒を使う自信がないので大人しく器の横に添えられたフォークを使うことにする。

まず味わうべきは、やはりこのソバなる料理の基礎である麺だろう。

イデオは器にフォークを突っ込むと、櫛《くし》の部分に麺を絡めて持ち上げた。

スープを纏ってキラキラと輝く麵。貴族としていささかはしたなくはあるが、ずるるるる、と、豪快に音を立ててその麵を啜り上げ、存分に嚙み締める。

もちもちとしたスパゲッティのコシとは違う、ソバの麵のプリプリとした強いコシ。これは麵を冷やしたことで生まれたものだろう。まるで一本一本の麵がそれぞれに存在を主張しているようだ。

麵を嚙むごとに鼻に昇る独特な香りと仄《ほの》かな甘味《あまみ》は何処か牧歌的であり、不思議と心が落ち着くような、ほっとする味だ。初めて食べるのに舌によく馴染む。

そして、その独特な香りと絡み合うスープの美味さ。ただ塩気があるのではない、主張の強い魚の旨味と、それを優しく包み込む何らかのまろやかさ。このまろやかさの正体は何だろうか。魚の方は淡水魚ではなく海水魚だろうが、このまろやかさを生み出すものも恐らくは海産物だろう。ほんのりと磯《いそ》の香《か》がするし、魚の旨味と喧嘩《けんか》せず調和していることからもそれが分かる。

麵とスープが絡み合う、それだけで口内に極上の美味が誕生した。

「美味い……ッ！」

普通、貴族は食事の最中にこんなふうに呟いたりはしない。そんなことをすれば周囲から顰蹙《ひんしゅく》を買ってしまう。だが、イデオは口に出さずにはいられなかった。これまで味わったこともなかったこの極上の美味を、初めて体験するこの感動を表さずには。

ウェンハイムにいた頃は使用人の老婆が食事を作ってくれていたのだが、父親からあまり食費を渡されていなかったのか、出て来る料理はいつも貴族らしからぬ質素なものだった。パンにスープ、それに肉か魚が一品。たまにサラダかゆで玉子が付く程度。老婆は常識人だったのでイデオを冷遇していた訳ではなく、料理も決して不味《まず》くはなかったのだが、レパートリーも少なく味付けも単調で、イデオは死なない為にほぼ義務的に食事をしているような有り様だった。

故に、このソバの味に、生まれて初めて体験するその美味にイデオは震えている。こんなに美味いものがこの世にあったのか、これが美味しいという感覚なのか、と。

驚愕覚めやらぬイデオの表情を横目に見ながら、隣で同じように麵を啜っていたレインが、微笑みながら満足そうに頷いた。

「ソバ、美味しいでしょ？」

横からそのように問いかけられ、イデオはぎこちなく頷いて見せる。

「え、ええ、恐ろしくなるほど美味しいです………」

イデオは今、己の生涯において最も美味なる料理と巡り合った。

この出会い、それ自体は幸運なことだが、はたして、今後これ以上の感動と出会うことなどあり得るのだろうかと心配になってくる。

わなわなと小刻みに震えているイデオに微笑を向けたまま、レインは言葉を続けた。

「麵とスープだけでも美味しいけど、上に載ってる具も一緒に食べたら、もっと美味しいのよ？」

「もっと……？」

麵とスープだけでも感動に打ち震えるほど美味いというのに、これ以上があるというのか。

それは一体、どれだけの美味なのだろう。どれだけの感動なのだろう。そしてそれを知った時、自分はどうなってしまうのだろう。感動のあまりおかしくなってしまうのではないか。

想像するだけでそら恐ろしくなってくるが、しかしながら今は美味に対する興味の方が圧倒的に勝っている。ここまで来るともう、半ば怖いもの見たさだ。

イデオは震える手で肉を突き刺すと、フォークの櫛に麺も絡めて一緒に口に入れ、咀嚼《そしゃく》した。

「ッ!!」

麺とスープの美味さに加え、赤身のしっかりとした歯応えと溢れ出る脂の甘さと肉汁の旨味。これらが渾然一体《こんぜんいったい》となって舌の上に広がり、美味が洪水のように口内を満たした。

美味い。本当に、嘘偽りなく美味い。肉というものは本来、こんなにも美味いものだったのかと思い知らされた気分だ。

ウェンハイムにいた時も、ごくたまに食卓に肉が上ることもあったが、それはただ焼いた肉に塩を振りかけただけの、最も原始的なステーキであった。脂も少なく身は硬くパサパサで淡白な味わい。別に食べられないほど不味いものではなかったが、人の味覚を通して感動を与えられるようなものではなかったことも確かだ。

だが、この冷し肉ツジソバの肉は別物かと思うほどに違う。甘辛い味付けに旨味をたっぷり含んだ分厚い脂、しっとり柔らかいが心地よい歯応えも残る赤身。全てが高次のバランスでまとまり、ソバの麺と見事に調和している。

肉と麺を一緒に食べるということが、これほど幸せなことだとは知らなかった。

味と味の調和が、更なる美味へと昇華するなどとは知らなかった。

肉と麺が調和することは分かった。ならば、肉とは味の方向性が全く違う玉子はどうか。

次なる美味を想像してゴクリと喉を鳴らしながら、イデオはフォークで玉子を突《つつ》いた。

瞬間、黄身がトロリと溢れ出し、器の上に広がってゆく。その黄身を存分に絡めて麺を啜る。

ずず、ずずずずず、ずぞ……。

ほんの少しだけ火の通った玉子の黄身、その力強いまろやかさが口の中に広がり、そこを麺のコシとスープの塩気が追いかけてくる。

美味い。

何ということだろう、ソバの麺というのは肉だけではない、玉子とすらも抜群の調和を見せるというのか。

それならばこれはどうかと、玉子の黄身が絡んだ肉を口にしてみる。

やはりこれも美味い。

肉の力強い主張を玉子のまろやかさが包み、角のない優しい味へと導いている。

次は海藻と輪切り野菜と麺。

勿論、これも美味い。

肉と玉子に対して、磯の香をふんだんに含んだ海藻とピリッとした野菜の味が絶妙なアクセントになっている。

これのおかげで、また肉を求める気持ちが高まってくる。

肉、麺、肉、麺、海藻と野菜。

全てが美味い。フォークが止まらない。本能の赴くままに全て掻《か》き込《こ》んでしまいたい。

だが、イデオは強靭《きょうじん》な意思力でフォークを止める。

何故なら、この冷し肉ツジソバを頼む決め手となったもの、あの赤いペーストがまだ手付かずで残っているのだから。

亡き母親を想起させる真っ赤なペースト。あまりに見事な深紅を湛えているので手を付けるのが躊躇《ためら》われたが、これを無視したり残したりする訳にもいくまい。

恐る恐る、フォークの先端で少しだけペーストを掬《すく》って口に運ぶ。

「うッ!? か、辛い!!」

ペーストが舌の上に乗った瞬間、猛烈な刺激がイデオの口内を襲った。

これは一体何だ。舌が痛くてとても味を探る余裕などない。

もう辛抱堪《たま》らないと、イデオはすぐさまコップに手を伸ばし、がぶがぶと水を飲んで口内のものを流し込み、舌を洗った。

「はあ、はあ、はあ………」

大きく胸を上下させながら、まだピリピリとした痛みの残る舌の感覚を確かめるイデオ。

迂闊であった。真っ赤な色に惹《ひ》かれてそのまま口にしてしまったが、あれは恐らくチリという香辛料、本場南方でトウガラシと呼ばれるものだろう。

書物で読んだだけの知識ではあるが、南方から輸入されるチリは胡椒《こしょう》よりも貴重なものだとされており、滅多《めった》に北方で出回ることはない。そして味よりはその刺激を楽しむもので、品種によっては強烈な辛味を伴うのだという。

この真っ赤なペーストはチリを練って作られたものなのだろう。辛さに邪魔されて細かい部分までは分からなかったが、その味わいの中に微かだがチリ以外のものも感じた。ということは、これはただ辛いだけのものではないということに他ならない。

更に言うのであれば、これは単体で食べるべきものではない。当初の見立て通り、やはり少しずつ混ぜながらソバの味を変えるものなのだろう。

手痛い失敗ではあったが、しかしひとつ勉強にはなった。そう思って納得するしかない。

はあ、はあ、と息を荒らげるイデオを見ながら、隣席のレインが苦笑を浮かべている。

「トウバンジャンをそのまま食べちゃったの？　駄目じゃない、それ、凄く辛いんだから」

「トーバンジャ……？」

「その赤いペーストのこと」

言いながら、手に持った二本の木の棒で真っ赤なペーストを指すレイン。

あの刺激的なペーストは、どうやらトウバンジャンという名称らしい。

「それはね、スープに溶かして味を変えるものだから、直接食べるものじゃないのよ」

「なるほど、やっぱりそうなんですね」

それが分かればこっちのものだ。今度は絶対に間違えない。

言われた通り、イデオはフォークを使ってトウバンジャンをスープに溶いていった。

すると、茶色く澄んでいたスープに深紅が混ざり合い、形容し難い混沌《こんとん》とした色になっていく。

瞬く間に深紅に侵食されてゆくスープ。

先ほど、そのまま食べてしまったトウバンジャンはかなりの辛さだったが、満遍なくスープに溶けたこれはどうだろうか。

イデオはフォークで掬った麺に存分にスープを絡めると、恐る恐るそれを口に運んだ。

ず、ずず、ず、つるつる……。

トウバンジャンを含んだスープが絡んだ麺が舌の上に乗ったその瞬間である、程よい辛味とスープの旨味が口内にふわりと広がり、えもいわれぬ美味となってイデオの味覚を激しく刺激した。

辛い。だが美味い。混沌としている筈なのに、しかし調和している。

先ほどの刺すような辛さではない絶妙な辛味。今度は味わう余裕があったからか、ただ辛いだけではない、奥底に存在する甘味のようなものも僅かに感じた。トウバンジャンとは本来、ただ辛いだけのものではなかったのだ。

そのままソバの麺を咀嚼すると、ほのかな甘味も混ざり合い、口内の美味に更なる混沌が訪れる。

美味い、辛い、甘い、だがやはり美味い。

この辛さ、何故だか妙に食欲を煽《あお》ってくる。すでに食事中だというのに、早くも次のひと口を食べたくて堪らなくなってくるのだ。

次はやはり肉だろう。フォークを二度、三度と刺してたっぷり肉を取ると、勢いのまま口の中に放り込み、存分に嚙み締める。

ピリ辛の味に変貌した肉が驚くほど美味い。

次は玉子の黄身を絡めてひと口。

甘い、辛い、しょっぱい、まろやか、でもやはり美味い。別々の味が決してバラけず、ひとつのまとまりを見せている。

温かい方の肉ツジソバにはない、トウバンジャン。

このトウバンジャンというペーストが持つ強烈な刺激が、肉ツジソバを新たなる美味のステージへと引き上げたのだ。

刺激とは、かくも劇的に既存のものに影響を与えるのか。

刺激的な辛味に促されるよう、額に汗しながらソバを掻き込みつつ、イデオは考える。

腐敗した貴族によって停滞し、地獄の釜の底のような状態に陥っているウェンハイム皇国。国民が本来持つべき明日への希望を刈り取り、反抗の意欲すら奪うことで地獄の釜を煮詰め続ける祖国。そんな国でも、イデオにとっては祖国である。腐った政治が横行していても、そこには確かに人々が生きているのだ。

この救いのない現状をどうすれば打破出来るのか。ウェンハイムにいた頃からずっと考え続けていることだが、明確な答えが出たことはない。イデオには何の後ろ盾もなく、組織に属している訳でもない、たった一人の人間。そんな人間が動いたところで何が変えられるというのか。これまではずっとそんなふうに考えていた。

だが、それではいけない。必要なのは停滞した現状に刺激を与えることなのだ。トウバンジャンのように器の中を満たすほどの強烈な刺激を。

一人だから動かないのではない、皆が動き出す為のきっかけ、最初の一人が必要なのだ。自ら動き出して刺激を与え、波紋を広げる者が。

刺激的な冷し肉ツジソバを食べながら、イデオは密《ひそ》かに決意していた。自分が祖国を変える為に動き出す最初の一人になろう、現状を打破するほどの強烈な刺激を与える者になろうと。

「凄い食べっぷりね、イデオくん？」

もう食べ終わったのか、隣の席で水を飲みながら、レインが苦笑している。その優しげな瞳は、まるで弟を見守る姉のようだ。

イデオは器を持ち上げ、辛いスープまで全て啜り上げると、顔を上げてレインに向き直った。

「レインさん」

「ん？　何？」

「僕をレインさんのパーティーに入れてもらえませんか？」

言うが早いか、イデオはその場で深々と頭を下げる。

ウェンハイム皇国に刺激を与えるにしても、今のイデオでは小石を投げた程度の波紋すらも立たせることは出来ないだろう。それではただの犬死にだ。行動を起こす為にも、まずは自分自身が十分強くなる必要がある。

だが、強くなる為に鍛えるにしても我流では限界があるだろう。土台のしっかりした強さを得る為には、誰かの下で学びながら強くなるしかない。

本来であれば知り合ったばかりの彼女にそんなことを頼むべきではないのだろうが、この国で知己を得た人物はレイン以外に一人もいない。頼れる心当たりは彼女しかいないのだ。

無茶なことを言っているのは重々承知している。色々と重要なことをすっ飛ばしていることも勿論分かっている。彼女にとっては迷惑でしかないということも。しかしそれでも、イデオは彼女に頭を下げるしかない。己の目的を叶《かな》える為に、祖国に変革を促す為に。

「え……？」

いきなりのことで事態が飲み込めないのだろう、レインはただただ困惑した様子で目を白黒させながらイデオを見つめている。

「僕は貴族の出身ですから、剣の扱いは多少知っています。身体を霧に変えるギフトを持っているので滅多なことで死ぬこともありません」

「えぇ!?　いや、でも……」

イデオは必死に頭を下げるが、しかしそれはあくまでイデオの事情であって、彼女には何の関わりもないこと。いきなりそんな無茶なことを頼まれたところで、レインにそれを聞く義理などない。

「理由は言えませんが、僕は強くなりたいんです。荷物持ちでも雑用でも何でもやります。お願いします、僕をレインさんのパーティーで鍛えてください」

レイン以外に頼れる人物はいない。そもそも、この国にレイン以外の知り合いすらいない。今のイデオは必死だ。彼女に断られれば、後は本当に我流で鍛えるしか道はなくなってしまう。

そんな必死さが伝わったものか、レインも即答で断ったりはせず、悩んだ素振りを見せている。

「えぇ〜、いやぁ〜、困ったわねえ………」

そんなふうに悩むレインであったが、最終的にはイデオの必死さ、真剣さに折れて自分のパーティーにイデオを加入させることになる。

彼女のダンジョン探索者パーティー『白銀』は、レインがリーダーであり、レイン自身がメンバーを集めて結成したパーティーであった。

この後、イデオは『白銀』で五年ほど修行を積んだ。彼のパーティーでの役割は斥候である。どんな危険が潜んでいるかも分からないダンジョンに先頭を切って足を踏み入れ、状況を偵察して戻る役目。身体を霧に変化させて何処へでも潜り込めるイデオにとってはまさしく適役だと言えよう。経験を重ねたことで、偵察中に発見した魔物が単独であれば、霧の姿のまま接近し、存在を気取られることなく暗殺するような技術も身に付けられた。

イデオがダンジョン探索者を辞め、人知れずウェンハイム皇国に戻った直後、侵略戦争の急先鋒《きゅうせんぽう》であったソグム・ウェンハイム・ガリウス辺伯爵が何者かに暗殺されるという事件が起こる。厳重に施錠させ、誰も入れない自室に一人でいたというのに、彼はそれでも殺されたのだ。

辺境伯が絶命する瞬間の叫び声を聞いた執事が、扉を強引に破壊して室内に踏み込んだ頃には、自室の床に横たわり、血の海に沈む主人の姿しかなかったという。他に人の姿はなく、窓すらも開いておらず、室内には朝靄《あさもや》のような霧が立ち込めていたそうだ。

この日を境に、ウェンハイム皇国では侵略戦争に参加していた地方貴族、その中でも特に力を持つ各家の当主や騎士団の有力者などの暗殺が相次ぎ、現場ではしばしば立ち込める霧が目撃されるようになる。そして、その霧が立ち込める前兆のように、犯行現場の付近ではマスクで顔を隠した人物の目撃情報が報告されるようになった。

ウェンハイム皇国側は、このマスクの人物こそが暗殺犯だと見て捜査を始め、彼を『マスカレイド』と呼称するようになる。

たった一人で国を相手にする『凶刃』マスカレイド。

今から一〇年後、彼の刃《やいば》が皇王にまで届くことになり、その強烈な刺激が国全体に広がることになるのだが、それはまた別の話。

名代辻そば従業員リン・シャオリンとまかないの肉巻きおにぎり

早朝。

店のガラス戸を布巾で拭きながら、シャオリンは外の景色に見入っていた。

雪。一面の雪景色である。

旧王都の近辺では、毎年年末に近くなると、こうして一夜でドサッと大量の雪が降るのだという。

こうして雪が降るようになると、旧王城の兵士たちが大勢動員され、朝早く、まだ日も昇らぬ暗いうちから忙《せわ》しなく通りの除雪に取りかかる。

シャオリンは一年を通して温暖な気候で雪の降らないデンガード連合、三爪《さんそう》王国の出身だから、雪を見るのはこれが初めてだった。

ルテリアの言うところによると、雪というのは地上で蒸発した水が天に昇り、それが凍って地上に戻って来たものなのだという。

それが本当かどうか、シャオリンに調べる術《すべ》はないが、このようなものが天から降ってくるのはどれだけ見ても不思議なものである。

いつもの見慣れた街並みが、まるで白に塗り潰されたようなこの神秘的な光景。いつまでも見ていられそうな美しい光景ではあるが、しかしいつまでも見ていられるほど時間はない。もうそろそろルテリアとチャップが出勤して来て、店長が朝のまかないを出してくれる頃合いだ。それまでにガラス戸の拭き掃除を終えなければならない。

「よいしょ、よいしょ……」

そう呟《つぶや》きながら、手際良くガラス戸を拭いていくシャオリン。

働き始めた当初はガラス戸ひとつ拭くのにも時間がかかったものだが、この数ヶ月の労働で随分と慣れたものだ。ガラス拭きだけではない、もう皿も割らなくなったし、水や酒を零《こぼ》すこともほぼなくなった。客前で話す時も言葉が出なかったり噛《か》んだりしなくなったが、酔客の相手だけはまだ苦手である。以前、酔った客にゲロをぶっかけられたことがトラウマになっているのだ。

箱入り娘として王宮で大切に育てられたシャオリン。三爪王国を出るまでは労働をしたこともなく、最初は自分がまともに働けるのだろうかと不安だったのだが、為《な》せば成るものだ。自分で言うのも何だが、足手纏《あしでまと》いが半人前くらいの戦力にはなれたと思う。

初めて故郷を出て、初めて一人旅をして、初めて働き、そして今日、初めて雪を見た。ここ数ヶ月の出来事は、シャオリンにとって生まれて初めての経験ばかりである。

初めてといえば、やはりオニギリのことは避けては通れないだろう。

シャオリンが生まれて初めて、その美味に感動して涙を流した料理、オニギリ。ナダイツジソバとそこで働く優しい人たちとの出会い、そしてこのオニギリとの出会いは、シャオリンにとっての生涯の宝、他では得難いものだ。

彼らと出会っていなければ、そしてオニギリと出会っていなければ今頃はどうなっていたか。街の片隅で物乞いのような真似《まね》でもするか、野山で無人島に流れ着いた遭難者のような生活をしていたのではないかと思う。どちらにしろ末路はロクなものではなかった筈《はず》だ。シャオリンは毎夜寝る前、この奇跡的な出会いに感謝してから眠りについている。

初めて尽くしの数ヶ月を過ごしてきたシャオリン。今朝は初めて雪を見たが、今日の初めての出会いはこれだけでは終わらない。

何と、店長が今朝のまかないに、これまで出したことのない新たなオニギリを出してくれるのだという。

今現在、店長は厨房《ちゅうぼう》でその新たなオニギリを作ってくれている最中だ。

店内に濃厚に漂う、ショウユの焦げたような香ばしく甘い香り。食べるどころか、まだ目にしてすらもいないというのに、この匂いだけで断言出来る。このオニギリは確実に美味《おい》しい。それも、驚くほど美味しいものだろう、と。

一体、どんなオニギリが出て来るのだろう。王族の出としていささかはしたないかもしれないが、この匂いを嗅ぎ、妄想を巡らせるだけで口内に止《と》め処《ど》なく涎《よだれ》が溢《あふ》れてくる。

と、そんなことを考えながらガラス戸を拭いていると、通りの向こうから店の方に来る男女の姿が目に入った。出勤して来たルテリアとチャップだ。

彼らも合鍵は持っているが、シャオリンは先んじてガラス戸の鍵を開け、彼らを出迎える。

「おはよう、シャオリンちゃん。今日は冷えるわね」

「おはよう。夜の間に随分降ったみたいだけど、凍えなかったかい、シャオリンちゃん？」

身を切るような冷気を伴いながら、ルテリアとチャップが白い息を吐きつつ店内に入って来た。

店長曰《いわ》く、店内はダンボウという魔導具によって暖かさが保たれているらしいのだが、流石《さすが》にガラス戸が開くとシャオリンの肌にも冷気が当たる。

デンガード連合にいた頃には感じたこともないような寒さに身体《からだ》を震わせながら、シャオリンは急いでガラス戸の鍵を閉めた。

「二人とも、おはようございます。大丈夫、龍人族《りゅうじん》の身体はヒューマンよりも頑丈だから、少し冷えるくらいはへっちゃら。店長が暖まる魔導具も貸してくれたし」

改めて二人に向き直り、シャオリンも挨拶を返す。

確かに昨夜は冷えたが、店長が気を使ってくれて、デンキアンカという足を暖める魔導具を貸してくれたのでぬくぬくと眠ることが出来た。

デンガード連合では大陸の北方ほど魔導具が普及していないので、デンキアンカというものも初めて見たし使ったのだが、あれは実に良いものである。寒さに慣れていない南方人の冬の友だ。

「いやぁ、しかし今日もいい匂いするなあ」

コートを脱ぎながら、クンカクンカと鼻を鳴らして微笑を浮かべるチャップ。

将来は料理人志望なだけあって、やはり美味しそうな匂いには敏感なようだ。

「今朝のまかない、何だって？」

ルテリアもコートを脱ぎながらそう訊《き》いてくる。

チャップのように厨房に立つ訳ではないが、彼女もこの香ばしい匂いは気になるらしい。

「新しいオニギリだって言ってた」

シャオリンがそう答えると、二人は揃《そろ》って嬉《うれ》しそうに満面の笑みを浮かべた。

「おお、そっか！　新作かあ!!」

「やったやった！」

よほど嬉しいのだろう、チャップはガッツポーズを取り、ルテリアは小さく手を叩《たた》いている。

彼らの気持ちはシャオリンにも分かる。昨夜、明日の朝は新しいオニギリを出すよと、店長にそう言われた時から楽しみで楽しみで仕方がなかったくらいなのだから。

「「店長、おはようございます!!」」

笑顔を浮かべたまま、二人は厨房に入って作業中の店長に元気良く挨拶をする。

元気な挨拶は毎日のことだが、心なしか、オニギリ効果で今日はいつもより気合が入っているように思えた。何とも現金なものである。

「はい、おはよう！　もうすぐまかない出来るから、二人とも早く着替えておいで」

作業の手は止めず、店長は顔だけで振り返りそう答えた。

「「はい!!」」

言われた通り、二人は厨房を通って、早足で従業員控え室の方に入って行く。

まかないの前に作業を終えようと、シャオリンも作業に戻る。

オニギリ、オニギリ、オニギリ。

心の中でそう唱えながらガラスを拭いていくシャオリン。仕事を頑張った分だけこの後のオニギリが美味しくなる。そう思うと自然と作業の手にも力が入る。

テキパキと手際良くガラスを拭いていき、丁度作業を終えたところで、

「朝のまかない出来たよ！　シャオリンちゃん、手ぇ洗っておいで！」

と言いながら、店長が厨房から顔を出した。

ルテリアとチャップはもう着替え終えたようで、ちゃっかりと席に着いている。

「はい！」

ようやく待ち望んでいたオニギリが完成したのだから、こうしてはいられない。

シャオリンはすぐさま厨房に駆け込むと、急いで手を洗って席に着いた。

「はい、今日のまかない。肉巻きおにぎりと肉吸いだよ」

そう言いながら、店長が三人の前にオニギリの皿とスープの器を置いていく。

「わあ……ッ！」

眼前に置かれた美味《うま》そうな料理を見た途端、シャオリンは感嘆の声を洩《も》らした。

皿には三個のオニギリが載っているのだが、見るからに普通のオニギリではない。中のコメが見えないほど厳重に豚肉が巻き付けてあり、その上からショウユがベースになっていると思われる、ぽったりとしたタレが塗られているのだ。

豚肉にはところどころ焦げが見えるのだが、これがまた良い塩梅《あんばい》に香ばしい匂いをさせている。恐らくは肉を巻いたオニギリを、焼きオニギリと同じように網で焼きながらタレを塗ったのだろう。

香ばしく焼けた肉に、これまた香ばしく焼けたタレ。暴力的なほどに美味そうな匂いだ。

また、ニクスイと言って出されたスープにもたっぷりと肉が入っている。このスープはカケソバのスープに肉とネギを大量に入れて煮たもののようだが、これもやはり美味そうだ。同じ肉同士、きっとオニギリにも合うに違いない。

「うわあ、肉巻きおにぎり！　大学の友達と宮崎旅行に行った時に食べて以来！」

「うおぉ、オニギリに肉を巻いたんですか!?」

ルテリアとチャップも目を輝かせながら眼前の料理に見入っている。

「それに肉吸いってあれですよね？　確か大阪のうどん屋さんのやつ！」

笑顔を浮かべたままのルテリアが顔を向けると、店長も嬉しそうに頷《うなず》く。

「そうそう。本場の肉吸いは卵かけごはんと一緒に食べるらしいんだけど、せっかく良い肉があるからさ、肉巻きおにぎり共々作ってみたんだ。朝から肉ばっかりで申しわけないけど、何か作りたくなっちゃって。嫌なら普通のおにぎりも作るけど、食べられそう？」

店長は申し訳なさそうに苦笑しているが、ルテリアはすぐさま「そんな、とんでもない！」と首を横に振った。

「お肉はスタミナの素《もと》！　いつでも大歓迎です!!」

ルテリアが言うと、チャップも同意を示すように頷く。

「朝からがっつり肉が食えるなんて、むしろ贅沢《ぜいたく》ですよ！　ね、シャオリンちゃん？」

そう振られて、シャオリンも勿論《もちろん》だと頷いた。

「美味しいお肉もオニギリも大好き」

身体が丈夫な魔族は、当然胃袋も頑丈に出来ている。朝からたらふく肉を食ったところで重たいとも感じないし、胃もたれすることもない。肉だろうが魚だろうがいつ何時でも美味しく平らげるのみ。むしろ軽めの朝食だとすぐ空腹になってしまうくらいだ。

「そっかそっか。なら大丈夫だね。良かった良かった。そんじゃ、食べよっか」

店長も嬉しそうに笑いながら席に着く。

これでようやく朝食にありつける。

最初の頃、店長は自分のことは気にせず先に食べていていいと言っていたのだが、心情的にそういう訳にもいかない。四人揃っての食事は、今や習慣、当たり前になってしまった。自分だけ先に食べたのでは極めて収まりが悪い。四人揃って食べるからこそ美味いのだ。

「「「「いただきまーす!!」」」」

四人揃っていつもの言葉を唱える。この言葉は、店長の故国における食材に対する感謝の言葉だそうだ。ちなみにだがルテリアも短期間だけ店長の故国で暮らしていたことがあるらしい。

この言葉が宗教的なものなのか、それとも民族的なものなのか、それはシャオリンには分からないことだが、料理や食材、作ってくれた人たちに感謝するというのは何となく良いことだというのは分かるし、何よりこの言葉は嫌いではない。

たっぷりとタレが塗られた、肉を纏ったオニギリ。これは手摑《てづか》みでいくと掌《てのひら》がベタベタになってしまう。オニギリは手摑みで食べる方が好きだが、ここはハシでいくべきだろう。

そう思って他の席を見てみると、三人ともやはりハシを使っている。シャオリンも卓上の筒からワリバシを取ると、それをパキリと割って早速肉巻きオニギリに取りかかった。

食べやすさを考えてのことだろう、普通のオニギリよりはひと回り小さいが、それでも肉とタレによってずっしりと重いオニギリ。シャオリンはその確かな重さをハシの先で感じながら、オニギリを口元に運び、ガブリと豪快にかぶりついた。

その瞬間である。

ぽったりとした甘じょっぱい濃厚なタレの強烈な美味さが口一杯に広がり、咀嚼《そしゃく》すると脂の乗ったバラ肉のジューシーな旨味とコメの優しい甘味《あまみ》が追いかけてくる。

タレのベースはやはりショウユだが、それだけではない。この甘さは、どうやら砂糖が加えられているようだ。しょっぱいショウユに甘い砂糖の組み合わせ。本来なら味の方向性は正反対の筈なのに、この甘じょっぱさは何とも絶妙、喧嘩《けんか》するどころか調和してひとつの美味と化している。豚肉やコメとの親和性も抜群だ。

「あ〜、美味しい！」

「んん！　濃いタレが絶妙だ!!」

ルテリアとチャップもそれぞれ肉巻きオニギリの美味しさに感動の声を上げている。

「実は初めて作ったんだけど、美味しいなら良かったよ」

ニクスイを啜《すす》りながら、シャオリンたちが美味そうに食べる姿に微笑《ほほえ》む店長。

この完成度、この美味しさで作るのが初めてとは恐れ入った。流石は店長。他の料理人では、初めてでこうも上手《うま》くはいくまい。

シャオリンは夢中でオニギリをひとつ食べ切ると、次はニクスイに手を伸ばした。

器に直接口を付け、ずずず、とスープを啜りながらハシで肉も口に入れる。

煮込んだことで肉の旨味が濃厚に溶け出したスープ。いつもの優しい味わいとはひと味違い、そこに野趣溢れる力強さが加わっている。

いつものソバのスープも美味いが、このニクスイのスープもまた美味い。これは立派におかずを兼ねる、言わば食べるスープだ。

「あ、そうだ……」

ここでシャオリンはハッと思い付く。このニクスイ、シチミをかけても美味いのではないかと。

デンガード連合では香辛料が沢山使われた料理をよく食べていた。シャオリンはまだ子供ではあるが、デンガード連合出身なだけあって辛さには滅法強い。

卓上に置いてあるシチミの小瓶を手に取り、パパッと三振りほどニクスイにかけてから軽く混ぜ、もう一度スープを啜る。

「ッ！」

思った通りだ。やはり抜群に合う。いつもとはひと味違うと思っていたスープが、更にもうひと味の変化を見せてくれた。

オニギリを食べ、スープを啜り、またオニギリを食べる。

今日はどれを食べても肉、肉、肉だ。朝から何と美味で豪勢な、そして幸せな食事なのか。

肉巻きオニギリにニクスイ。どちらも初めて食べるものだというのに、まるで昔から食べていたかのように口に合う。どうしてこんなにも安心する味なのだろうか。

シャオリンはこの店で最も年上だが、しかし最も人生経験が浅い。

このナダイツジソバで働かせてもらえるようになってから経験することは初めてのものばかりだが、未《いま》だその初めては尽きない。日々、初めての何かに遭遇する。

初めてに遭遇するのは良いことばかりではない。初めて人にゲロをぶっかけられた時などは泣くほど辛《つら》かった。というか実際に大泣きした。それも人目を憚《はばか》ることもなく。

だが、それでも、この初めてばかりの生活はシャオリンにとって何より楽しいものだ。日々働いて、腹を減らして飯を食う。そこに明確な生の実感があるのだ。

もうすぐ年末が訪れる。そして年末が過ぎれば新年が訪れる。

王宮以外の場所で、家族以外の人たちと年末年始を迎えるのもまた初めてのこと。このナダイツジソバに、店長たちに出会えなければ、今頃は森か山でたった一人、冬の寒さに震えて泣きながら年末年始など考える余裕もなく無為に時を過ごしていたことだろう。

シャオリンは得難い出会いを得た。そして得難い幸運を得た。この縁は何より大切にしなければならない人生の宝だということは、人生経験の浅いシャオリンにもはっきりと分かる。

こんな出会いがあるのなら、初めて尽くしの生活も悪くはない。たまにゲロをぶっかけられても、風呂に入って服を洗濯すれば翌日には綺麗《きれい》さっぱりだ。

来年はどんな初めてのことに巡り合えるのだろうか。

そのことを考えると今から年明けが楽しみで仕方がない。

「……美味しい！」

三個目のオニギリを口にしながら、シャオリンは満面の笑みを浮かべた。

大晦日《おおみそか》の年越しそば

一二月三一日、午後九時。

「ありがとうございました！　また来年もお越しください！」

そう言って本日最後のお客を送り出すと、雪人《ゆきと》は自動ドアの鍵を閉めて営業を終了した。

この後、本来であれば店内の掃除をしてから厨房《ちゅうぼう》の火を落とし、ルテリアとチャップを帰して自分とシャオリンも二階に引っ込むのだが、今日は二人にも店に残ってもらうことになっている。皆で一緒に年越しそばを食べる為《ため》だ。

ルテリアによると、このアーレスという世界では殊更に年末年始を祝ったりすることはないそうなのだが、日本人である雪人としてはやはりそういう昔からの国民的行事は大切にしたい。ここが日本、いやさ地球ですらなくとも、一二月三一日に年越しそばを食べるという行為は日本人としての魂に染み付いた根源的な行いなのだから。

初代家《はつしろ》の年越しそばは必ず具なしのかけそばと決まっているのだが、その分おかずは豪華で品数も豊富に用意する。ちなみにだが、これは父親ではなく母親の家のルールだったそうだ。

今日のおかずはコロッケと、肉辻《つじ》そば用の豚肉とカレーライス用の野菜、それにほうれん草をたっぷり使った肉野菜炒《いた》め、温泉玉子用の卵を使って朝から仕込んだ和風煮玉子だ。また、おかずだけではなく、ごはんが好きなシャオリンの為に、冷しきつねそば用の油揚げを使ったいなり寿司《ずし》も用意している。それに今日だけはビールも飲み放題だ。

これだけ揃《そろ》えば、ちょっとした宴会になるだろう。アーレスにはそういう風習がないということで今年は忘年会もやっていなかったのだが、今回は丁度良い機会だと言えよう。

ちなみに正月三が日は雪人の英断で休みとした。今年は一日も休まなかったのだから、三日くらいは休んでもいいだろう、と。だから今日はどれだけ深酒しても大丈夫だ。辻そばの料理を楽しみにしてくれている街の人たちには申し訳ないが、流石《さすが》に正月くらいは大目に見てもらいたい。

「じゃあ、俺はそろそろ料理の準備してくるから、みんな悪いけど掃除の続きよろしくね」

「「はい!!」」

ルテリアたちに断りを入れ、雪人は一人で厨房に入り、料理を作っていく。コロッケ、肉野菜炒め、いなり寿司、それにかけそば。煮玉子については、朝からそばつゆ用のかえしに漬けておいたのを取り出すだけで済む。

手際良くパパッと料理を作り、ルテリアにも手伝ってもらって厨房からホールにそれらを運ぶ。チャップとシャオリンはもう席に着いて今か今かと料理を待っている状態だ。

「お待たせ!　これ、年越しそばと……料理ね!」

目の前にずらりと並ぶ豪華な料理の数々に、チャップもシャオリンも興奮した様子でキラキラと目を輝かせた。

「うおお！　こりゃ凄《すご》い御馳走《ごちそう》だ!!」

「変わったオニギリ……ッ！」

「シャオリンちゃん、それね、おにぎりじゃなくていなり寿司って言うのよ？」

「イナリズシ……」

御馳走にしては少々頼りないラインナップかとも思ったのだが、どうやら皆喜んでくれているようだ。彼らが喜んでくれるのなら作った雪人としても嬉《うれ》しい限り。

「さ、そんじゃ食べよっか！」

雪人がそう促すと、三人もニコニコと頷《うなず》いた。

「「「いただきまーす!!」」」

皆、箸と小皿を手に思い思いの料理に手を伸ばす。

ルテリアは煮玉子に。

チャップは肉野菜炒めに。

シャオリンはいなり寿司に。

そして雪人はかけそばに。

見事に最初の選択がバラけたが、そこにそれぞれの性格が出ているのが面白い。

「これ美味《おい》しいです、店長！　とっても味が染みてる!!」

「美味《うま》いなあ、ちゃんと火が通っているのに野菜がシャキシャキだ！　肉も美味い!!」

「イナリズシ、コメなのにジューシー」

本当に美味いのだろう、三人は笑顔を浮かべながら夢中で料理をがっついている。

「良かった良かった。美味しいみたいだ……」

誰に聞かせるのでもない、小さな声でそう呟《つぶや》きながら、雪人はずるずるとそばを啜《すす》る。

手前味噌《みそ》ではあるが、やはり辻そばのそばは美味い。

辻そばにおける基本中の基本、かけそば。全てはここから始まったのだ。

日本でトラックに轢《ひ》かれて死に、神の手によって異世界に転生した雪人。その神からいただいた能力でどうにかこうにか今日までやってこれたが、アルベイル大公と出会ったあの日、このかけそばがなければ今頃はどうなっていたか。

様々な人たちと縁が結び付き今日に至るが、この異世界における最初の縁を結んでくれたのは間違いなく辻そばのかけそばであり、その最初の縁から次々に様々な縁へと結び付いていったのだ。

今年の正月には、まさか死んでファンタジーの異世界に転生するなどとは夢にも思っていなかった。人の縁とはつくづく不思議なものである。こんな、地球ですらない異世界でも縁を紡いでいけるのだから感慨もひとしおだ。中には奇縁と呼ぶべきものもあるが、それも含めて縁である。

騎士や兵士が大勢店を出入りしていることに加え、悪人を弾《はじ》く能力の特性もあってか、今のところ明確な悪縁はない。この良き縁には感謝しなければならないだろう。

今年は本当に色々あったが、とても充実した一年だった。何せ、かねてからの目標であった辻そばの店長になれたのだから。その場所が日本ではない異世界であっても、全く文化の違う異邦の地であっても、そばを食べてくれるお客様方の笑顔は変わらない。美味いものに国境はなく、世界の隔たりも関係なく、人種すらも関係ない。そのことをつくづく思い知らされた一年であった。

何せ、異世界のお客は普通の人間ばかりではない、地球では創作上の存在でしかなかったエルフやドワーフといった人たちが毎日食べに来るのだ。しかも彼らは飽くことなく美味い美味いと大量の料理と酒をたいらげる。彼らにしてみればただ美味いものを食いに来ているだけに過ぎないのだろうが、それが異世界で飲食店をやっていく上でどれだけ雪人の自信に繋《つな》がったことか。異世界でも辻そばのそばは通用すると、そう思わせてくれたのは他ならぬ彼らのおかげだと言えよう。

「イナリズシ、カケソバにも合う……」

いなり寿司とかけそばを交互に食べながら満足そうに頷くシャオリンを見つめながら、雪人もまた満足そうに頷く。魔族である彼女が美味いと言ってくれるものは、獣の姿をした人たちのような、異世界にしか存在しない人種のお客にも通用するという自信をくれる。

「お！　本当だ、イナリズシ、合う！　美味い!!」

そう言っていなり寿司をそばつゆで流し込むチャップ。実家が食堂で実務経験があり、かつ料理人志望で確かな舌を持つ彼が美味いと言ってくれるものは、貴族を筆頭に異世界の美食家たちとも渡り合えるという、シャオリンのそれとはまた違う自信をくれる。

「やっぱり店長のかけそばが一番美味しいですね！」

かけそばを啜りながら笑顔を浮かべるルテリア。同じ地球出身、しかも実は身内だった彼女の存在が、どれだけ雪人の心の支えになっているか。この右も左も分からない異世界で折れずにやっていけるのも、ルテリアの存在があったればこそ。こんなに心強い味方は他にいないだろう。

願わくば来年も誰一人欠けることなく彼らと、そしてもっと多くの仲間たちと、今日と同じようにこの名代《なだい》辻そば異世界店で働きたいものだ。

来年はどんな一年になるのか。出来ることなら飛躍の年にしたいものである。まだ追加されていないメニューが沢山あるし、同じ街にいながら辻そばに来たことのないお客も大勢いることだろう。来年はそういう人たちにも辻そばのそばを食べてもらいたい。以前にも触れたが、新しい従業員も確保して休日を設けなければならない。出来ることならチャップのように厨房に入って調理の手伝いが可能な人材が良いのだが、はたしてどうなるものか。

より良き未来への展望が尽きることはなく、燃えるような野望も尽きず。

何にしろ、名代辻そば異世界店はまだ始まったばかり。まだまだ上を向いて頑張らねばならない。

数時間後に迫った来年のことを思いながら、雪人はコロッケを齧《かじ》りつつビールを呷《あお》った。

正月のお雑煮

一月一日、午前一〇時。

「んん？　んうぅ、頭いてぇ…………」

普段であればもうとっくに店を開けている時間。

いつもよりずっと遅く目覚めた雪人《ゆきと》は、ガンガンと痛む頭に手を当てて、こめかみのところをグニグニと揉《も》みながら、万年床から上半身を起こした。

昨夜は大晦日《おおみそか》だったこともあり、随分と飲み過ぎてしまった。これは完全な二日酔いだ。

暖房は効かせている筈《はず》なのだが、真冬なだけあってやはり部屋の空気はキンと冷えている。

気力を振り絞り、雪人はどうにか布団から出ると、そのまま寝室を出て居間に向かう。

「ううう、ぬううぅ……」

「頭痛いいいいぃいいぃぃ……」

居間の炬燵《こたつ》で横になりながら、雪人と同じように、二日酔いで苦しそうに呻《うめ》いているルテリアとチャップ。彼らも昨夜は随分とハメを外し、そのまま雪人の部屋に泊まっていったのだが、やはり深酒が祟《たた》って死屍《しし》累々といった様相を呈している。

四人の中で唯一酒を飲まなかったシャオリンだけが早々に起きて、最近になって操作方法を覚えたテレビとブルーレイレコーダーを使い、アニメを見ていた。ちなみにシャオリンが見ているのは、雪人が趣味で買った、某とんち小坊主が活躍するアニメのＤＶＤボックスである。

「おはよう、シャオリンちゃん……」

雪人がそう声をかけると、シャオリンは振り向いて頭を下げた。

「おはようございます、店長。あけましておめでとう」

シャオリンにそう返され、そういえば今日は元日だったな、と思い出す雪人。

「あー、そうだった……。あけましておめでとう。今年もよろしくね」

「ん、よろしく……」

短い挨拶を終えると、炬燵でくたばっている二人をまたいでキッチンに向かう。そして冷蔵庫を開け放つと、雪人は中から『ウコンのパワー』というドリンク剤を取り出す。無論、これは異世界のものではなく、日本で雪人が購入し、冷蔵庫に入れておいたものだ。神は厚意によって雪人が日本で住んでいた部屋を異世界でも再現してくれたのだが、家具や家電だけではなく、冷蔵庫に入れてあったり、部屋に置いてあった食料品までもそのままこの異世界に再現してくれたのだ。しかも店舗で使う食材のように、部屋にある食料品も飲み食いしたところで翌日には元通り補充されるといった厚遇ぶりである。神様仏様とはよく言ったものだ。

カシュリ、と音を立てながらフタを開け、エスニックな色をしたその液体を一気に飲み干す。決して美味《うま》くはない、むしろ美味《おい》しくない、良薬は口に苦しを地で行くウコンのパワーを胃に収めると、幾分頭がシャッキリしてきた。

空き瓶を捨てて、もう二本ほどウコンのパワーを冷蔵庫から取り出すと、雪人は居間に引き返して、青い顔で呻いている二人に声をかける。

「ほら、二人とも、もう起きて。これ飲んでシャッキリしな」

言いながら、炬燵の天板にウコンのパワーを置く雪人。

ルテリアとチャップはゾンビのような動作でそろそろと上半身を起こすと、それぞれウコンのパワーを手に取って飲み干した。

「くあぁ〜、沁《し》みる味いいいぃ〜……ッ！」

「ぬああぁ〜、何すか、このポーション!?」

ルテリアもチャップも、客前に出せないような渋い顔をして、空になった瓶を見つめている。

「二日酔いに効くやつだよ。どう、頭シャッキリしたかい、二人とも？」

雪人が苦笑しながら訊《き》くと、二人とも渋い顔のまま頷《うなず》いた。

「あううぅ〜、大学時代、初めてお酒飲んだ時を思い出しました……」

「店長、これ絶対に魔女の秘薬とかでしょ!?　黒焦げになるまで焼いたヤモリの粉とか、苦〜い薬草とか入ってるやつ！　ねえ、そうなんでしょ!?」

「そんな怪しいもんじゃないって。普通に店売りしてるやつだよ」

「うっそだぁ～ッ!?」

三人がそんなふうに戯れていると、ふと、
ぐうううぅ～～～～～……。

と、そう大きな音が鳴る。

三人とも押し黙り、音の発生源であるシャオリンに顔を向けた。

でかい腹の虫が鳴いたことが恥ずかしかったのだろう、彼女は赤面して顔を俯《うつむ》けている。

そういえば、四人とも朝食はまだだ。遅く起きた雪人たち三人はまだしも、一人早起きしていたシャオリンはこれまで空腹を我慢していたのだろう。

雪人は再度苦笑してしまった。

「ごめんごめん、シャオリンちゃん。朝ごはん、待たせちゃったみたいだね」

「…………」

よほど恥ずかしかったのか、赤い顔のまま無言で頷くシャオリン。

「今から朝食の準備するから、三人とも、もうちょっと待ってて」

雪人が言うと、チャップも慌てて立ち上がろうとする。

「お手伝いします」

そう言うチャップを片手で制する雪人。

「いや、いいよ。ルテリアさんとシャオリンちゃんと一緒に待ってて」

「そうですか？　じゃあ、お言葉に甘えて……」

申し訳なさそうにペコリと頭を下げて再び座るチャップ。そんな彼に微笑を向けてから、雪人はキッチンに向かう。そして冷蔵庫の中からいくつか食材を調達する。こんにゃく、生椎茸、それに個包装された切り餅。切り餅は去年の正月に買って、一人では食べ切れずに残っていたものだが、幸いにも賞味期限はまだ切れていない。

それら三種の食材を持って店舗の方に降りて行き、店の厨房《ちゅうぼう》で料理を始める。

作るのは勿論《もちろん》正月の定番、お雑煮だ。

臭みが出ぬようこんにゃくを乾煎《からい》りしてから、そばつゆで具材を煮込んでいく。こんにゃく、生椎茸に加え、カレーライス用の人参《にんじん》、玉ねぎ、ジャガイモ、肉汁《つじ》そば用の豚バラ肉。本家本元の初代《しろ》家流お雑煮は、芋は里芋だし肉も鶏肉《とりにく》なのだが、それらは残念ながら部屋の冷蔵庫にもないので店舗の食材で代用した次第。

餅はレンチンで横着せず、網でこんがりと焼く。餅の焦げた部分がつゆを吸ってふやけると、また独特の味わいがして面白いのだ。餅の素材は言わずもがな餅米。とかく米が好きなシャオリンはきっとこの餅にも喜ぶことだろう。

餅は丁度八個残っているので、一人頭二個。手際良くチャチャチャッと四人前のお雑煮を作ると、零《こぼ》さぬように気を付けながら、雪人は盆にお雑煮を載せて二階に上がった。

「お待たせ。今日の朝はお雑煮だよ」

雪人が言うと、チャップとシャオリンは一体何だろうと首を傾《かし》げ、ルテリア一人だけが満面の笑みを浮かべて顔を輝かせる。

「お雑煮!?　お雑煮が食べられるんですか!?」

「うん。おあつらえ向きに去年の餅が残ってたからね」

言いながら、雪人は炬燵で待機する三人の前にお雑煮の器と割り箸を置いていく。

美味そうな香気を含んだ湯気が立ち昇り、三人の顔にふわふわと当たる。

その芳《かぐわ》しい匂いが鼻腔《びこう》に満ちた途端、三人の口内にジュワリと唾液が溢《あふ》れ出《だ》した。

「凄《すご》い凄い！　まさかここでお雑煮が食べられるなんて思いませんでした!!」

お雑煮が食べられることが本当に嬉《うれ》しいのだろう、ルテリアは手まで叩《たた》いて喜んでいる。

そばなら下で食べられるが、餅はそういう訳にはいかない。そば同様、この世界に米が存在しないので餅もまたここでしか食べられない貴重品。雪人よりも先に転生していたルテリアにとっては数年ぶりの餅、そしてお雑煮であろう。感慨もひとしおの筈だ。

雪人は部屋の冷蔵庫に入っている食材は基本的にまかないでは出さないので、お雑煮も店が休みの正月にしか食べることが出来ない。

「確かに美味しそうですけど、このオゾウ煮ってやつ、そんなに凄いんですか？」

お雑煮の凄さを知らないチャップがそう言って顔を向けると、ルテリアは勿論だと頷いた。

「当たり前じゃない！　だってお餅だよ!?　間違いなく美味しいじゃない!!」

「オモチ、ですか……？」

不思議そうに首を傾げるチャップ。見れば、シャオリンも同じように首を傾げている。

お餅と言ったところで、初見のチャップたちに分かる訳もない。

「まあ、食べれば分かるよ」

雪人が苦笑しながら言うと、チャップも「それもそうですね」と頷いた。

「じゃ、食べよっか。いただきまーす」

「「いただきまーす!!」」

最早《もはや》恒例となっている、いただきますの大音声《だいおんじょう》。

四人揃《そろ》ってパキリと割り箸を割ってから、それぞれお雑煮に箸を入れていく。

そしてどういう偶然かは分からないが、四人共、最初に摑《つか》んだのは奇《く》しくも餅であった。

地球出身の雪人とルテリアにとってはお馴染《なじ》みの、異世界人のチャップとシャオリンにとっては生まれて初めて相対する謎の食材、餅。

四人はほぼ同じタイミングで、ガブリと餅に齧《かじ》り付《つ》いた。

赤子の肌のように柔らかい食感で、まるで火を通したチーズのようにグニ〜ンと伸びる餅。

「うわ、うわ!?」

「伸びた……?」

餅の想像以上の柔らかさに面食らった様子で目を白黒させているチャップとシャオリン。

それとは対照的に、雪人とルテリアは久々に口にする餅の美味さに顔を綻ばせている。

「んん〜、美味《おい》し〜い!」

「うん。やっぱり餅はいいな。正月って感じだ」

正直に言うと、雪人は正月にしか餅を食べないのだが、それでもやはり新年一発目の餅というのは良いものだ。これぞ正月という実感が湧いてくる。

ぎゅっと凝縮された濃厚な米の風味に、力強さを感じるもちもちとした確かな食感。ずっしりとした重厚な食べ応え。

つゆを吸ってふやけた焦げ目がお麩《ふ》のような食感になっているのも面白い。

雪人が久々に食べる餅の味わいを堪能していると、チャップが驚き覚めやらぬ様子で、ずい、と顔を寄せてきた。

「店長！　この白いやつ、何なんですか!?」

「コメっぽい味、気になる……」

チャップに加えて、シャオリンも興味津々な様子で雪人に詰め寄る。

雪人は苦笑しながら答えた。

「これが餅だよ。餅米という種類の米を加工したものだよ」

「え!?　こ、これがコメなんですか!?」

「コメ、凄い……！」

またも驚いている二人に、雪人はうんうんと頷いて見せる。

「そう、米って凄いんだよ」

「私も初めて食べた時は驚いたけど、二人もやっぱり驚いたわね」

ルテリアは確かに二人よりも餅に馴染みがあるが、それでもフランスから日本に留学して来た身だ、最初から餅が身近にあった訳ではない。きっと日本に来てから初めて食べて驚いたのだろう。

兄夫婦がその光景を微笑《ほほえ》ましく見守っていただろうことは想像に難くない。

「そりゃ驚きますよ！　だって、普通のコメと全然違うんですもん!!　コメをどう加工したらこんな不思議なものが出来るってんですか!?」

「蒸した餅米を臼に入れて、ペッタンペッタンと杵《きね》……あー、専用のハンマーで叩いて潰して一塊にするのよ。合ってますよね、店長？」

「うん、それで正解。まあ、今は餅が作れる機械とかもあるけどね」

「叩いて潰す!?　す、凄い調理方法ですね……」

「コメは凄い。作り方も凄い……」

先ほどまで猛威を振るっていた二日酔いの苦しみも何処《どこ》へやら、四人は会話に華を咲かせながら賑《にぎ》やかに食事を進めていく。

お雑煮を食べながら、雪人は思う。こんなに賑やかな正月は何年ぶりだろうか。恐らくは大学卒業以来、初めてのことだろう。漫画家時代は正月のことを意識すらしなかった。

一人で静かに、静謐《せいひつ》な時間を感じながら美味いものを食べるのも良いが、正月料理の醍醐味《だいごみ》はやはり大勢でわいわいやりながら食べるところにある。四人一緒にお雑煮を突《つつ》いていると、しみじみそのことが実感出来た。

出来ることなら、今年もこの仲間たちと一緒に、笑いながらまかないを食べて働きたいものだ。ここに更なる仲間が加われば、きっと、もっと働くことが楽しくなるだろう。チャップがもっと育てば、いよいよ各人にローテーションで休日を設けることも不可能ではない。

今はまだ実現出来ていないが、しかし夢というほど遠くもない目標だ。きっと、今年のうちには達成出来ることだろう。

とにもかくにも、今年はそう悪くない始まりを迎えた。これも雪人を転生させてくれた神のおかげである。

あとで御神酒《おみき》代わりにビールでもお供えしとくかと思いながら、雪人はお雑煮の汁を啜《すす》って二個目の餅に取りかかった。

外伝　二〇年後のチャップ

一〇年前、チャップが丁度ナダイツジソバから独立したのとほぼ同じ時期に、ウェンハイム皇国という国家が地図上から消え、同じ場所で新たにウェンハイム共和国という国家が興った。

かつて大陸を統一した国家、神聖ウェンハイム国。その神聖ウェンハイム国は異次元から現れた異端のストレンジャー、炎の巨人スルトによってズタズタに引き裂かれ、終焉《しゅうえん》を迎えた。神聖ウェンハイムを構成していた各属州は盟主を失ったことで独立を宣言、結果として五〇を超える国々に分裂したのだが、これに異を唱えていたのがウェンハイム皇国だ。

真偽の程は定かではないが、初代皇王ガダマー・ウェンハイムは、自らが神聖ウェンハイム国王の血を継ぐ唯一の正統後継者だと名乗り、我こそが大陸の新たなる盟主であると声高らかに宣言、以降他国に対する侵略行為を繰り返した。

このガダマー・ウェンハイムという男、実は出自が定かではなく、巨人が好き放題に暴れた後のどさくさに紛れて神聖ウェンハイムの後継者を名乗っていただけで、本当は運良く生き残っただけの、ただの地方のいち下位貴族でしかなかったと言われている。そんな男の下にそれでも人が集まり、あまつさえ国家が興ったのは、もしかすると、人々がかつての良き時代、長い間大きな争いもなく平和を享受していた神聖ウェンハイム国が戻ってくることを期待したからかもしれない。

実際はそれとは真逆、腐った貴族と腐った政治が横行する侵略国家となり果てたのだが、その侵略国家は前述の通り一〇年前になくなってしまった。

当代の皇王ペレス・ウェンハイムを含め、皇族が根こそぎ死亡し、それに加えて宰相や将軍など国の要職に就く者たちまでもが僅か一夜にして死亡したことが最大の要因だ。国中の大貴族が集まる宮廷晩餐会《ばんさんかい》の夜のことである。

この好機に、カテドラル王国とアードヘット帝国、そしてデンガード連合の三大勢力が即断で手を組み、瞬く間にウェンハイム皇国を制圧、残っていた木っ端貴族たちを排し、新たにウェンハイム共和国として仕立て上げたという次第だ。

一夜にして国の要職にあった者たちが死亡した謎の事件の裏には『凶刃』マスカレイドの存在があったとされているのだが、今や真相は闇の中。何せ当事者は全員洩《も》れなく死んでしまった。

ウェンハイムが皇国の支配から解き放たれたことで、彼の地は新たな時代を迎えたという訳だ。

それに伴い、これまでは制限されていた人の出入りも緩和され、チャップのような一般人でも容易に入国出来るようになったのである。

チャップはウェンハイム共和国の首都ガダマニアに到着すると、早速『アイテムボックス』のギフトから愛用の屋台を取り出し、それを引いて大路を歩き始めた。

このガダマニアは皇国時代の皇都を共和国になってもそのまま継続して首都として利用している街なのだが、その様相は他国の首都と比べて随分と寂れているように見える。

だが、それもその筈《はず》で、ガダマニアは一〇年前、戦場になったからだ。

ウェンハイム皇国がカテドラル王国、アードヘット帝国、デンガード連合の大連合軍に攻められた時、意外や意外、地方貴族たちはほとんど争うこともなくあっさりと降伏を受け入れ、逆に首都にいた法衣《ほうえ》貴族たちが皇城に籠城《ろうじょう》して徹底抗戦に入った。

他国の王侯貴族から公然と愚か者呼ばわりされていたウェンハイム皇族。

その皇族のイエスマンでしかなかった皇都の法衣貴族たちは、しかし皇族たちほど馬鹿ではなく、投降したところで自分たちの立場が保証されることなどないと理解していたのだ。

他国への侵略は地方貴族たちに放り投げ、自分たちは皇都から動かず贅沢三昧《ぜいたくざんまい》。地方貴族に侵略を命じている癖に彼らを下賤だと蔑み、碌《ろく》な戦力も持っておらず。

また、首都を護《まも》っていた皇国軍本隊もエリート意識が強いばかりで実戦経験もほとんどない素人《しろうと》集団のようなもので、大連合がこれを攻略するのに一週間とかからなかった。

確かに皇都決戦は一週間足らずで済んだが、それでも街や城に何の影響も出なかった訳でもなく、皇都全体の一割強、二割弱は建物が崩壊したり焼失するなど何かしらの形で被害を被っている。

皇国が共和国となったことで腐った貴族が排され、政治の形は正されたが、それでも敗戦から僅か一〇年しか経《た》っていない貧乏国家であることに変わりはない。当時の戦争で破壊された場所はほぼそのまま残されており、また、人口の流出も著しく、今は全盛期の半分も首都に住民がいないような状態だ。つまるところ、街全体から大きく活気が失われている。

確かにウェンハイム皇国の皇族や貴族は為政者の風上にも置けぬ馬鹿ばかりだったが、平民はその限りではない。彼らはただ日々を必死に生きていただけ。中には貴族に取り入って美味《うま》い汁を啜《すす》る平民もいるにはいたが、彼らの多くは敗戦後に居場所を失いウェンハイムの地を去った。また、戦争に負けて連行され、奴隷にされていた他国の民の多くは故国に帰った。残されたのは、ただただ被害を被った無辜《むこ》の民ばかりだ。

ナダイツジソバから独立し、屋台を引きながら世界各地を渡り歩いたこの一〇年間、チャップは旅の暮らしの中で、幾度となくウェンハイムの惨状を耳にしてきた。

日々の暮らしは一向に良くならず、常に困窮したギリギリの生活を送る人たち。国の立て直しにはまだまだ時間がかかるとされ、首都の暮らしと地方の暮らしに逆転現象が起きるような始末。

明るい明日など全く見えず、それでも日々を懸命に生きる人たち。彼らの腹を自分の料理で満たしたい。そう思ったチャップは、ウェンハイム共和国に向かったという次第だ。

身軽で気軽、そしてギフトのおかげで足取りも軽い一人旅。思い立ったが吉日とばかりに好きな時に好きな場所へ赴く流浪の日々。しかしながら流浪の生活の中、ナダイツジソバで培った技術と経験を活《い》かして振る舞う麵料理は絶品で、チャップの名は大陸中に轟《とどろ》くまでに至った。今や麵料理の大家、伝説の放浪料理人とまで呼ばれている。

無論、チャップが自身でそう名乗った訳ではないし、そんなふうに驕《おご》ったことを考えたこともない。チャップの麵料理を食べた人たちがその卓越した技術を、その謙虚な人柄を、何より絶品極まる料理の数々を口々に褒め讃《たた》えた結果、そうなったのだ。

屋台を引きながら、街の様子をつぶさに観察し、人々の囁《ささや》きに耳を立てるチャップ。

「母ちゃん、腹減ったよぅ……」

「我慢おし。昨日の夜に食べたばっかりだろ？」

「朝も昼も食べてないよ、母ちゃん……」

「夜まで我慢おし。一日一食でも、私らみたいな平民が毎日食べられるだけありがたいんだからね」

「そんなこと言われたって……。ううぅ………」

道行く母子がそんな会話をしているのが耳に入る。酷《ひど》いものだ。

首都に入る前、地方都市の酒場でたまたま首都から逃れて来たという人の話を聞いたのだが、それによると首都では物資不足から物価が高騰しているらしく、普通のパン一個で一〇〇〇コルもするのだという。貴族でもない平民の暮らしでパン一個一〇〇〇コルも払っていては当然三食を満足に口に出来る訳もなく、自然と食事の回数は減り、食卓も貧困になるというもの。

かつての皇族や貴族がやらかしたツケを、こうして今現在平民が払わされているのだから、彼らにしてみればたまったものではないだろう。

食事とは本来、腹を満たすだけでなく、心も温かく満たすもの、癒やしや安らぎに相当するものだというのに、こんな状態では癒やしだ安らぎだは二の次三の次、今日を生きるだけで精一杯だ。

街は寂れ、人々は顔を俯《うつむ》け、その表情は暗く笑顔もない。

だが、チャップは思うのだ。この人たちの腹を満たしたい、温かく美味《おい》しい食事を提供したい、ほんのひと時でも癒やし、安らぎを感じてもらいたい、彼らの笑顔が見てみたい、と。

大通りのいっとう広い場所に出たチャップは、引いていた屋台をその場に固定すると、早速調理道具一式と机や椅子を取り出して営業を始めた。

「さあ、いらっしゃい、いらっしゃい！　麺料理の屋台だよ！　今日の麺料理はウドンだ！　一杯三六〇コルだよ！　さあ、いらっしゃい！」

威勢の良いチャップの声が広場に響き渡り、俯きながら歩いていた人たちが何事かとその顔を上げ、足を止めてチャップの方に目を向ける。

「ウドンってのは温かいスープに浸《つ》かった麺料理だ！　スパゲッティとは別物だよ！　美味しいから是非とも食べていってくれ！」

アーレスの常識として、麺料理といえばスパゲッティというのが共通認識なのだが、チャップが出す麺料理はスパゲッティだけに限らない。むしろスパゲッティ以外の、ナダイツジソバ時代に店長から教えてもらったものを出すことの方が圧倒的に多い。ラーメン然《しか》り、ツケメン然り、アブラソバ然り、ヤキソバ然り、そしてウドン然り。また、スパゲッティにしても当時のチャップが知らなかった、巷《ちまた》にはない独自の味付けをいくつも教えてもらったものだ。

提供する料理はその時々で手に入る食材によって変えているのだが、今回は首都に入る前、地方の農村で小麦粉がそれなりの量手に入ったので、ストックしてあるカツオブシやコンブ、ショウユなどの量を鑑みてウドンを提供しようと決めた。

コンブはともかく、カツオブシとカエシを作る為のショウユ。これらを安定して手に入れるのには並々ならぬ苦労があった。何しろ、作っている人たちがそもそもいないのだ。唯一作っているのが、かつて同じナダイツジソバで勤務していたアリオンとタリオンの兄弟のみ。だが、カツオブシやショウユが切れる度に彼らの住む漁師町に戻るのでは旅の暮らしに支障が出る。

だからチャップは、他の土地でもそれらの食材を手に入れる為に、カツオや豆をカツオブシやショウユに加工してくれる人たちを探すところから始めねばならなかったのだ。

作り方自体は店長から教えてもらったので知っていたが、実際に作るとなるとその苦労は筆舌に尽くし難いものがあった。

今にして思えばそれも良い思い出で、カツオブシの職人さんやショウユの職人さんたちとは現在進行形で良好な付き合いをさせてもらっている。彼らの方も、新たな産業を興すきっかけになったとして、チャップには感謝しているのだと言ってくれるのだ。

料理を作るだけでなく、新たな食材作りを通し、新たな産業にまで繫《つな》げたことも、今日におけるチャップの高名に繫がっていると言えるだろう。

「ウドン！　美味しいウドンだよ！」

寸胴《ずんどう》から漂う芳《かぐわ》しいダシの香り。その香りに誘われて人は寄って来るのだが、しかし席に座ってウドンを注文する者はまだ誰もいなかった。

スパゲッティとは違い、ウドンはアーレスで知られたものではない。チャップは簡単に、温かいスープに浸かった麵料理だと説明したが、それでは料理の想像がつかず、お客も二の足を踏んでいるのだろう。それに三六〇コルという安値も警戒心を煽《あお》っているのだろう。何せガダマニアで売られているパンの値段の半額以下だ、怪しい食材を使っていると思われていても不思議ではない。

ちなみにこの三六〇コルという値段は、古巣ナダイツジソバのカケソバが一杯三六〇コルだから自分もそれに倣っているだけに過ぎない。

「すまん！　通してくれ！　すまん！」

皆に安く美味しいものを食べてもらいたいだけで、別に怪しい食材なんて使っていないのになあ、とチャップが思っていると、ここで、人垣を割って一人の男性が前に出て来た。

明らかに良い身なりをした、ひと目で貴族と分かる恰幅《かっぷく》の良い中年男性である。ただ、その服装はウェンハイム貴族の様式に則《のっと》ったそれではなく、明確に他国のもの。チャップの記憶が確かならば、この服装はアードヘッット帝国の貴族のものだ。

皇国時代の貴族を一掃した影響から、今のウェンハイムは政治を執り行うのにまだ他国の力を借りている。恐らくはこの男性もそういう関係の人なのだろう。

「いらっしゃいませ。ウドン一杯三六〇コルですが、食べていかれますか？」

当初の目的は困窮したウェンハイムの人々に格安で美味しい料理を振る舞うことだったのだが、しかしチャップは自らの方針としてお客の貴賤《きせん》は問わないことにしている。これは師である店長の教え、ナダイツジソバで学んだことだ。

男性は何故《なぜ》だかチャップの顔を凝視したまま、信じられないといったふうに目を見開いている。

「お声を聞いた時にもしやと思ったが……」

僅かに声を震わせながらそう言う男性。

「お客様？」

チャップが不思議そうにしていると、それに気付いた彼が咳払《せきばら》いひとつしてから「失礼した」と言って表情を正した。

「貴方《あなた》はチャップ殿だな？　麵料理の大家と名高い、あの……」

どうやら彼はチャップのことを知っていたらしい。世界各地を旅しているからチャップのことを知っている者がいたとしても別におかしくはないのだが、しかし彼は知り合いや顔見知りという訳でもない。だとしたら一体誰なのだろうか。

「自分がそんな大層な者だとは思いませんが、私がチャップで間違いありません」

チャップが答えると、彼は途端に笑顔を浮かべて「おお！」と唸《うな》った。

「やはりそうか！　いや、私はアードヘット帝国から来た外交官なのだが、まだ貴方が働いている頃のナダイツジソバに行ったことがあるのだ」

「おや、それはまた……」

随分と不思議な縁もあったものだな、とチャップは心の中でそう呟《つぶや》く。

屋台の店主として旅先で初めて出会ったのではなく、まさかそれより前、ナダイツジソバ時代に出会っていたとは、これは予想外だった。

「外交官という仕事柄、人の顔を覚えるのは得意でね。貴方の姿を再び、それも我が祖国の帝都で見た時は随分と驚いたものだ」

過去のことを思い出しているのだろう、男性は微笑を浮かべながら嬉《うれ》しそうに語る。

「ああ、確かに帝国にも行きましたねえ。八年前くらいだったかな？」

八年前といえば、まだカツオブシやショウユを作ろうと試行錯誤している段階で、その時に出していたのは塩ラーメンや塩ヤキソバ、スパゲッティといったものが主だった。

アードヘット帝国の帝都オルタンシアでは随分と塩ヤキソバが売れた記憶があるが、もしかすると彼もその時にチャップの麺料理を食べた一人なのかもしれない。

「私はあの時も貴方の屋台に寄らせてもらったのだが、そこで食べた麺料理は絶品だった。特に塩ヤキソバは最高だったな。個人的にはナダイツジソバのソバにも匹敵する美味さだと思うよ」

彼も帝国人、やはり塩ヤキソバが気に入ったようだ。

ちなみにだが、チャップが去った後の帝国で、他の飲食店がこぞって、見様見真似《みようみまね》で塩ヤキソバを再現したという風の噂《うわさ》を聞いたのだが、その再現度はあまり高くはないそうだ。

「あの美味なる塩ヤキソバのことは今でも思い出す。叶《かな》うのならもう一度食べてみたいものだ」

噂は本当だったのだろう、どうやら彼は、祖国の料理人たちが再現した塩ヤキソバでは満足出来なかったらしい。まあ、簡単に真似られては困るのでさもありなんといった感じではあるが。

そんな彼に苦笑しながら、チャップは慇懃《いんぎん》に頭を下げた。

「ありがとうございます。今日はウドンですが、お出しさせていただく料理は日替わりですから、明日か明後日には塩ヤキソバもお出ししましょう」

その言葉に「それはありがたい！」と笑顔で返すと、男性は更に言葉を続ける。

「私は外交官として世界各国に赴くのだが、どの国でも必ず貴方の話を聞くのだ。屋台を引いて、絶品の麺料理を驚くほど安く振る舞うのだと」

「その土地のお客様方に喜んでもらえたのなら、料理人冥利に尽きます」

「今や貴方は、古巣であるナダイツジソバに勝るとも劣らない料理界の生ける伝説だ。よもやこのウェンハイムの地で、また貴方の麺料理にありつけるとは何という僥倖《ぎょうこう》なのだろう」

「大袈裟《おおげさ》ですよ、お客様」

料理を食べてもらい、美味いと言ってもらえるのは何より嬉しい。だが、持ち上げられ過ぎるとかえってむず痒《がゆ》いし、生ける伝説だとかいう過大な賞賛は、まるで自分が大物ぶっているように感じてしまって、かえって良い気がしなかった。チャップ自身の認識としては、自分は何処《どこ》まで行っても一人の料理人であり、ただの屋台の親父《おやじ》でしかない。

それに何より、生ける伝説というのなら、それはカテドラル王国の旧王都アルベイル、ナダイツジソバにこそ存在する。チャップが師と仰ぐあの人こそが。

だが、チャップのそういう心情が伝わる訳もなく、男性は「大袈裟なものか！」と返す。

「ともかく、そのウドンとやら、早速一杯いただこう。頼めるか？」

言うや、男性は席に座り、それに続いて彼の従者と警護の騎士二人も同じテーブルに着いた。

「かしこまりました。少々お待ちください！」

チャップはギフト『アイテムボックス』からウドンの玉、それにカエシの瓶を取り出し、早速魔導具のコンロと大鍋を使って調理を始める。

小皿にカエシとダシを注ぎ、まずは味の確認。すると、途端にスープの良い香りが漂い始め、集まっていた人々のうち、誰かの腹がクゥ～と鳴った。

腹の虫が鳴いたのを聞いた外交官の男性が、ふ、と苦笑してから周りの人々に声をかける。

「おい！　気になっているなら皆も食ってみろ！　この方は有名な放浪の料理人だ！　今、この時を逃せば次に食べられる機会はもうないぞ！」

身なりの良い、明らかに貴族と思われる男性が太鼓判を押すようにそう断言したことで、それまでウドンとは一体何ぞやと警戒して遠巻きに見ていた人々がこぞって空いている席に座り始めた。

「よし、俺も食ってみる！　おっちゃん、俺にもそのウドンってやつくれ！」

「なら俺もだ！」

「この良い匂い！　もう我慢出来ねえ！　俺も食べたいぞ！」

「美味しいんなら私も食べてみるわ！」

「母ちゃん、食べようよ！　一杯三六〇コルなら二人で食べられるよ！」

「しょうがないわね。すいません、ウドン一杯くださいな！」

「はいはいはい！　皆様、少々お待ちくださいね！」

いきなり忙しくなったなと苦笑しながら、チャップは次々にウドンの玉を大鍋に投入していく。

あの外交官の男性が人々の警戒心を解いてくれたおかげで、皆にウドンを食べてもらうことが出来そうだ。どうやらチャップは彼に思わぬ借りを作ってしまったらしい。

調理の手を止めることなく、チャップが「すいませんね」というふうに顔を向けると、彼もニヤリと笑って「気にするな」というふうに頷《うなず》いて見せた。

カツオブシとコンブ、そして干したキノコでダシを取った特製のスープに、モチモチとコシの強い手打ちの太麵。付け合わせはシンプルにワカメと刻んだ生のペコロスをそれぞれひと摘《つま》み。それがチャップのウドンだ。ナダイツジソバ風に言うのなら、カケウドンといったところか。

「お待たせいたしました、ウドンです」

手早く調理を終え、茹《ゆ》で立《た》てウドンの第一陣を外交官の男性一行の前に置くチャップ。

机の上にはあらかじめワリバシが詰まった筒が置いてあるので、それも取り出して彼らの前に並べる。ちなみにスパゲッティやヤキソバを出す時はワリバシではなくフォークを用意している。

「おお、ワリバシではないか！　ナダイツジソバで見た以来だな！」

男性は嬉しそうにワリバシを割ると、早速ずずず、と音を立てて美味そうにウドンを啜り始めた。

「おお、これは美味い！　見事な麵の弾力だ！」

彼に続いて、同じテーブルの従者たちも声を上げた。

「スープも絶品ですな！　実に香り高い！」

「ああ、美味い！　温まる！」

チャップのウドンを食べた皆が、笑顔を浮かべながら口々に美味いと声を上げる。

そして、その美味いという声を聞いた順番待ちのお客たちが、思わずといった感じでゴクリと生唾を飲み込んだ。

「おい、親父さん！　こっちにもウドン早く！」

「こっちもだ！　待ち切れねえよ！　早くしてくれ!!」

彼らがあまりにも美味そうに食べるものだから我慢し切れなくなったのだろう、順番待ちをしている皆がまだかまだかと言い始めた。

「はいはい！　只今《ただいま》！」

苦笑しつつも、しかし嬉しそうに調理へと戻るチャップ。

調理もしつつ、お客様たちの喜ぶ顔も直に見られる。この顔が見られるからこそ、チャップは店舗を構えず屋台という営業スタイルを選んだのだ。

チャップが出来上がったウドンを次々運んでいくと、皆がそれを食べて美味いと笑顔になる。

辛気臭く俯いていたガダマニアの人々の顔に、いつの間にか精気が戻っていた。

そう、チャップはこの顔が見たかったのだ。美味しい料理で笑顔になった人々の顔が。暗く沈んだ人たちが、ほんの一時でも安らぎ、癒やされるその瞬間が。

休むことなくあくせくと働きながら、チャップは次々にウドンを作り続ける。

その姿が在りし日に目にしたナダイツジソバ店長のそれと重なって見えたと、外交官の男性は後にそう語ったそうだ。

伝説の放浪料理人、麵料理の大家チャップ。彼の高名はこのウェンハイムの地にも深々と刻まれることになるのだが、それはもう少しだけ先の話。

外伝　二一年後のチャップ

ウェンハイム共和国首都ガダマニアで屋台の営業を一〇日間行ったチャップ。

最後は大勢の人たちの笑顔に見送られてウェンハイムの地を後にしたチャップは、その足で大きく南下、ヒューマンの勢力圏内を抜け出し、ビーストの勢力圏であるデンガード連合へと向かった。目指すは魔族の国、三爪《さんそう》王国である。

ナダイツジソバ時代の同僚、リン・シャオリン。彼女はヒューマンではなく魔族の少女で、しかも三爪王国の王女であった。

彼女によると、三爪王国の王族には何でも変わった掟《おきて》があるらしく、一〇〇歳になると着の身着のまま国外に放り出され、外界で一〇〇年間修行しなければならないのだという。

何を隠そう、シャオリンもその伝統に従って三爪王国からヒューマンの勢力圏に渡り、カテドラル王国へと辿《たど》り着《つ》き、奇妙な縁でナダイツジソバで働くことになったのだという。

ナダイツジソバから独り立ちし、アルベイルの街を去る時、チャップはシャオリンからある頼みごとをされていた。

「もし、チャップさんが三爪王国に行くことがあったら、これを御父様《おとうさま》に渡してもらいたいの」

そう言って、チャップは一通の手紙を渡されたのだ。送り先は勿論《もちろん》、彼女の父親、三爪王国の国王、リン・リンチェイである。

「旅の行く先は特に決めてないから、三爪王国には行かないかもしれないよ？」

チャップは気の向くまま自由にのんびり旅をしようと決めていた。その時の気分によって行く先を決めるので、最初から決め打ちで三爪王国に行くことはまずないだろう。

そうチャップが説明しても、彼女は構わないと頷《うなず》いた。

「うん、別にいいの。それ、ただの近況報告みたいなものだから。あくまでもチャップさんの旅のついででいいから」

「そうかい？　まあ、シャオリンちゃんがそれでいいならいいんだけどさ」

「行かないなら行かないでいいの。チャップさんの『アイテムボックス』の肥やしにしておいて」

そんなやり取りをして手紙を預かったチャップ。

それから一〇年、大陸の北側は随分と旅して回ったが、チャップは結局三爪王国に行くことはなかった。シャオリンの言った通り、あの手紙も『アイテムボックス』の中で塩漬けになっている。

ウェンハイム共和国を出た後、チャップは不足した食材を仕入れる為《ため》、大陸西部の漁師町に戻ったのだが、そこで『アイテムボックス』内の整理をしている時にたまたまシャオリンの手紙を発見し、一〇年振りに当時のことを思い出したという次第。

ちなみに一〇年前にアルベイルを去る時、店長夫妻の長男、まだ五歳だったトウヤがチャップとの別れを悲しんで随分と泣き喚《な　わめ》いていたことも同時に思い出し、思わず苦笑してしまった。

ともかく、シャオリンからの頼みごとを思い出したチャップは、これは良い機会だからと三爪王国に行くことにしたのだ。

デンガード連合は香辛料の本場である。きっと、チャップのまだ見ぬ未知の食材、そして存在は知っているが滅多《めった》に手に入らぬ珍しい香辛料、更には未知の美食にも出会えることだろう。それが今から楽しみで仕方がない。

そんなふうにのんびり旅をしながら約一年、チャップはようやく三爪王国の地に辿り着いた。

街中でもほんのりと香辛料の香りが漂う三爪王国の王都シャージン。

ヒューマンの勢力圏では見ることのない瓦屋根が特徴的な建物に、着ている服、店に並ぶ食材、それら全ての様式がヒューマンの国とは違い、実にオリエンタルな雰囲気を醸し出している。この三爪王国は特にその特徴的な雰囲気が濃いのではなかろうか。

カテドラル王国とアードヘット帝国でもその文化、様式には差異があったが、デンガード連合の場合はヒューマンのそれとは全く様相が異なっているように見える。それこそ、カテドラル王国とアードヘット帝国の文化的差異がマイナーチェンジでしかないと思えるほどに。

デンガード連合の大きな街は何処《どこ》も活気に溢《あふ》れているが、この三爪王国の王都シャージンの大路を歩く人々は表情も朗らかで実に活き活《いい》きとして見えるし、今のところ繁華街に付きものの無宿人やスリ、ならず者の類《たぐい》も見ていない。これはきっとシャオリンの父親、当代の魔王が善政を敷いているいることの表れだろう。チャップのような客商売をする者にとっては実に良い場所だ。

「シャオリンちゃんの故郷、いい国なんだなあ……」

王宮へ続く道を歩きながら、チャップはしみじみと呟《つぶや》く。

この約一〇年間の旅暮らしで貧乏な国や悲惨な場所も幾度となく訪れたが、この国の民は概《おおむ》ね幸せそうだ。あくまでチャップの目に見える範囲ではあるが、餓《う》えた顔をした者がいないし、あたりを走り回る子供たちが元気なのがとても良い。平和な証拠である。

三爪王国の王宮は小高い丘のような目立つ場所に築かれており、チャップのような外国人でも迷うことなく行けるのでありがたい。

丘の麓には門が築かれており、そこには門番が立って警備をしている。それもヒューマンのミイラが鎧《よろい》を着た門番だ。あれは恐らく、アンデッドの特徴を持つ死霊族という魔族だろう。当たり前のことだが、やはり誰でも入っていい場所ではないようだ。

大路を抜けたチャップが門に近付くと、門番の兵士たちが立ち塞がるようにして前に出て来た。

「この先は魔王様のおわす魔王城。ヒューマンが何の用だ？」

「一般人の入れる場所ではない。道を間違えたのなら引き返せ」

そう言って露骨に拒絶の意思を示す門番たち。

まだ何の事情も伝えていないというのにここまで警戒を露《あらわ》にするのは、きっとチャップが人種の違うヒューマン、それも明らかにデンガード連合の者ではない外国人だと分かるからだろう。

別にチャップは危険人物ではないが、彼らの役目を考えれば警戒するのも当然だ。彼らが職務に忠実だという証拠だし、やる気のない勤務態度よりは遥《はる》かに良い。

チャップは苦笑しつつも『アイテムボックス』からシャオリンの手紙を取り出した。

「私はチャップという旅の者でして、魔王様の末娘であらせられるリン・シャオリン様から魔王様宛に文を預かって参りました」

チャップがそう言うと、門番たちが予想外のことに驚いた表情を浮かべる。

「何だと？　何故《なぜ》、ヒューマンが姫様からの手紙など持っているのだ？」

「御存知《ごぞんじ》だとは思いますが、彼女は今、例の修行中でして、カテドラル王国のとある食堂で働いています。私は昔、同じ食堂で働く同僚だったのです。独り立ちしてカテドラル王国を出る際に、もし三爪王国に寄ることがあればと、この手紙を託されました」

「ふむ……。その手紙、検《あらた》めさせてもらおう」

チャップは「どうぞ」と言って門番に手紙を渡した。

封筒に入ったその手紙を手に取り、引っくり返したりしながらじっくりと検める門番たち。ひとしきり検分すると、門番の一人がおもむろに口を開いた。

「……封が切られておらんな」

「それはそうです。彼女は私を信用して手紙を渡してくれたのですから、見る筈《はず》がありません」

他人の手紙をこっそりと読む。悪趣味ではあるが、悪魔の囁《ささや》きに負けてそういうことをする人間がいることも否定は出来ない。無論、チャップは前述の通り見ていないが。

門番は鼻を鳴らして、ふむ、と頷いた。

「それもそうか。ならば、私たちの一存でこれを見るわけにもいかんか……」

もっと立場が下の者に宛てた手紙ならば容赦なく封を切って中身を検めるのだろうが、これは国王である魔王宛の手紙。それも末の王女からの。そんなものを勝手に破いて中身を見たとなれば、門番ぐらいの下っ端なら問答無用で処罰されることだろう。

ともかく、これで手紙は三爪王国側に渡った。門番たちはまだ手紙が本物か疑っているようだが、あれは紛れもない本物。後は彼らが魔王まで手紙を届けてくれる筈。チャップが頼まれた一〇年越しの約束は、これでようやく果たされた訳だ。

「確かにお手紙、お渡しいたしました。では、私はこれで……」

ペコリと頭を下げ、その場を立ち去ろうとしたチャップだったが、何故《なぜ》だか門番の一人に肩を摑《つか》まれ引き止められた。

「いや、待たれよ」

「え？」

「しばし待たれよ。物品を検めるギフトを持つ者にこの手紙を検めさせた後、危険がなければ魔王様にお渡しする。もし危険が見つかったのなら貴君を捕える」

「ええ、疑ってるんですかぁ……？」

チャップが胡乱《うろん》な目を向けても、門番は憮然《ぶぜん》とした表情でそれを受け止める。

「万が一のためだ。仮に危険がなければ、はるばるカテドラル王国から手紙を運んで来た貴君に魔王様からちょっとした礼もあろう」

言ってから「もし危険が発見されれば捕まえるがな」と付け加える門番。

「別にお小遣いが欲しいわけじゃないんですけど……」

チャップがうんざりした顔でそう言うと、門番はその乾いたミイラ顔に苦笑を浮かべた。

「そう言うな。茶でも出してやるから、ちょっと詰め所まで来なさい」

「お茶ですか……。美味《おい》しいのでお願いしますね」

「生憎《あいにく》粗茶だよ」

チャップがもう一度うんざりした顔をすると、門番二人が声を揃《そろ》えて笑い声を上げる。

そして門番の詰め所で待つこと一時間弱、ただ苦いばかりの不味《まず》い茶にも飽きてきたところで、先ほどの門番が文官らしき蛇面の男性を連れて戻って来た。

「すまんな、待ったか？」

「はい」

「遠慮なく言うのだな」

そう言って苦笑する門番に、チャップは憮然とした顔を向けて頷く。

「嘘《うそ》は嫌いですから」

苦い茶一杯で一時間も待たされたのだ。これくらいのことは許してもらいたい。

ここで、それまで黙っていた蛇面の文官が前に出て口を開いた。

「チャップ様ですね？」

問われて、チャップはそうだと頷く。

「ええ、私がチャップで間違いありません。で、貴方《あなた》は……？」

「魔王様の側仕《そばづか》えをしているユアンと申します」

言いながら、ユアンは深々と頭を下げた。

「そうですか。それはご丁寧にどうも」

「実は、シャオリン様からのお手紙をお読みになられた魔王様が、是非ともチャップ様にお会いになりたいそうでして。謁見の場を設けておりますれば、申しわけありませんが、チャップ様には我々に同道をお願いしたく……」

顔を上げるや、ユアンは唐突にそう切り出してくる。

「え？　私のようなただの平民に魔王様がお会いになるので？」

チャップはただの平民、しかも権力も財力もない外国人で、相手は一国の王。あまりに身分差があり過ぎて、謁見するなどとは恐れ多い。

だが、ユアンは真顔のまま首を横に振る。

「ご冗談を。伝説の放浪料理人チャップ様の御高名は、この三爪王国にも届いておりますぞ？」

またそれだ。チャップは別に自分の名を喧伝《けんでん》しながら旅をしている訳でもないのに、何故だか不釣合いに名が上がってゆくのだ。チャップ自身の認識としては、ただの屋台の親父《おやじ》でしかないのに。

「いや、私は別にそんな大層な者ではありませんよ」

それを謙遜と受け取ったのだろう、ユアンはチャップの言葉を、ふ、と鼻で笑った。

「そう謙遜されますな。ともかく、魔王様がお待ちです。どうか、ご同行を……」

そう促され、チャップは重い腰を上げる。

「まあ、シャオリンちゃんのお父さんなら断るわけにもいかないか。分かりました、行きます」

シャオリンとは一〇年も同じ釜の飯を食った仲間だ。国王に会うつもりはなくとも、仲間の親御さんに会うくらいの義理や人情はある。

「ありがとうございます。それでは、ご案内いたします」

そう言って歩き出したユアンに続いて、内心で「やれやれ」とため息をつきながらチャップもそろそろと歩き始めた。

ユアンの背に続いて、王宮へと続く丘の道を行く。ちょっとした登山のような急坂だが、日頃から屋台を引き、徒歩の旅で身体《からだ》が鍛えられているチャップにとってはさして苦にもならない。

たっぷり三〇分も坂道を登り、ようやく王宮へと辿り着く。

カテドラル王国の王都や旧王都の場合、城の敷地内に複数の建物があるのだが、三爪王国では大きな宮殿がひとつだけらしい。恐らくはこの宮殿の中で生活も政務も、あらゆることをこなしているのだろう。やはりヒューマンの国家とは様式が違う。

ユアンの案内で、そのまま王宮内を進むチャップ。魔族どころか、デンガード連合で主要な人種、ビーストですらないヒューマンのチャップに、すれ違う王宮勤めの者たちがもの珍しそうな視線を向けてくる。こういう視線はデンガード連合の南部に進むほど強くなってくるのだが、それは南部であるほどヒューマンとの接触が希薄になるからだ。逆に、ヒューマンの勢力圏と隣接しているシユウ王国などでは、こういう視線は一切感じなかった。

「不躾《ぶしつけ》で申しわけありません。皆、ヒューマンが珍しいのです」

途中、ユアンにそう謝られたのだが、チャップは怒っている訳でもないし、別に不快だとも思っていないので首を横に振る。

「別に構いません。ヒューマンの国でも、魔族やビーストは珍しいですから」

まだ行ったことはないものの、確かデンガード連合にもヒューマンの国がひとつだけ加盟していた筈だが、その国は三爪王国からは遠く離れた大陸の西端。察するに、同じ連合所属でも距離があり過ぎるので国交らしい国交がないのだろう。だから今になってもヒューマンが珍しいのだ。

チャップが気にしていないというふうに言うと、表情を読み辛《づら》い蛇面のユアンがあからさまに苦笑して見せた。

それから一〇分ほど歩き、何故か室内ではない庭の方に案内されるチャップ。よく手入れされた芝の上に、朱塗りの屋根が特徴的な六角形のガゼボが建てられており、そこで一組の男女がゆったりと茶を飲んでいる。どちらも青年くらいに見える龍人族《りゅうじん》だが、相手は魔族、恐らくはチャップが考えているよりも遥かに年上の筈であり、その美貌も相まって実年齢より若く見えているに違いない。それに隠しようもないほどの気品が彼らの身体から溢れている。チャップも幾度か、国王や宰相などといった高貴な人たちを目にしたことがあるが、この人たちはその中でもトップクラスだ。

きっと、この人たちがシャオリンの両親、当代の魔王とその側妃なのだろう。

「陛下、チャップ様をお連れいたしました」

ガゼボの前で立ち止まり、慇懃《いんぎん》に頭を下げるユアン。

魔王は持っていたティーカップを置くと、ユアンに顔を向けて口を開いた。

「ご苦労。すまんが客人の分の茶を用意してくれ」

「かしこまりました」

もう一度頭を下げ、その場を後にするユアン。

たった一人残されたチャップは、多少の緊張を覚えながらも頭を下げる。

「お初にお目にかかります。カテドラル王国より参りました、チャップでございます。魔王様におかれましては……」

まだチャップの口上の途中だというのに、魔王は露骨に渋面を作って手を振った。

「ああ、いい、いい。そういうのはいい。堅苦しいのはナシだ、チャップ殿」

「…………は?」

「今日はな、チャップ殿。別に国王としてそなたを呼んだのではないのだ」

「と言いますと?」

「あくまでシャオリンの親として、勤め先の同僚だったというそなたから娘の話を聞きたくて来てもらったに過ぎんのだ」

「あ、そういうことでしたか……」

つまり、これは政治や身分の上下など一切絡まない、ただの世間話だと言いたいのだろう。堅苦しいことがないのであれば、チャップの気苦労も少しは軽くなる。

チャップが得心がいったというふうに頷くと、魔王は微笑を浮かべた。

「そういうわけだ。さ、座ってくれ。もう間もなくユアンが茶も持って来よう」

魔王夫妻は横に並んで座っており、その対面の席にチャップを促す。

本来は失礼にあたるのだろうが、彼はシャオリンの父親である。チャップは魔王の人柄を信じて遠慮なく勧められた席に座った。

「改めて、シャオリンの父、リン・リンチェイだ」

「シャオリンの母、リン・シーリンです」

魔王夫妻が揃って、平民でしかないチャップに頭を下げる。

そのあまりにチグハグな光景に思わず苦笑いしながら、チャップも改めて頭を下げた。

「娘さんと一緒にナダイツジソバで働かせていただいておりました、チャップです。今は世界各地を放浪しながら料理人をしております」

そんな生活を一〇年以上続けているチャップだが、気が付けば伝説の放浪料理人、麺料理の大家などと呼ばれるようになっていた次第だ。別に望んでのことではない。

謙遜するつもりはないのだが、麺料理しか作れないだけの特化型料理人というだけで、実際はそんな大層な存在ではない。

チャップの言葉に、魔王夫妻も大きく頷く。

「らしいな。何でもそなたは高名な料理人だと聞いている」

「シャオリンの手紙にも書いてありましたね、チャップ様はいずれ必ず料理人として名を上げると」

一〇年一緒に働いた贔屓目《ひいきめ》があったのだろう、シャオリンはかなり良いようにチャップのことを手紙に書いてくれたようだ。魔王に至っては市井《しせい》の噂《うわさ》も耳に入っているらしい。

耳聡《みみざと》いことではあるが、前述の通り、チャップはそんな大したものではないし、高名だなどと驕《おご》ったことは考えたこともない。あくまでもいち屋台の親父。それでいいのだ。

「いえ、自分など、何処まで行ってもただの屋台の親父です。名が売れているなどと言うつもりは毛頭ありません」

そう断言するチャップに、夫妻が少し驚いたような顔を見せる。

「まあ……」

「何とも欲のないことよ。その謙虚さはそなたから滲《にじ》み出《で》る人徳の故なのだろうな」

「ただのしみったれた屋台の親父に人徳などありませんよ。出せるのも麺料理と安酒だけです」

真面目くさった顔で笑いもせずにチャップがそう言うと、対照的に魔王は大きな声で笑い始めた。

「はっはっは！　言いよるわ！」

見れば、魔王と一緒に側妃までもが口元に手を当てて笑っている。チャップは真面目に答えたつもりなのだが、一体何がそんなに面白いのだろうか。

そこから先は談笑が続いた。夫妻の希望もあってシャオリンの話を主にさせてもらったのだが、勤務を始めたばかりの頃に一日で一〇枚も皿を割り、その記録が今でも破られていないこと、配膳中にコケて騎士団長の頭にソバをぶちまけたこと、酔客に真正面からゲロをぶっかけられて大泣きしたことなどを語ると、二人は声を上げて笑ってくれた。

無論、彼女の真面目な勤務態度や、一一年前に別れた時には後輩の指導を任せられるまでに成長したことなども併せて語ったのだが、夫妻のお気に入りはやはり失敗談だった。

そんなくだらなくも懐かしい話をしていると、いつの間にか日も暮れてきて、そろそろ夕方に差し掛かろうかという時刻に。思わず話が弾んでしまったようだ。

「まだしばらくチャップ殿の話を聞いていたかったのだが、もういい時間だ。名残惜しいが、今日はここまでにしておこう」

赤く燃える西の空に目をやりながら魔王がそう言うと、側妃もそれに倣って頷く。

「この後、チャップ様はどうされるのですか？」

「とりあえず街に戻って宿を探しますかね」

本当は今日の夜にでも早速屋台を引こうかと思っていたのだが、流石《さすが》にもう喋《しゃべ》り疲れてしまった。これから街に戻って宿探しすることを考えれば、屋台の営業は明日からにするしかない。

「おや、まだ宿を取っていなかったのですか？」

「ええ。シャージンに来てすぐにここへ直行したものですから」

「そうでしたか。ねえ、陛下……」

側妃が顔を向けると、魔王も何事か承知したというふうに、ふむ、と頷き、チャップに向き直る。

「楽しい話の礼と言ってはなんだが、まだ宿が決まっておらんのなら、今日はここに泊まっていかれるがよい、チャップ殿」

「え!?」

「遠慮する必要はないぞ？　今日の礼なのだから」

「いや、しかし……」

礼と言われても、チャップは一〇年以上も前に預かった手紙を旅のついでに届けたに過ぎず、他には思い出話を適当に語ったのみ。正直、礼を言われるほどのことでもない。

だが、相手は魔王夫妻。ここで彼らの厚意を断るのもまた礼を失する。

チャップがどう返答しようか困っていると、魔王は苦笑しながら口を開いた。

「それにな、別にタダで泊まってくれという話でもないのだ」

「………王宮に宿泊出来るほどのお金なんて持っていませんよ、私？」

恐る恐る、窺《うかが》うようにそう言うチャップ。

すると、魔王はまたも苦笑した。

「いや、そうではない。金ではないのだ。そなたは料理人であろう？　それもシャオリンと同じナダイツジソバなる食堂で修行した」

「はあ……」

「だから頼みたいのだ。シャオリンが働くというナダイツジソバの料理を再現して、私たちに食わせてはもらえんだろうか？」

「あ、そういう……」

それでようやく、チャップは得心がいったというふうに頷いた。

手紙に目を通した訳ではないので正確なところは分からないが、シャオリンは恐らく、ナダイツジソバで供される料理がどれだけ美味で人々を魅了しているかということを書いたのだろう。それだけ美味ならば、そして他ならぬ娘が世話になっている店の料理ならば、ひとつ自分たちも味わってみたいと、そう思うのが人情、そして親心というもの。

流石にナダイツジソバをこの三爪王国まで移転するのは不可能だが、今は都合の良いことにそのナダイツジソバで修行した料理人、チャップが目の前にいる。

「私からもお願いします。娘がお世話になっているお店のお料理、是非とも味わってみたいのです。我儘《わがまま》は重々承知しておりますが、何卒《なにとぞ》、何卒……」

そう言って、平民のチャップに頭を下げる側妃。

相手が権力者であることを抜きにしても、こういう願いに応えられないのでは男が廃る。断った瞬間、チャップは料理人とは呼べない人間になるだろう。

チャップは意を決して、静かに口を開いた。

「……ナダイツジソバで主に提供されているのは、ソバという麵料理です」

「ほう、ソバとな？　店名にも入っている文言だな」

「はい。ソバには小麦ではない特別な穀物を使います。これはナダイツジソバの店長しか仕入れることの出来ない特別なもので、何処で栽培されているのかも分からないものです」

「何と……！」

魔王が一瞬だけ目を見開き、夫妻が二人揃って残念そうに肩を落とす。きっと、ナダイツジソバの料理を味わえないと思ってガッカリしているのだろう。

だが、残念がるのはまだ早い。チャップには秘策がある。

「ですが、幸いにもナダイツジソバでは少数ながらもソバではない料理もお出ししているのです。今回は、そのソバ以外の料理をお出ししようと思うのですが、それでもよろしいでしょうか？」

チャップが訊《き》くと、二人は途端に喜色ばんで顔を上げた。

「おお、是非に！」

「ちなみに、何という料理なのですか？」

「ええ。ラーメンと言います」

そう、ラーメン。ナダイツジソバで提供されている、唯一のソバ以外の麵料理。まかないではヤキソバやスパゲッティが出ることもあったが、正式にメニューに載っているソバ以外の麵料理は、このラーメンのみ。ナダイツジソバというソバの専門店においては、カレーライスやカツドン以上に異端の料理だと言えよう。

「ラーメン？　聞いたことがありませんね……」

「私も知らん料理だ」

夫妻は揃って首を傾《かし》げているが、それはそうだろう。あれはナダイツジソバと、そこで修行した料理人のみが出せる料理。今のところ、ナダイツジソバ以外でラーメンを出す店はカテドラル王国内に数店舗しか存在しないし、それを作っているのもナダイツジソバ出身者だけなのだから。

「ナダイツジソバの料理はどれも独創的なものばかりで、そのほとんどがナダイツジソバでしか食べることの出来ないものです。御存知《ごぞんじ》なくとも無理はありません」

「そうか。ますます楽しみになってきたな」

「そうですね、陛下」

二人して嬉《うれ》しそうに頷き合う夫妻。王宮で日常的に美食を口にしているのだろう彼らでも、やはり未知の料理には心躍るものらしい。

「チャップ殿、うちの厨房《ちゅうぼう》を使ってくれ。食材もうちの厨房のものを使ってくれて構わない」

魔王は親切でそう言ってくれているのだろうが、きっと王宮の厨房にある食材だけではラーメンを作ることは出来ないだろう。特に、麺を作る為のかん水は容易に用意出来るものではない。チャップとて、ナダイツジソバ時代に店長の蔵書でその存在を知らなければ一生お目にかかることはなかっただろう。それに、今から仕込みを始めても時間がかかり過ぎて夕食が夜食になってしまう。

「いえ、人様の厨房を借りていては時間がかかり過ぎます。なので、自前の食材と屋台を使わせていただきたいのですが、よろしいですか？」

そうチャップが確認すると、魔王は勿論だと頷いた。

「構わんが、今から下に戻って運んで来るのか？」

「いえ、ここにお出しさせていただきます。私には『アイテムボックス』のギフトがありますから」

チャップが言うと、魔王は思わずといった感じで「おお！」と声を上げる。

「そうであったか。あれは貴重で便利なものだ。であれば構わん、ここに出してくれ」

「では、失礼して」

チャップは『アイテムボックス』から屋台と調理器具、そして食材を取り出すと、手際良く準備を終えて調理を始めた。

今回作るのは、夫妻のオーダー通り、ナダイツジソバの味を忠実に再現したニボシラーメンだ。

ニボシのダシを使ったスープに、ショウユを使ったカエシ、具はゆで玉子にチャーシュー、ワカメ、ナルト、メンマ、ナガネギ代わりの刻んだペコロスだ。

この中でもナルトとメンマは特に手がかかっている。まずネリモノという料理からして他の何処にも存在せず、チャップが自作するしかなかったものだし、お客に出せるレベルに仕上げるのにかなりの試行錯誤があった。それにメンマについては若い竹を煮込んだもの。まさか竹が食べられるなどと誰が思うだろうか。原産国であるシュウ王国の民ですら、竹が食材だという認識は持っていなかったのだから。ナルトの材料は魚だから漁師町で普通に手に入るが、メンマの材料については自分で山に入って竹林を掘って若い竹を手に入れるところから始めている。メンマが完成するまでの苦労は尋常ならざるものがあった。

そんな贅沢《ぜいたく》な食材を惜しげもなく注ぎ込んで作る渾身《こんしん》のラーメンは、チャップが確信を持って提供することの出来る自信作のひとつだ。

と、そろそろ鍋に投入した麺が茹《ゆ》で上《あ》がるかという頃になって、屋内の窓からじーっとこちらを見つめる龍人族の少年の姿に気付いたチャップ。見たところ、シャオリンと同じか、それより少し若いくらいの年頃だろうか。

あの子は一体誰なのだろうとチャップが不思議そうに見ていると、その視線に気付いたものか、魔王夫妻も少年に気付いて笑みを浮かべる。

「ん？　あれはリンクか？　ふっ、この良い匂いに釣られたかな？」

「あの子もラーメンに興味があるみたいね。リンク！　こっちにいらっしゃい！」

夫妻がそう声をかけると、窓際の少年はコクコクと頷き、そのままダーッと部屋を出て行った。

そして麺が茹で上がる頃になると、少年が庭に現れ、夫妻のところまで駆けて来る。

「チャップ殿、この子は我が孫、リン・リンク。我が長男にして王太子リン・パイロンの息子だ」

魔王にそう紹介されると、リンク少年は無言でペコリと頭を下げた。どうやらかなり引っ込み思案で内気な性格のようだ。

「お孫さんですか……」

正直、夫妻はかなり若く見える。ヒューマンであれば三〇代前半で通じるほどには。とても孫がいるようには思えないが、長寿で若い期間の長い魔族にはこういうこともあるのだろう。

感心しているチャップだが、しかし作業の手は止めない。

茹で上げた麺を湯切りしてスープを注いだ器に投入、その上にワカメ、メンマ、チャーシュー、ゆで玉子、ナルト、ペコロスを添え、ようやくラーメンの完成だ。

「お待たせいたしました。こちら、ニボシラーメンです」

ガゼボで待つ二人にラーメンを出すと、夫妻とリンク少年を合わせた三人が立ち昇る湯気を顔に浴びながらラーメンを覗《のぞ》き込《こ》む。

「おお、これが！　麺がスープの具になっているのだな……」

「斬新だけど、それにしても美味しそうね……」

「…………」

三者三様、魔王は感心した様子で、側妃はうっとりとして、リンクは口をもぞもぞして辛抱堪《たま》らないといった感じで熱心にラーメンを見つめている。否、ラーメンに魅入られている。

そんな彼らの様子に苦笑しながら、チャップは『アイテムボックス』からワリバシとレンゲを取り出して彼らの前に置いていった。

「チャップ様、厚かましいとは思うのですが……」

ラーメンから顔を上げた側妃が、申し訳なさそうにチャップの顔を見つめてくる。

心得ているとばかりに、チャップはもう一度苦笑してから頷いた。

「分かっています。お孫さんの分も、ですよね？」

もとより断ろうという気はなく、この場で大人だけ美味《うま》いものを食べて子供にだけ我慢させるなど、料理人としてそんな酷《ひど》いことは出来よう筈もない。彼らがリンク少年を呼んだ時点で、チャップの中では彼の分もラーメンを作ることが決定していた。

「お願い出来ますか？」

「ええ、勿論ですとも」

チャップが言うと、側妃は嬉しそうな笑みを浮かべ、その笑みをリンク少年にも向ける。

「良かったわね、リンク」

側妃の隣に座るリンクも嬉しそうに頷き、チャップに顔を向けた。

「…………うん。おじさん、ありがとう」

「どういたしまして。すぐに作るから、ちょっとだけ待っててね」

「うん！」

元気良く頷くリンク少年が愛らしくて、チャップの顔も思わず綻ぶ。

だが、チャップはすぐさま表情を正すと、改めて夫妻に向き直った。

「麺が伸びてしまいますから、お二人はお先にお召し上がりください」

「うむ。では、いただくとしよう」

「ごめんね、リンク。先にいただくわね」

そう言って、二人は早速ハシとレンゲを手に取り、ラーメンを食べ始める。

二人揃ってまずはスープを啜《すす》ったのだが、そのひと口目を飲み込んだ時点で、夫妻は揃って驚愕《きょうがく》に目を見開いた。

「……むう！　これは」

「美味しい！　お魚の香りの高いこと！」

二人が同時に、その美味に驚きの声を上げる。

自分の作ったものが美味いと感動するお客の様子。これは何度見ても飽きることのない、何とも嬉しいものだ。料理人冥利に尽きる。

リンク少年の分のラーメンを作りながら、チャップは心の中でガッツポーズを決めた。

「麺も、付け合わせの肉も玉子も……全部美味いな！　これは堪らんぞ!!」

「これは、デンガード連合にはない味ね！　真新しいわ!!」

しきりに美味い美味いと感動を口にする夫妻の横で、羨ましそうにその様子を見つめているリンク。そんな少年の前に、チャップは出来上がったばかりのラーメンを差し出す。

「さあ、出来上がったよ、リンクくん」

「わあ！」

自分の分のラーメンが来たことで、リンク少年も嬉しそうな声を上げて笑顔になった。

「どうぞ、召し上がれ」

「うん！」

ハシを手に取り、存分にスープの絡んだ麺を啜り上げるリンク少年。

しばしモグモグして麺を飲み込むと、彼は嬉しそうな笑みを浮かべてチャップのことを見上げた。

「…………美味しい！」

まるで花が咲くような笑顔。

こんな顔を見せられては、逆にチャップの方が嬉しくなってしまう。

「そうかい？　いやあ、良かった」

美味しそうにラーメンをがっつくリンク少年を見つめながら、チャップはしみじみそう呟いた。

この五年後、一〇〇歳になり、王族の修行として三爪王国を出たリンク少年は、あの時の美味しさと感動が忘れられなかったとしてチャップの押しかけ弟子になるのだが、それはまた別の話。

外伝　二三年後のチャップ

デンガード連合の各国で様々な香辛料に出会い、仕入れ、それらを使って新たなメニューを試行錯誤しながら作るなどしてから、チャップは大陸の北側、祖国であるカテドラル王国へと戻った。

ナダイツジソバ時代の知己を頼りイシュタカ山脈、王都、そして実家である食堂、大樹亭《たいじゅてい》へと足を運んだチャップ。その年の締めとして、チャップはアルベイルの街を訪れた。

かつて一〇年の長きに亘《わた》り修行を積んだ思い出の店、忘れ難き古巣、ナダイツジソバが居を構える街、旧王都アルベイル。

この街に戻るのは、ナダイツジソバから独立して以来、実に一二年ぶりなのだが、そこまで時が空いたのには少々理由がある。それは、アルベイルを出る時、チャップが密《ひそ》かに、自分が一端《いっぱし》の料理人になるまでは戻らないという決意を固めていたからだ。師に恥じぬ料理人になるまでは、と。

実家である大樹亭と同じくらい愛している古巣、ナダイツジソバ。あまりにも居心地が良過ぎて離れ難いと思っていたチャップの居場所。何かある度にそこへ戻っていたのでは、里心がつき過ぎて本当に離れられなくなると思い、今日まで帰らなかったのだ。

だが、一〇年以上も各地を巡り、屋台を引いて放浪生活を続けるうち、チャップはいつしか伝説の放浪料理人、麺料理の大家とまで呼ばれるようになった。ナダイツジソバと同じように、貴族や王族までもがわざわざチャップの料理を食べに来て、その味を絶賛するまでに。自画自賛する訳ではないのだが、今のチャップならばナダイツジソバに顔を出す資格はある筈《はず》。

次の旅路は大陸の北部と決めているのだが、その前に一度、自身の師匠であるユキト・ハツシロや同僚だったルテリア・ハツシロ、彼らの息子で、当時、チャップのことを「兄ちゃん」と呼び、慕ってくれていたトウヤ・ハツシロ、そして最も長く一緒に働いた同僚、リン・シャオリンに再会する為《ため》、ナダイツジソバに顔を出そうと決めたのだ。

勝手知ったるアルベイルだが、チャップは妙にドキドキとした気持ちを抱えながら入市門を潜《くぐ》り、懐かしき街へと足を踏み入れた。

街の様相、それ自体は当時と変わらず、あの時よりも幾分か齢《よわい》を重ねたチャップを迎えてくれた。

古都の風情漂うアルベイルの街は、相変わらず活気に満ちているようだ。往来には人が溢《あふ》れ、その人々には笑顔が溢れている。

風の噂《うわさ》に聞くところによると、確かハイゼン大公閣下は昨年に大公位を勇退、義理の息子であるマルスが新たに公爵位を得てアルベイルの新領主となったのだという。

ハイゼン大公時代の治世は盤石であったが、今の街の様子を見るに、マルス公爵の治世もまた順調なようだ。少なくとも先代の頃より悪くなっているということはない。アルベイルはチャップにとっても思い入れの深い街。そこが平和で活気に溢れているのならば良いことである。

「ああ、懐かしいなあ……」

古巣、ナダイツジソバを目指して街の大通りを歩きながら、チャップはしみじみ呟《つぶや》いた。

この街の何もかもが懐かしい。

談笑しながら往来を行く住民たち。楽しそうに走り回る子供たち。露店や屋台を出し、威勢良くお客の呼び込みをする商人たち。くたびれた様子で今日の成果を語り合うダンジョン探索者たち。

その顔ぶれ自体に変化はあるのだろうが、人々の営みは当時のまま。

人々だけではない、チャップがアルベイルにいた当時から営業している店も、また変わることなくそこにあるのが妙に嬉《うれ》しい。

アルベイルいちの老舗《しにせ》食堂、大盾亭《おおたてて い》。この店はナダイツジソバが店を出す遥《はる》か前から老舗として名を馳《は》せており、アルベイルでも指折りの人気店なのだが、あれから一〇年以上が経《た》った今でもその人気はいささかも衰えることなく続いている様子。

実は、この大盾亭の創業者、当時の料理長の長女もまた、ナダイツジソバでチャップと共に働いていたことがあるのだが、彼女はチャップよりも五年ほど早く辞め、同時に辞めた別の同僚と結婚して王都に移住、大盾亭の二号店を向こうに構えた。

チャップがデンガード連合から帰って来て王都へと向かったのは、無論、屋台の営業もあるのだが、彼女らに会って旧交を温める目的もあったのだ。

今の大盾亭は彼女の兄、先代の長男が料理長を務めている筈だが、どうやら彼は立派に偉大な父親の跡を継いでいるらしい。

ナダイツジソバを訪れた後は、大盾亭に寄るのもまたいいだろう。大盾亭の料理は王都の二号店でも味わってきたばかりだが、本家本元の味と比べるのもまた一興。楽しみなことだ。

そんなことを考えながら大盾亭の横を通り過ぎ、若き公爵閣下と前大公閣下がおわす旧王城の前まで辿《たど》り着《つ》き、そこで立ち止まるチャップ。

「うーん、相変わらず立派だ……」

巨大な城を見上げながら、チャップは誰にともなく呟いた。

この街の象徴たる旧王城。王都の新しい王城も確かに立派なのだが、まだ建造されてあまり時間が経っていないだけに、旧王城のような歴史を感じさせる重厚感がない。あの感じを醸し出せるのは、きっと長い年月だけなのだろう。

この立派な城の中には、前大公閣下と新公爵閣下もいる筈だが、彼らは今もナダイツジソバに通ってくれているのだろうか。二人ともナダイツジソバを贔屓《ひいき》にしてくれていて、まだ小さかった時分のマルス公爵閣下は食が細く、ナダイツジソバのカレーを食べに毎日来店してくれていたことは今も忘れ得ぬ思い出である。

平民のチャップでは彼らのような高貴な人たちにはそう易々《やすやす》と会えないのだが、運が良ければナダイツジソバの店内で再会出来るかもしれない。これればかりは己の運に頼るのみだ。

旧王城の正門から歩を進め、今度はナダイツジソバの方向へ城壁に沿って進む。かつては通勤路として毎日通ったこの道を、今は一人の独立した料理人として歩くのは、何だか感慨深いものがある。我がことながら、随分立派になったものだという、そのような感じだろうか。

ナダイツジソバに雇ってもらった当初、チャップは途中でルテリアと合流して一緒に出勤していたものだが、彼女も今や立派な女将《おかみ》。あの頃は彼女に対して淡い好意など抱いたものだが、それも今となっては甘酸っぱい青春の思い出だ。

過去のことに思いを馳せながら歩いていると、遠くに行列が見えてきた。一見すると何もない城壁に並ぶ人々。しかしあれは城壁に嵌《はま》るようにして立つナダイツジソバに並ぶお客の列なのだ。

「おぉ、凄《すご》い。今日も大入りだぁ……」

当時と変わらぬ盛況ぶり。どうやらナダイツジソバの人気は、チャップが巣立ってから一〇年以上が経った今でも、いささかも衰えていない様子。昔からナダイツジソバの行列はアルベイルにおける一種の名物のように言われていたものだが、それも健在のようだ。

まあ、旅先でも時折ナダイツジソバの高名は耳にしていたから、そこらへんについては全く心配していなかったのだが、こうして改めて自分の目で見ると、何だか安心したような気持ちになる。

チャップは列の最後尾まで辿り着くと、そのままそこに並ぶ。元従業員だからと、律儀に並んでいる人たちを抜かして、先輩風を吹かせながら店に入るようなことはしない。それに、ナダイツジソバはお客の回転が早い店だ。これだけ並んでいても一時間もしないうちにチャップの番が回ってくることだろう。

並んでいる間、まじまじとナダイツジソバの店舗を見上げるチャップ。

異国の文字ではあるが、見事な筆致で店名が記された看板に、自動で開閉するガラスの戸、それにナダイツジソバで供されている料理を模した蠟細工《ろうざいく》の数々。初めてこの店を訪れる者は、まずあれで度肝を抜かれるのだ。チャップとて、ルテリアに連れられて初めてナダイツジソバに来店した時には随分と驚いたものである。まるで一流レストランのようじゃないか、と。

実際には一流レストランをすら凌《しの》ぐ驚愕《きょうがく》の食堂だったのだが、店長はそれを自慢することもなく日々粛々と安価で美味《うま》い料理をお客に提供し、そのことに喜びを見出《みいだ》していた。

一流レストランをすら凌ぐ美味を提供する、庶民の味方の大衆食堂。チャップは店舗を構えぬ屋台の料理人だが、師である店長の姿勢は弟子として受け継いだつもりだ。自分も庶民の味方であろうと、そして料理を食べてくれたお客の「美味《おい》しい」という声と笑顔を何よりの喜びにしよう、と。

無論、商売なのでお代は取らない、或《ある》いは原価割れするほどの安価という訳にはいかないが、それでも美味い料理をお得なお値段で提供してきたという自負がある。

店長の教えは今もチャップの中で生きている。今日はそのことに対する感謝も伝えるつもりだ。次はいつここに来られるか分からないし、未来はお互いにどうなっているか分からないのだから。

大切なことは伝えられる時に伝えておく。若い頃ならば気恥ずかしさに負けて黙っていたのかもしれないが、チャップはもう四〇過ぎのいい親父《おやじ》。店長には及ばないものの、それなりに年月を重ねて人生経験を積んできた。今更、何の気恥ずかしいことがあろうか。

前に並んでいるお客たちが続々と減っていき、自分の順番が近付いてくるにつれて、チャップの胸は緊張も露《あらわ》にドキドキと激しい鼓動を刻み始める。

ナダイツジソバの名を汚すことなく、一端の料理人として歩んできたつもりではあるのだが、店長は何と言うだろうか。同僚だったルテリアは何と言うだろうか。今も働いているだろうシャオリンは何と言うだろうか。小さい頃は慕ってくれていたトウヤは何と言うだろうか。

流石《さすが》に罵倒されたり説教されたりということはないだろうが、いざ実際に再会した時のことを考えると妙に緊張してしまう。

「お席の方、空きが出来ましたので次のお客様、どうぞ」

色々と考え込んでいる間に列は進み、チャップの前に並んでいたお客が店内に呼び込まれた。ちなみに呼び込んでいた従業員はチャップの知らない青年である。まあ、チャップが独立してからもう一〇年以上も経っているのだから、従業員の顔ぶれも当時とはほぼ変わっているだろう。恐らくではあるのだが、当時から変わらず残っているのはシャオリンだけなのではなかろうか。

シャオリンと言えば、つい昨年、彼女から託された手紙を彼女の両親、魔王夫妻に届けたことは報告すべきだろう。手紙を届けただけでなく、実際に対面して知己を得たことも。

と、そんなことを考えている間に、遂《つい》にチャップの番が回ってきた。

「お席の方が空きました。次のお客さ……え？　ち……チャップさん!?」

チャップを呼び込む為に出て来た店員と目が合う。はたして、そこにいたのはシャオリンだった。

一二年前、ナダイツジソバから巣立った当時と全く変わらぬ姿で迎えてくれたシャオリン。彼女は突然の再会に驚愕し、目を見開いて声を失っているようだが、チャップはその様子に構うことなく、微笑を浮かべながら鷹揚《おうよう》に片手を上げて口を開いた。

「やあ、シャオリンちゃん。お久しぶり。元気だった？」

だが、チャップがそう声をかけても、彼女はそれに応じることなく、慌てた様子で店内に引き返してしまう。一体どうしたのだろうか。

「て、て、て……て、店長うううぅ────ッ!! たたた大変! チャップさん! チャップさんが帰って来ました!!」

そう叫びながら、厨房《ちゅうぼう》の方へと行ってしまったシャオリン。まるで死んだと思っていた人間が生きて戻って来た時のような驚き様だが、随分大袈裟《おおげさ》なものだとチャップは思わず苦笑してしまう。

何も知らない他のお客たちが何事かとチャップに注目する中、俄《にわ》かに店内が慌ただしくなり、すぐにドタバタと見知った顔が厨房から飛び出し、チャップがいる店の出入り口の方へと駆けて来る。

「チャップくん!?」

「チャップさんなの!?」

「チャップさん!!」

「チャップ兄ちゃん!!」

店長であり師でもあるユキト。その妻で最も長く一緒に働いた同僚ルテリア。ほぼ同時期にナダイツジソバ入りした戦友シャオリン。そして店長夫妻の長男、今や立派な青年に成長したトウヤ。ナダイツジソバに勤務していた時代のチャップを知る面々四人が、まるで店内で火事でも起きたかのように慌てた様子で店内から出て来た。

四人とも驚愕しきりといった表情でチャップのことを見つめているが、しかし店長もルテリアも何と若々しいのだろうか。店長はもう五〇を過ぎている筈なのに、まるでチャップと同年代のように若く見えるし、ルテリアなどは本来チャップと一、二歳くらいしか変わらないのに三〇代でも通じるくらい若く見える。

逆に、別れた当時はまだ五歳だったトウヤが年齢相応の青年になっており、しかもナダイツジソバの制服を着ていた。きっと、彼は父親の跡を継いでナダイツジソバで働くことにしたのだろう。

少年時代、ダンジョン探索者になって世界中を旅するのだと息巻いていた彼が、それとは正反対の地元に根差した仕事に就くというのは、何とも感慨深いものがある。

最後はシャオリンだが、彼女はヒューマンよりも遥かに長寿な魔族なので、一〇年かそこらでは流石に見た目の変化はない。だが、一〇年も経てば人は変わるもの。きっと、後輩も大勢出来て、精神的な成長を遂げているのだろう。

何とも懐かしい顔ぶれに出迎えられ、思わずチャップの相好が崩れてしまう。

「皆様、不肖チャップ、只今《ただいま》帰って参りました」

別に旅を止《や》める訳ではないし、アルベイルが故郷という訳でもない。だが、この街はチャップにとっての第二の故郷。それにナダイツジソバはただの古巣という訳ではなく、チャップに料理人としての道を示してくれた大切な場所。

そして、出迎えてくれたのはチャップを料理人として育て上げてくれた師と、大切な仲間たち。

今、万感の想《おも》いを込めて頭を下げるチャップ。

すると、四人はほんの一瞬だけお互いの顔を見合わせてから、最初から示し合わせていたかのように揃《そろ》って口を開いた。

「おかえり！」

「おかえりなさい、チャップさん！」

「チャップさんおかえり。よく帰って来た」

「帰るのおせーよ、チャップ兄ちゃん！」

まるで都会に出ていた息子が初の長期休暇で里帰りした時のように、優しく迎えてくれる四人。彼らとは何の血の繋《つな》がりもないが、実の家族と再会した時のような温かさに包まれ、チャップの涙腺が思わず熱くなる。

流石に泣きはしないが、若干潤んだ瞳で二、三回瞬《まばた》きしてから、チャップは改めて口を開く。

「無沙汰をして申しわけありません。ですが、私は自分の都合で大恩あるナダイツジソバを辞めた身。せめて一端の料理人になるまでは……」

と、チャップの言葉の途中で、唐突に、

「店長！　女将さん！　若もシャオリンさんも！　いきなりどうしたんすか!?　早く戻ってください！　俺たちだけじゃ手が回んないっすよ!!」

という若い男の声が店内から飛んで来た。

どうやら四人とも、仕事の途中にもかかわらずそれを中断してチャップのことを迎えに出て来てくれたらしい。それだけ、彼らにとってチャップの帰還は衝撃だったのだろう。

四人はバツ悪そうに苦笑してから、皆を代表するよう店長が口を開く。

「…………というわけだから、まずは店内に入ろうか、チャップくん？　この一〇年くらいの話、ゆっくり聞かせてよ。食事でもしながらさ。食べてくでしょ、そば？」

「はい、勿論《もちろん》です。今日はお言葉に甘えさせてもらいます……」

本当は皆に、自分は今も元気にやっているということさえ伝えられればそれで良かったのだが、こう騒ぎになってしまった以上、店内に入った方が逆に事が収まろうというもの。

実に一二年ぶりに、チャップは自動ドアを潜って懐かしのナダイツジソバへと足を踏み入れた。

店内に一歩入ったその瞬間、店長の故郷の歌、エンカにカツオブシとコンブからなるダシの匂いがチャップを温かく出迎えてくれる。

懐かしい。何もかもが懐かしい。

一二年前までは、この歌が、そしてこの匂いがチャップのことを毎日迎えてくれたのだ。それが同じ場所に変わらずにあるということ。そんな普通のことがこんなにありがたいとは。

周りに人の目がなければ、チャップは思わず涙を流していたことだろう。まるで、一二年前の思い出の中に降り立ったような気分だ。

「さ、好きなとこ座って、チャップさん」

「はい……」

ルテリアに促され、チャップは偶然空いていた席に着く。その席は、図らずも彼女に連れられて初めてナダイツジソバを訪れた時に座った席であった。

チャップが着席したことを確認してから、店長が「さて……」と口を開く。

「……じゃ、皆、仕事に戻ろう。チャップくん、何食べる？」

「あ、では、カケソバでお願いします……」

訊《き》かれて、チャップは即答した。カケソバはナダイツジソバにおける基本中の基本。ここで今一度己の基本に立ち返ろうと、そう思った次第。

「了解。ルテリア、ホールお願いね」

「ええ。旅のお話、後でゆっくり聞かせてね、チャップさん？」

注文を書き留めるメモとペンを取り出しながらホールに向かうルテリア。彼女は一瞬だけ立ち止まると、チャップに声をかけてから仕事へ戻った。

「はい、是非」

「シャオリンちゃんもルテリアのサポート頼む」

「はい。チャップさん、また後で」

シャオリンも水のピッチャーを手に取り、ホールへ向かう。やはり彼女も行く前にチャップに一言声をかけてくれる。

「うん、ありがとう。あの手紙、魔王様に届けておいたからね」

仕事に戻る前にと、チャップが咄嗟《とっさ》にそう教えると、シャオリンはほんの一瞬だけ驚いた表情を浮かべてから、ニコリと笑って頷《うなず》いた。

「あ！　……ありがとう。その話も後で」

「トウヤ、お前はアロガンくんの手伝いだ。天ぷらの揚げ方、しっかりと見ておきなさい」

「分かってるよ、もう……」

アロガンというのは、恐らく厨房に残ってテンプラを揚げている最中の従業員のことだろう。半人前扱いされていることに若干拗《す》ねた様子で、しかしそれでも父であり師の言葉だからと頷くトウヤ。まさしく思春期といった感じだが、まあ、さもありなんといったところか。

「チャップ兄ちゃん、今日はもう、何処《どこ》にも行くなよ？　俺だって話したいこと、聞きたいこと、いっぱいあるんだから」

何だか信用がないなと苦笑しつつも、チャップは彼に頷いて見せる。

「ああ、分かってるさ。閉店するまでいるよ、今日は」

時刻はまだ昼だが、この分だと夕食もナダイツジソバで摂《と》ることになるだろう。たったひとつだけではあっても、自分一人だけで席を占拠するのは若干気が咎《とが》めるが、まあ、今日だけは大目に見てもらうしかない。何せ、一二年ぶりの帰還であり、再会なのだから。

「絶対だからな？　約束破るなよ？」

チャップに念押ししつつ、厨房に入っていくトウヤ。

そんなトウヤを見送ってから、チャップと店長は顔を見合わせて苦笑を浮かべた。

「生意気な盛りでね。自分がもう、一人前の大人だと思ってる」

言いながら、手早くカケソバを作り始める店長。熟練された流れるような手付きは、料理人として経験を積んだチャップをして、流石だと感嘆せしめた。

「あれぐらいの年頃だと、そういうもんでしょう。しかし、意外でした」

「意外？　何が？」

「トウヤですよ。俺はてっきり、トウヤはダンジョン探索者に憧れているもんだと……」

そう、トウヤは小さい頃、しきりに自分は将来ダンジョン探索者になるのだと言っていたのだ。母であるルテリアの若い頃の話を聞き、自分も格好良く戦って英雄になるのだと言っては、店長が手ずからこさえた玩具《おもちゃ》の木剣を振り回していたものである。あの頃は何度チャップがチャンバラごっこに付き合わされたことか。まあ、それも今となっては良い思い出だ。

チャップの言葉に対し、店長も「ああ……」と頷く。

「そのことね。一五歳になった時、唐突に言われたよ。俺は父ちゃんの跡を継ぐってさ」

あのやんちゃ坊主だったトウヤが、まさか店長の跡を継いで料理人になりたいと言うとは。彼にどういう心境の変化があったのか、それは本人に聞いてみなければ分からないが、しかしナダイツジソバにちゃんと跡取りが誕生するというのなら、それは喜ぶべきこと。

「あいつが、自分から……。ということは、店長のギフトを？」

チャップが訊くと、店長はそうだと頷いた。

「うん。ルテリアじゃなくて、俺のを『継承』するって」

「決めたんですね、あいつ」

トウヤのギフトは『継承』というもの。これは読んで字の如く、両親どちらかのギフトを継承して自分のギフトとして扱うというものである。

このギフトが発覚した当時は、ストレンジャーにも匹敵するそのギフトの希少性から大公閣下や王都の研究所に勤めるテッサリアなどが大騒ぎしたものだが、トウヤはルテリアの『剣王』ではなく店長のギフトを継ぐことにしたようだ。

ちなみにだが、チャップは今でも店長のギフトの詳細は知らない。ただ、このナダイツジソバを営むのに必要なギフトだということだけは知っているので、トウヤの代になってもナダイツジソバはアルベイルの地において変わらず続いてゆくのだろう。

店長とて永遠に生きる訳ではない。歳《とし》を喰《く》って人生の先が見えてきたからか、近頃は店長亡き後のナダイツジソバはどうなるのだろうと、チャップはよくそのことを考えていた。トウヤが跡を継ぐと言わなかった場合、どうなるのだろうと。まさか店長一代きりでこの名店がなくなってしまうのではないだろうかと。

今回アルベイルに戻り、ナダイツジソバに顔を出したのには、そのことをそれとなく確認する意味合いもあったのだが、どうやらいらぬ心配だったようだ。二代目は育ち始めた。あとは知識と技術、そしてその志の継承が上手《うま》くいくかどうか、それのみである。

「別に口やかましく店を手伝えだとか、将来はお前が辻《つじ》そばを継ぐんだぞだとか、そんなこと言わなかったんだけどね。本人としては、何か思うところがあったみたい」

その時のことを思い出しているのだろう、店長は何処を見ているでもない、遠い目をしながら嬉しそうな笑みを浮かべた。店長にとって、ナダイツジソバという店は己の人生を注ぎ込んだもの。言わば魂、何より大切なものだ。その魂を、他でもない我が子が受け継ぐと言ってくれたのだから、親としてこんなに嬉しいことはないだろう。

「きっと、店長の背中に憧れたんでしょうね。自分もこんなふうに、人を幸せに出来る美味い料理を作れる料理人になりたいって」

「そうだといいんだけどね」

言いながら、店長はチャップの前に、コトリと出来立てのカケソバを置いた。

「はい、かけそばお待ち」

「ありがとうございます……」

実に一二年ぶりのナダイツジソバのカケソバ、己の原点とも言える料理である。

食欲を優しく刺激するカツオブシとコンブ、カエシからなる極上の香気。一部の乱れもなく均一に切られた細い麺。真っ白なナガネギと黒々としたワカメ。

これだ。これこそがナダイツジソバの料理。まだ食べてもいないのに、香りだけで口の中に唾液が湧き出てくる。

「いただきます……」

ワリバシを手に取り、それをパキリと割ってから麺をひと口啜《すす》り込み咀嚼《そしゃく》するチャップ。

麺の強いコシに、ほんのりと甘やかで牧歌的な香りが鼻に抜ける。

「ああ、美味いなあ……」

思わず涙が出てしまう。独立してからずっと求め続けて、しかし終《つい》ぞ完全再現はならなかった至高の美味。

いつまでも変わることなくこの美味がここにあることに、そしてこれからも変わらずここにあり続けるということに、チャップは感動の涙を流し始めた。

「何も泣くことないじゃない、チャップくん」

涙に滲《にじ》む視界の中で、店長が困ったように苦笑を浮かべている。

「はい……はい…………」

だが、チャップは店長に対し、まともに言葉を返すことが出来なかった。

心に沁《し》みるこの味が、今はただただありがたかった。

名代辻そば
NADAI TSUJI SOBA
異世界店

MFブックス

名《な》代《だい》辻《つじ》そば異《い》世《せ》界《かい》店《てん》 2

2024年6月25日　初版第一刷発行

著者　西村西
発行者　山下直久
発行　株式会社KADOKAWA
〒102-8177　東京都千代田区富士見2-13-3
0570-002-301（ナビダイヤル）
印刷・製本　株式会社広済堂ネクスト
ISBN 978-4-04-683546-8 C0093

企画　株式会社フロンティアワークス
担当編集　平山雅史（株式会社フロンティアワークス）
ブックデザイン　鈴木 勉（BELL'S GRAPHICS）
デザインフォーマット　AFTERGLOW
イラスト　TAPI岡

本シリーズは「小説家になろう」（https://syosetu.com/）初出の作品を加筆の上書籍化したものです。